돌아온 여기사

돌아온 여기사 7

초판 1쇄 인쇄 2019년 9월 5일
초판 1쇄 발행 2019년 9월 30일

지은이 이하린
발행인 오영배
편집 편집부
디자인 디자인그룹 헌드레드
본문 디자인 오정인
제작 조하늬

펴낸 곳 (주)삼양출판사 · 피오렛
주소 서울시 강북구 도봉로 173
대표 전화 02-980-2112 / **팩스** 02-983-0660
편집부 전화 02-987-9393 / **팩스** 02-980-2115
블로그 blog.naver.com/dan_gul
출판등록 1999년 3월 11일 제9-00046호

ISBN 979-11-283-9702-8 (04810) / 979-11-283-9695-3 (세트)

+ 이 도서의 국립중앙도서관 출판시도서목록(CIP)은 서지정보유통지원시스템홈페이지(http://seoji.nl.go.kr)와
+ 국가자료공동목록시스템(http://www.nl.go.kr/kolisnet)에서 이용하실 수 있습니다. (CIP제어번호: CIP2019034158)

fiore ret 은 (주)삼양출판사의 로맨스 판타지 문학 브랜드입니다.

돌아온 여기사

이하린 장편소설

VII

fioret

목차

52

전쟁의 시작

칼라일이 루넨 공국을 침공하려 전쟁을 준비하고 있을 때였다.

켈트 왕국의 어마어마한 병력이 루넨 공국으로 움직였다는 소식이 전해졌다. 두 국가에서 수많은 군사 이동이 있었는데, 그런 사실이 루퍼드 제국의 정보망에 걸리지 않을 리가 없었다.

칼라일은 생각보다 어렵게 흘러가는 싸움에 미간을 찌푸렸다.

"……그동안 이러려고 나에 대한 유언비어를 퍼뜨리며 시간을 번 건가."

파벨루크가 무언가 계획하고 있다는 건 예상하고 있

었다. 그런데 이제야 그가 노리고 있던 게 무엇인지 대충 짐작이 되었다.

'켈트 왕국과 힘을 합쳐 나한테서 제국의 절반이라도 뺏어 볼 생각인가 본데…….'

참으로 발칙한 생각이 아닐 수 없었다.

물론 이번에 켈트 왕국의 개입이 없었다면, 이미 황제가 된 칼라일을 파벨루크 혼자서 막아 낼 수는 없었을 것이다. 하지만 둘이 힘을 합쳤다 해도 칼라일이 무조건 밀릴 만큼 루퍼드 제국이 가진 군사력이 약하지 않았다.

그저 원래대로 맞붙었다면 칼라일이 더 유리했을 싸움에서……

이젠 비등비등하게 바뀐 것뿐이었다.

'이번 기회에 날 상대로 그런 계획이 얼마나 허황된 것이었는지 뼈저리게 가르쳐 주지.'

칼라일은 파벨루크의 많아진 병력에 대해 그다지 개의치 않았다. 군사력이 똑같아졌다면 결과적으로 전장을 이끄는 지휘관의 역량에 따라 승부가 결정 난다고 볼 수 있었다. 그리고 칼라일은 거기에서 절대로 지지 않을 자신이 있었다.

어렸을 때 전쟁터로 보내진 후, 수많은 전투와 암살의 위협을 받으면서도 황제의 자리까지 올라온 칼라일이다. 지금까지 그가 전장에서 한 경험들과 루퍼드 제국을 위해 세운 공적들은 결코 과장된 것이 아니었다.

문제는 단 하나였다. 칼라일이 직접 전쟁을 지휘하게 되면, 선두에서 전투를 이끌어야 할 그는 절대로 자리를 비울 수 없게 된다는 점이다.

그 말인즉, 자신은 이레나를 구하러 갈 수가 없다는 소리였다. 그게 칼라일의 마음에 가시처럼 걸렸다.

'나를 대신할 사람이라…….'

그 누구를 떠올려 봐도 마음이 놓이지 않았다. 본격적으로 전쟁이 시작되면 그들이 이레나의 목숨을 가지고 칼라일을 협박하려 들지도 모르는 상황이었다. 이레나의 안전이 달린 일을 아무에게나 맡길 수는 없었다.

칼라일이 짤막하게 '후—' 하고 한숨을 내쉬었다. 그리곤 검은 장갑을 낀 손으로 지끈거리는 관자놀이를 짓눌렀다.

이레나가 실종된 후, 감정이 격해져서인지 칼라일의 오른팔에는 시시때때로 비늘이 돋아나서 지금은 임시방편으로 장갑을 착용하고 있는 중이었다.

누가 이 팔을 보고 뭐라고 생각하든 상관없었으나, 지금은 그런 노골적인 시선이나 질문을 받아 줄 여유가 없었기 때문이다.

그때였다.

똑똑, 칼라일이 있는 집무실의 문을 두드리는 소리가 들려왔다.

"들어와."

칼라일의 허락이 떨어지자 방문을 열고 쿤이 모습을 드러냈다.

쿤은 뚜벅뚜벅 걸어와 곧바로 가지고 있던 서류를 칼라일에게 내밀며 말했다.

"명령하신 대로 황후 폐하가 잡혀 계실 만한 장소들을 물색해 보았습니다. 여러 가지 가능성을 고려해 본 결과, 현재 가장 유력한 곳은 세 군데로 추려졌습니다."

칼라일은 말없이 쿤이 건넨 서류부터 면밀히 살펴보았다. 그 모습을 바라보며 쿤은 옆에서 부연 설명을 이어 나갔다.

"첫 번째는 루넨 공국의 성이고, 두 번째는 그의 개인 사가입니다. 그리고 마지막으로는 블러드 암살단이 있는 건물입니다."

"그중 가장 확률이 높은 장소는?"

"장담할 순 없지만, 아무래도 블러드 암살단이 있는 건물이 가장 의심스럽습니다."

"루넨 공국에서 지금까지 이레나를 봤다는 사람은 아무도 없나?"

"네. 그곳의 첩자들을 시켜서 계속 알아보는 중인데 쉽사리 찾을 수 없는 장소에 감춰 둔 듯싶습니다. 그래서 더욱 암살단의 건물이라고 추정하고 있는 상태입니다."

칼라일이 알겠다는 듯 고개를 끄덕였다.

파벨루크가 이레나를 납치한 게 확실하다면 루넨 공국이 아닌 다른 장소에다 가둬 놓았을 리는 없었다. 그만큼 다른 왕국에서 영향력을 끼치기도 어려웠고, 아무도 모르게 감금해 놓는다는 게 생각보다 어려운 일이었으니까.

더욱이 파벨루크가 필요할 때 언제라도 이레나를 이용하려면 가까운 장소여야 가능했다.

그렇게 칼라일과 쿤이 대화를 나누고 있을 때였다.

똑똑, 누군가 방문을 두드리는 노크 소리가 다시 한 번 들려왔다.

칼라일이 약간 의아한 시선으로 문가를 쳐다보며 말했다.

"무슨 일이지?"

바깥에서 시종의 목소리가 들려왔다.

"폐하, 블레이즈 백작님이 찾아오셨습니다. 어떻게 할까요?"

전혀 예상치 못한 손님에 칼라일의 눈동자에 순간 이채가 어렸다. 그리고 이내 자신을 제외한다면 현재 이레나를 가장 걱정하고 있을 이들이 바로 블레이즈 가족들이라는 걸 깨달았다.

칼라일이 나지막이 대답했다.

"들어오라고 해."

"네, 폐하."

시종의 깍듯한 대답이 들리고 난 후, 곧이어 알포드와 데릭이 나란히 칼라일의 집무실 안으로 들어섰다.

그 둘을 본 쿤이 먼저 고개를 살짝 숙이며 인사를 건넸다.

처음에 알포드나 데릭은 쿤의 정체를 몰랐지만, 이제는 블레이즈 저택의 하인으로 그가 잠시 잠입했었다는 사실을 알고 있었다.

꽤나 복잡해질 수도 있는 사건이었지만, 무엇보다 이레나가 허가한 일이었고 칼라일이 직접 설명했기에 별다른 문제 없이 넘어갔다.

하지만 그렇다고 해서 주인과 하인으로 만났던 그들의 사이가 불편하지 않은 건 아니었다.

알포드가 쿤이 건넨 인사를 눈짓으로 받아 주곤, 곧바로 칼라일을 향해 정중하게 예를 표했다.

"제국의 황제 폐하를 뵙습니다. 루퍼드 제국에 무한한 영광을—"

"그래, 어쩐 일이지?"

"황후 폐하에 관한 일로 요청드리고 싶은 게 있어서 찾아뵈었습니다."

"말해 봐."

“……제가 이끄는 황실의 4 기사단을 황후 폐하를 구하는데 배치해 주셨으면 합니다.”

말대로 황실의 제 4 기사단은 알포드가 기사단장으로 있는 곳이었다. 또한 이번 검술 대회에서 우승한 데릭이 들어간 곳이기도 했다.

한마디로 이레나의 가족들이 직접 그녀를 구출하고 싶다는 뜻이었다.

생각지 못한 제안에 칼라일은 잠시 생각에 잠겼다.

“…….”

칼라일이 아무런 대답도 없자, 알포드의 옆에 서 있던 데릭이 조바심이 난 표정으로 입을 열었다.

“간곡히 부탁드리겠습니다, 폐하. 이미 군사들의 배치가 끝난 상황이라면 어쩔 수 없겠지만, 가능한 저희 기사단은 황후 폐하를 구하러 가는 곳에 소속되고 싶습니다.”

데릭도 이레나의 실종으로 여간 마음고생을 한 게 아닌지, 얼굴이 평소에 비해 많이 핼쑥하게 변해 있었다.

잠시 침묵을 지키던 칼라일이 이내 고개를 끄덕이며 대답했다.

“알겠다.”

칼라일의 머릿속에 어쩌면 알포드와 데릭이라면 자신을 대신할 수 있는 적임자가 될지도 모르겠다는 생각이 들었다. 그들이라면 분명 누구보다 이레나를 진심으로 구하려 들 테니까.

하지만 그렇다고 해도 마음이 놓이는 건 아니었다.

"진심으로 감사드립니다. 폐하."

데릭이 환한 표정으로 감사 인사를 건넸지만, 칼라일은 여전히 진중한 얼굴로 나지막이 말을 이어 나갔다.

"아직까지 루넨 공국에서 이레나의 모습을 보았다는 사람이 나오지 않아서 정확한 위치를 파악하지 못한 상태다. 그러니 그쪽으로 투입되는 인원의 빠른 판단이 중요해. 어떤 상황에서도 그대들이 가장 우선시해야 할 건…… 이레나의 안전이라는 걸 명심해."

그 말에 데릭이 새삼 감격스러운 눈빛으로 칼라일을 쳐다보았다. 지금 칼라일이 하는 말에서 이레나를 향한 깊은 애정이 느껴졌기 때문이다.

여태까지 그들의 곁에서 조용히 대화를 듣고 있던 쿤이 처음으로 입을 열었다.

"허락하신다면…… 저도 황후 폐하를 구하는 데 참여하고 싶습니다."

칼라일이 의아한 시선으로 쿤을 쳐다보았다. 언제나 타인에게 무관심하던 쿤이 이런 일에 나선다는 게 의문스럽게 느껴질 수밖에 없었다.

"어째서지?"

"……황후 폐하께 갚아야 할 빚이 있습니다."

과거에 쿤은 이레나에게 미라벨과의 사이를 감춘 적이 있었다. 사실 이레나라면 쿤에게 충분히 앙갚음을 할 수도 있는 입장이었지만, 그녀는 아무런 해코지도 하지 않은 채 넘어가 주었다.

이번 기회에 그 빚을 갚고 싶기도 했고……

사실 겉으로 표현하지는 않았지만 쿤은 아직도 미라벨과 헤어지던 마지막 순간에서 시간이 멈춰 있는 상태였다.

지금도 눈만 감으면 미라벨이 물기 어린 눈동자로 자신을 올려다보며 손을 잡아 달라고 애원하던 모습이 떠올랐다.

그때 미라벨의 손을 잡아 주지 못한 대신…… 그녀에게 소중한 언니인 이레나가 사라지지 않도록 지켜 주고 싶었다.

칼라일은 그에 대한 자세한 내막은 알지 못했지만, 쿤의 적극적인 의견에 서슴없이 고개를 끄덕이며 허락해 주었다.

"그렇게 해. 어차피 네가 말하지 않아도 넌 루넨 공국에 먼저 침투시킬 생각이었다. 지금으로선 너보다 더 적임자는 없으니까."

"아……."

이미 칼라일이 염두에 두고 있었다는 사실에 쿤은 조금 당황했지만, 이내 순순히 고개를 끄덕이며 수긍했다.

"네, 최선을 다하겠습니다."

칼라일은 알포드와 데릭, 그리고 쿤을 차례대로 쳐다보며 진지하게 말했다.

"다들 들어서 알고 있겠지만, 현재 켈트 왕국의 병력이 루넨 공국을 돕고 있는 상황이라 내가 직접 이레나를 구하러 가기가 힘들게 되었다."

누구보다 칼라일이 직접 이레나를 구하러 뛰어가고 싶었지만, 지금은 그녀의 안전을 위해서 이번 전쟁을 승리로 이끄는 것이 더 중요했다.

현재 인질로서 이레나의 가치는 칼라일을 억압하는 데 있을 것이다. 그런데 칼라일이 전쟁에서 진다면 그들은 더 이상 이레나를 인질로 잡고 있을 이유가 사라지게 된다.

그렇기 때문에 이레나의 신변을 보호하기 위해서라도 칼라일은 계속 그들에게 위협적인 존재로 남아 있어야 했다.

이번 전쟁의 승패가 이레나의 안전과 직결될 수 있었기에 칼라일은 그 무엇도 허투루 생각할 수가 없었다.

"여기 있는 그대들 이외에도 현재 루퍼드 제국에 있는 최고의 실력자들을 엄선해서 투입할 생각이다. 그러니……."

칼라일이 잠깐 할 말을 고르더니, 이내 세 사람을 향해 나지막한 목소리로 말을 이었다.

"이레나를 잘…… 부탁하지."

그 말에 알포드와 데릭, 그리고 쿤이 굳건한 표정으로 동시에 고개를 수그리며 대답했다.

"명심하겠습니다. 폐하."

*　　*　　*

이레나는 계속 감옥에 갇혀 있었다.

한 뼘만 한 창문을 통해 몇 번의 해가 뜨고 지는 걸 체크했기에, 그동안 며칠이란 시간이 더 지났다는 걸 알 수 있었다.

이곳에서 최악의 경우 고문을 당한다거나, 파벨루크나 바토리가 찾아와서 괴롭힐지도 모른다고 생각했는데 다행히 이레나를 찾는 사람은 없었다.

왠지 주변의 분위기가 어수선한 게 무슨 일이 벌어진 것만 같았다. 여기서 지내는 동안 감옥에 있는 자그만 창문으로 쉴 새 없이 사람들이 움직이는 발걸음 소리가 들려왔기 때문이다.

모두 일정하게 움직이는 걸 보니, 분명 훈련이 된 자들의 발걸음이었다.

'……카릴은 무사하겠지?'

당시에 이레나가 할 수 있는 최선을 다하긴 했지만, 절벽으로 떨어지는 바위를 전부 다 막아 내진 못했다. 혹시 거기에 칼라일이 부상을 당하진 않았을까 걱정이 되었다.

물론 이런 상황에 있는 이레나가 누군가를 걱정한다는 것도 꽤 우스웠지만, 그래도 자꾸만 생각이 나는 걸 어쩔 수 없었다.

그때였다.

드르륵, 단단한 철문의 아랫부분이 열리면서 한 남자의 목소리가 들렸다.

"식사다."

쾅, 하고 내려놓는 밥그릇에서 적지 않은 양의 음식이 떨어졌다.

이레나는 슬쩍 미간을 찌푸리며 그가 놓고 간 음식물을 순순히 받아 들었다.

여기까지 끌려오는 동안 바토리는 아무것도 먹을 걸 주지 않았는데, 오히려 감옥에 갇히고 난 뒤에는 하루에 한 번씩 식사가 제공되었다.

차라리 다행이었다. 배가 부를 만큼은 아니었지만 그래도 굶어 죽지 않을 정도는 되었으니까.

꼬르륵, 이레나는 요즘 임신을 해서인지 자꾸만 허기가 지는 게 느껴졌다.

그녀가 조심스레 배를 쓰다듬으며 그 속에 있을 아이

에게 말을 건넸다.

'미안해, 아가야. 잠시만 이걸로 버텨 주렴.'

고된 생활에 혹시라도 아이가 잘못되진 않았을까 늘 걱정이었다. 누구보다 아이를 위해 좋은 환경, 좋은 음식을 섭취하고 싶었지만 현재의 상황에선 욕심낼 수 없는 일이었다.

그렇게 이레나는 하루에 한 번 제공되는 식사를 깨끗하게 비웠다.

우습게도 너무 먹지 못했더니 극심했던 입덧이 조금은 가라앉는 것 같았다. 무언가를 토해 내기엔 아깝다는 걸 위장도 안 모양이었다.

'지금은 생각보다 평화롭긴 하지만…… 파벨루크가 날 이대로 내버려 둘 리 없지.'

현재로선 잠시 이레나의 존재를 뒤로 미뤄 둔 듯했지만, 분명 파벨루크는 언젠가 그녀를 이용하려고 들 것이다. 그렇다면 이레나는 그 전에 이곳에서 탈출해야 했다.

스윽, 스으으.

이레나는 조심스럽게 음식을 먹을 때 사용한 쇠로 된 숟가락의 끝을 벽에다 대고 날카롭게 갈았다.

이곳의 간수들이 그릇과 함께 숟가락을 회수해 갈 때도 있었지만, 그런 부분까지 세세하게 신경 쓰지 않았기에 가끔은 놓치는 경우가 더러 있었다.

그래서 이레나는 언제라도 이걸 무기로 사용할 수 있게 나름대로 대비를 해 놓는 중이었다.

만약 간수가 또 숟가락을 가져가는 걸 깜빡한다면, 이레나는 지금 모은 것에서 하나의 숟가락을 더 얻게 되는 것이다.

그렇게 현재까지 세 개의 숟가락을 숨겨 놓은 상태였다.

'시간이 많지 않아. 배가 불러 오기 전에 나가야 해.'

아이 때문에 배가 나온다는 건 그만큼 몸이 무거워진다는 뜻이기도 했다. 가능한 조금이라도 배 속에 있는 아이가 덜 자랐을 때 움직이는 게 이레나에게 훨씬 수월할 것이다.

그렇게 이레나는 끝부분이 날카롭게 갈린 숟가락을 스윽 옷으로 닦고는, 그것을 자그만 창밖으로 내밀어서 주변을 살폈다.

원래는 너무 작고 높은 곳에 위치한 창문이라 눈으로 볼 수 없었지만, 숟가락을 거울처럼 활용하니 불투명하긴 하지만 그래도 많은 걸 알아낼 수 있었다.

요즘은 틈만 나면 이걸로 주변의 동태를 파악하는 중이었다. 하루에 몇 명이나 이 주위를 순찰하는지, 이곳에 머무르고 있는 인원을 대략적이라도 파악하기 위해서였다.

덕분에 이레나는 현재 자신이 갇혀 있는 곳이 꽤나 고층이라는 사실도 알아냈다.

아직은 딱히 이렇다 할 탈출 계획을 잡진 못했지만…….

'아무것도 하지 않은 채, 누군가가 구해 주기만을 기다리고 있을 순 없지.'

그건 이레나의 성미에 맞지 않았다.

그녀의 붉은 눈동자가 여전히 빛을 잃지 않고 반짝거렸다.

*　*　*

루퍼드 제국과 루넨 공국 사이에 팽팽한 전운이 감돌았다.

원래 자그만 루넨 공국은 루퍼드 제국의 속국이었으나, 현재는 완전히 따로 독립이 된 국가로 봐도 무방할 정도였다.

일이 이렇게 물 흐르듯 자연스럽게 진행될 수 있었던 건 그동안 파벨루크가 암암리에 준비해 둔 덕택이었다. 더구나 현재 켄트 왕국의 막강한 병력이 루넨 공국 안에 들어온 상태라, 더 이상 루퍼드 제국의 눈치를 봐야 할 이유가 없었다.

척척척.

루넨 공국의 성 안, 열댓 명의 기사들이 절도 있는 걸음걸이로 순찰을 돌고 있을 때였다.

그들의 눈에 어두컴컴한 지하 감옥에서 나온 수상한 자가 들어왔다.

"이봐, 거기! 누군지 신분을 밝혀라!"

안 그래도 전쟁이 일어나기 직전이라 한창 예민해져 있는 시기였다. 당장이라도 검을 뽑아 들려는 기사들을 향해 타깃이 된 남자가 양손을 번쩍 들어 올리며 황급히 대답했다.

"저, 전 이 지하 감옥의 식사를 담당하게 된 시종입니다."

그가 말과 동시에 기사들을 향해 천천히 다가왔다. 그러자 환한 불빛 아래 그자의 주근깨 가득한 선량한 얼굴이 드러났다.

처음 그자에게 소리를 친 기사가 인상을 팍 쓰며 재차 입을 열었다.

"지금은 식사를 배급할 시간이 아닐 텐데, 왜 이곳에서 얼쩡거리고 있지?"

"그것이…… 오늘 원래 식사를 담당해야 할 자가 갑자기 복통을 호소하는 바람에 제가 맡게 된 거라서요. 그 때문에 제시간에 그릇을 회수하지 못해서 부득이하게 다시 온 것입니다."

말대로 지하 감옥의 입구에는 시종이 방금 전까지 정리하던 것처럼 보이는 그릇이 차곡차곡 쌓여 있었다.

기사가 여전히 못마땅한 표정으로 시종을 쳐다보며 나지막이 말했다.

"……한 번만 눈감아 주는 것이다. 앞으론 이런 시간에 돌아다니지 마라."

"네, 죄송합니다."

말을 마친 기사들은 다시 순찰 중이던 길을 따라 걸음을 옮겼다.

시종은 뒤에서 기사들이 사라지는 모습을 바라보다, 이내 그릇을 모아 놓은 입구로 돌아와 하나하나 개수를 확인했다.

음울한 잿빛 눈동자에 주근깨가 가득한 이 남자는, 바로 완전히 다른 사람처럼 분장한 쿤이었다.

'……내가 얼굴을 확인한 죄수들과 그릇의 숫자가 동일해. 그렇다면 역시 성 안에는 황후 폐하가 없다는 건가.'

현재 쿤은 칼라일의 명령에 따라 가장 먼저 루넨 공국으로 잠입을 한 상태였다. 최대한 빨리 이레나를 구하기 위해선 무엇보다 지금 그녀가 있는 위치를 파악하는 게 시급했다.

'이제 남은 장소는 블러드 암살단의 건물뿐.'

원래부터 블러드 암살단이 있는 건물을 가장 주시하고

있었지만, 쉽게 잠입할 수가 없는 장소라 어쩔 수 없이 다른 곳부터 확인을 하고 있었다.

그런데 아무리 살펴봐도 이레나의 흔적이 나오지 않는 걸 보면, 아무래도 처음의 예상대로 암살단이 있는 건물이 맞는 듯싶었다.

쿤은 무표정한 얼굴로 회수한 그릇들을 이 성의 주방에 갖다 놓았다. 사실 오늘 지하 감옥의 식사를 배정할 담당자에게 설사약을 먹여서 불참하게 만든 범인도 바로 쿤이었다.

그렇게 할 일을 마친 쿤은 성에서 퇴근을 하는 것처럼 유유히 빠져나왔다. 그리곤 루넨 공국 안에 마련한 자신의 비밀 거처로 돌아가 현재 알아낸 내용들을 간략하게 쪽지에 적었다.

지금 쿤의 방 안에는 훈련된 비둘기가 여러 마리 있는 상태였다. 쿤은 익숙한 손동작으로 비둘기의 다리에 쪽지를 묶고는, 곧이어 창문을 활짝 열어 바깥으로 날려 보냈다.

푸드덕, 푸드덕.

새장 안을 벗어난 비둘기는 순식간에 하늘 높이 놀아올랐다.

그렇게 쿤이 날려 보낸 비둘기는 국경 근처에 있던 칼

라일에게 도착했다.

쪽지에 적힌 내용들을 확인하며 칼라일 역시 이레나가 갇혀 있는 곳이 블러드 암살단의 건물일 확률이 높다는 걸 알았다.

'……거긴 아무리 쿤이라고 해도 혼자서 잠입하기가 힘들지.'

가능한 이레나의 위치를 파악하고 움직이는 게 좋았지만, 지금의 상황에서는 아쉽게도 그럴 수가 없어 보였다.

칼라일은 어두운 눈빛으로 쪽지를 바라보다가, 이내 가지고 있던 라이터를 켜서 그것을 완전히 새까맣게 태워 버렸다.

휘익, 칼라일의 손을 떠난 쪽지는 허공에서 춤을 추듯이 검게 그을리다가 곧 재가 되어 사라졌다.

쪽지를 흔적도 없이 처리한 칼라일이 곧이어 뒤를 돌아보았다. 그러자 그의 시선이 향한 곳에는 알포드와 데릭, 그리고 이레나를 구하기 위해 엄선된 수백의 인원들이 일렬로 서 있었다.

이번 이레나 구출 작전의 총 책임자는 알포드가 맡게 되었다. 알포드는 오랫동안 황실의 제 4 기사단을 이끈 단장으로서 경험이든, 연륜이든 무엇 하나 모자라지 않다고 판단했기 때문이다.

칼라일이 말했다.

“좋은 소식을 기대했지만 아쉽게도 현재 이레나의 위치를 정확하게 파악하진 못한 상태다. 하지만 블러드 암살단의 건물에 있을 확률이 가장 높으니 먼저 거기부터 장악하길 바란다.”

“네! 폐하!”

그들에서 우렁찬 대답이 들렸다.

제대로 전쟁이 벌어지면 이레나의 안전이 위협받을지 모른다. 그래서 칼라일은 가능한 그 전에 이레나를 구출해 내기로 마음을 먹은 상태였다.

현재 국경에는 루넨 공국과 전쟁을 치를 모든 준비가 갖춰져 있었다. 칼라일은 본격적으로 병사들을 움직이기 전에 우선 이레나를 구출할 이들부터 몰래 잠입시킬 계획이었다.

물론 아무리 은밀하게 움직여도 이렇게나 많은 인원이 침투되었는데 들키지 않을 리가 없었다. 그래서 시간이 중요했다.

아마도 파벨루크의 눈을 피해 이레나를 찾을 수 있는 시간이…… 그리 길지 않을 테니까.

‘……부인이 우리가 예상한 곳에 있어야 할 텐데.’

블러드 암살단의 건물을 공격한 순간 정체가 탄로 날 텐데, 만약 이레나가 그곳에 없다면 시간 낭비가 너무 심했다.

가뜩이나 제한된 시간 안에 이레나를 찾아야 하는 상황이다. 준비한 계획이 틀어진다면 순전히 루넨 공국 안에 잠입한 이들의 판단에 맡기는 수밖에 없었다.

칼라일이 어둡게 그늘진 눈동자로 눈앞에 있는 이들을 쳐다보았다.

제 손으로 이레나를 구해도 모자랄 판국에 다른 사람에게 맡기려니 아무리 뛰어난 인물들로만 구성했다고 해도 마음이 놓이지 않았다.

하지만 이들도 모두 목숨을 걸고 이레나를 구하러 들어가는 것이었다.

내키진 않아도…… 현재로선 믿는 수밖에 없었다.

그런 칼라일의 마음을 알아차렸는지, 가장 선두에 있던 알포드가 나지막한 목소리로 입을 열었다.

"저희들이 꼭 황후 폐하를 무사히 모시고 오겠습니다. 염려 마십시오."

"……그래, 더 늦기 전에 출발하도록 해."

칼라일의 출전 명령이 떨어지자, 모두 약속이라도 한 것처럼 고개를 수그리며 전원이 한목소리로 대답했다.

"황후 폐하 없이는 살아서 돌아오지 않겠습니다!"

그들의 불타오르는 투지에 이레나의 실종 이후 언제나 딱딱하게 굳어 있던 칼라일의 표정이 처음으로 미약하게나마 풀어졌다.

"모두의 무운을 빌겠다."

"네, 폐하!"

드디어 이레나의 구출 작전 시작이었다.

*　　*　　*

어느새 이레나가 감옥 안에서 모은 숟가락은 여섯 개였다.

끝이 칼날처럼 날카롭게 벼려진 숟가락들을 보면서 이레나의 입가에 감출 수 없는 흡족한 미소가 떠올랐다. 이 정도면 최소한 네 명은 눈 깜빡할 사이에 제압할 수 있는 무기가 될 것이다.

그렇게 그동안 준비해 온 무기들을 점검하고, 언제나처럼 반질반질하게 닦은 숟가락으로 창밖을 몰래 염탐할 때였다.

화아아악—

어느 순간 멀지 않은 건물에서 커다란 불이 타오르는 것이 보였다. 불투명한 숟가락임에도 이 정도로 비칠 정도면 대형 화재가 틀림없었다.

'……뭐지? 무슨 일이 벌어졌나?'

이레나가 의아한 마음으로 평소보다 더 주의 깊게 주변을 살필 때였다.

타타타타탁.

사람들의 뛰어다니는 소리가 들리는 것과 동시에 많은 인원이 어딘가로 이동을 하는 모습이 숟가락에 흐릿하게 비쳤다. 그리곤 누군가가 다급하게 외친 목소리가 예민한 이레나의 귀에 희미하게 들려왔다.

"블러드 암살단의 건물이 공격…… 어서 서둘러 지원을…… 빨리 가!"

모든 말들을 해석할 순 없었지만 몇 개의 단어들은 정확하게 이레나에게 전달되었다.

믿지 못할 소식에 이레나의 붉은 눈동자에 이채가 어렸다.

'블러드 암살단이 공격을 받아? 그것도 루넨 공국 안에서?'

파벨루크가 자랑하는 암살단의 이름을 이레나가 모를 리 없었다. 더구나 바토리는 이레나를 인질로 데리고 파벨루크에게 왔다. 바토리가 누구의 첩자인지는 굳이 고민하지 않아도 알 수밖에 없었다.

그러니 그때 절벽에서 이레나를 공격했던 특급 살수들이 블러드 암살단일 거라고 예상을 하고 있던 상태였다.

'……내가 어디에 갇혀 있는지 몰랐는데, 블러드 암살단이 있는 건물과 멀지 않은 곳이었구나.'

새롭게 알게 된 사실이었다. 그리고 또 하나.

이 시기에 누군가 루넨 공국을 쳐들어왔다면 그건 바로 이레나를 구출하기 위해서일 가능성이 크다는 것이다.

이레나는 순간 애절한 눈동자로 숟가락에 비친 불타는 건물을 바라보았다.

"카릴……."

그가 자신을 애타게 찾을 거라고 짐작은 하고 있었지만, 막상 눈으로 확인하게 되니 가슴이 저릿했다.

하지만 곧 이레나는 감성적인 생각을 접고, 현실로 돌아왔다. 만약 저들이 정말로 이레나를 구출하러 온 이들이고, 블러드 암살단이 있는 건물을 공격했다면……

그건 현재 이레나의 위치를 완전히 잘못 파악하고 있는 것이나 다름없었다.

이레나도 여기가 어딘지는 모르겠으나 구출 계획이 성공하려면 저쪽이 아닌, 이곳으로 왔어야 옳았기 때문이다.

'……큰일이다. 어떡하지?'

마음 같아선 창문에 대고 고래고래 소리라도 지르고 싶었지만 그런 방법으로는 절대 통하지 않으리라는 걸 알고 있었다.

이레나가 이곳에 갇혀 있다는 걸 알려 줘야만 했는데, 지금의 상태로선 그걸 전할 만한 아무런 방법도 없는 상황이었다.

이미 이렇게 화재까지 난 이상, 루넨 공국의 수많은 병력들이 블러드 암살단의 건물로 몰려들 것이다. 그렇게 되면 결국 이레나를 구출하러 온 자들도 오래 버티지 못하고 후퇴를 할 수밖에 없을 터.

하지만 이레나는 이 기회를 놓치고 싶지 않았다.

스윽, 이레나가 저도 모르게 아직까진 평평한 자신의 배를 쓰다듬었다.

임신한 이레나에게 점차 시간이 흐른다는 것은 엄청난 압박이었다. 혹시 누군가에게 임신 사실을 들키지 않을까, 여기서 아이가 잘못되지는 않을까 매일이 불안했다.

'무언가 방법을 생각해 내야 해.'

이레나가 초조하게 한자리를 왔다 갔다 서성거리고 있을 때였다.

뚜벅뚜벅—

다급한 수십 명의 발자국이 이레나가 머무는 감옥으로 가까워지는 소리가 들려왔다.

순간 이레나의 눈동자에 이채가 감돌았다.

문득 머릿속에 파벨루크가 칼라일이 병력을 보냈다는 걸 알게 되었다면 어떻게 행동을 할까, 라는 생각이 들었다.

분명 파벨루크라면……

이레나를 처참하게 죽여 본보기를 보여 주거나, 그녀를 더욱 깊은 곳으로 옮겨 절대로 찾지 못하도록 만들 것이다.

둘 중에 파벨루크가 어떤 선택을 하든 간에 만약 이레나의 짐작이 맞는다면, 잠깐이나마 갇혀 있는 상태에서 벗어날 수 있을지도 모른다.

거기까지 생각한 이레나는 재빨리 그동안 마련해 둔 숟가락들을 옷 안에다 감췄다. 이미 이런 상황을 수십 번이나 머릿속으로 시뮬레이션했기 때문에 이레나의 행동에는 조금도 망설임이 없었다.

그렇게 이레나가 두근거리는 심정으로 굳게 닫힌 철문을 바라보고 있을 때였다.

콰앙!

녹이 슨 철문이 열렸다.

거기에는 십여 명의 기사들이 서 있는 것이 보였다. 하지만 그녀는 그들을 바라보며 도리어 한 줄기 희망을 느낄 수 있었다.

"끌고 가!"

선두에 있던 누군가가 명령을 내리자 뒤편에서 기사 두 명이 다가왔다.

짧은 순간, 이레나의 머릿속에 무수히 많은 생각들이 스쳤다.

'지금 공격할까?'

하지만 여기서 그들을 쓰러뜨리기엔 아직 주변의 상황을 아무것도 파악하지 못한 상태였다. 만에 하나라도 눈에 보이는 이들이 전부가 아니라면 이레나는 낭패를 볼 수밖에 없었다.

하필이면 파벨루크와 만났을 때 정신을 잃고 이곳까지 옮겨졌던 터라 이레나는 이 좁은 공간 안을 벗어나 본 적이 없었다.

'……신중해야 해. 기회는 한 번뿐이야.'

더군다나 임신한 상태로 무리를 하는 것도 좋지 않았다.

결국 이레나는 짧은 시간 동안이었지만 많은 고민 끝에 아직은 때가 아니라는 결론을 내렸다. 일단은 순순히 그들을 따라나섰다가 다시금 기회를 엿보는 게 나을 것이다.

잠시 후, 두 명의 기사는 이레나의 양손을 밧줄로 단단하게 묶었다. 그리곤 거칠게 이레나의 어깨를 툭 치면서 입을 열었다.

"걸어."

이레나는 슬쩍 그들을 노려봤지만, 곧이어 시키는 대로 기사들을 따라서 천천히 감옥 안을 빠져나가기 시작했다.

처음 눈으로 확인한 감옥의 바깥 풍경은 생각보다 협소했다. 이레나가 갇혀 있는 곳을 제외하고 대여섯 개의 철문이 존재할 뿐이었다.

'누군가를 가둬 놓기 위해 만든 공간인 건 확실한데, 대체 여기가 어디에 있는 곳이지?'

이레나의 붉은 눈동자가 슬그머니 자신을 이끌고 가는 십여 명의 기사들에게 향했다. 그들의 표정은 하나같이 살기등등했다.

'……그리고 날 어디로 데려가려는 걸까?'

아직은 알 수 없는 것들투성이였다. 하지만 하나 정확한 건, 이레나에게 주어진 시간이 그리 길지 않다는 점이었다.

칼라일이 보낸 지원군이 후퇴하기 전에 이레나는 자신의 위치를 알려야만 했으니까.

53

기회는 한 번뿐이야

블러드 암살단 건물이 불타고 바빠진 건 이레나뿐만이 아니었다. 한밤중 루넨 공국 안으로 칼라일이 보낸 병력이 침입했다는 보고를 가장 먼저 받은 것은 바로 파벨루크였다.

그리고 파벨루크는 그들의 침투 목적이 이레나를 구하는 거라는 걸 어렵지 않게 유추할 수 있었다.

당연했다. 이레나의 행방을 찾는 게 아니라면 굳이 특급 살수들이 머무르는 블러드 암살단을 공격할 이유가 없었으니까.

누구라도 전쟁 전 파벨루크에게 데미지를 주고 싶었다면 블러드 암살단이 아닌, 루넨 공국의 성이나 군사적 요충지를 공격했을 것이다. 그게 가장 효과적인 방법이었으니까.

'……의외긴 하군.'

그래서 파벨루크는 칼라일의 이런 행보가 조금은 예상 밖이었다. 물론 이러한 상황을 미리 대비해 놓긴 했지만, 한편으론 그럴 확률이 얼마나 될까 회의적이었던 게 사실이다.

잠시 황궁에 머무르면서 칼라일과 이레나의 사이좋은 모습을 직접 눈으로 목격하기도 하고 소문으로 들어서 알고 있었다.

그랬기에 파벨루크도 이레나를 아직까지 죽이지 않고 살려 둔 것이었다. 어느 정도 인질로서의 가치가 있다고 판단했으니까.

그런데 솔직히 이 정도일 줄은 몰랐다.

'정치적인 부분도 약간은 섞여 있을 거라고 생각했는데…… 어쩌면 진심으로 황후를 마음에 품고 있는 건지도 모르겠어.'

곧 루퍼드 제국과 루넨 공국이 전쟁을 벌일 거라는 건 이미 예견된 사실이었다. 그리고 그걸 다른 사람도 아닌 칼라일이 모를 리가 없었다.

이번 전쟁의 승패에 따라 칼라일은 많은 것을 잃을 수도 있었는데, 이런 상황에 병력을 따로 뺀다는 건 오로지 하나였다. 그만큼 이레나가 소중하다는 뜻이다.

거기까지 생각한 파벨루크의 입가에 만족스러운 웃음이 지어졌다.

'내가 생각지 못한 대어를 잡은 건가?'

사실 처음에 칼라일의 암살이 실패했을 때는 너무 화가 나서 이레나를 그대로 죽여 버릴 생각이었다. 그런데 직접 만나고 보니 자신을 똑바로 쳐다보는 붉은 눈동자가 너무 발칙해서 흥미가 돋았고 결국 마음을 바꾼 것이다.

지금까지 그 누구도 파벨루크의 앞에서 이레나처럼 당당한 태도를 보인 적 없었다. 아무리 콧대 높은 사람도 죽음 앞에 놓이게 되면 오펠리아와 레드필드처럼 살려 달라고 애원하기 마련이었으니까.

그런데 이레나는…… 무언가 달랐다.

파벨루크는 저도 모르게 이레나와 만났을 때를 떠올리며, 새삼 그녀를 살려 두기로 결정하길 잘했다는 생각이 들었다.

사람은 본디 어느 정도 자기 자신을 빗대어서 생각하는 경향이 있었다. 파벨루크에게 여자란 더 나은 세력과 손을 잡기 위한 하나의 도구일 뿐이었다. 그래서 칼라일도 당연히 그럴 거라고 짐작을 하고 있었던 것이다.

하지만 세상엔 파벨루크와 달리, 여자 하나로 인해 패가망신하는 남자들도 있었다.

칼라일이 어떨지는 장담할 수 없었지만…….

문득 재밌는 생각이 들었다.

'루퍼드 제국의 황제라는 자리와 이레나라는 단 한 명의 여자, 둘 중에 하나만 선택하라고 하면…… 칼라일은 뭘 택할까?'

칼라일이 바보가 아닌 이상에야 황제 자리를 두고 이레나를 선택하진 않겠지만, 과연 그런 순간이 온다면 어떻게 나올지 궁금했다.

파벨루크가 나지막한 목소리로 말했다.

"황후는?"

"네, 각하께서 지시하신 대로 애들을 보냈으니, 금방 황후의 팔 하나를 잘라서 가져올 겁니다."

"그래, 그걸 보고 칼라일이 어떤 반응을 보일지 기대가 되는구나."

어찌 됐든 칼라일이 루넨 공국으로 사람을 침투시켰으니, 그만한 대가를 치르게 할 생각이었다.

우선 이레나를 아무도 찾을 수 없는 더욱 은밀한 곳으로 옮기고, 팔 하나를 잘라 가져오라고 명령을 내린 터였다.

그리고 그것을 칼라일에게 선물로 보내 주면……

과연 칼라일이 어떤 표정을 지을지 상상만으로도 즐거웠다.

파벨루크가 자신의 턱수염을 쓰다듬으며 희미한 웃음을 머금고 있을 때였다.

벌컥, 갑자기 방문이 열리며 다급한 표정의 병사 한 명이 들어왔다.

"각하, 큰일 났습니다!"

"무슨 일이지?"

파벨루크가 약간 의아한 눈빛으로 병사를 쳐다보았다. 그러자 그는 숨 한번 돌릴 틈도 없이 곧장 파벨루크를 향해 보고했다.

"지금 국경에서 루퍼드 황제가 직접 지휘하는 군대가 몰려오고 있다고 합니다."

"뭐, 뭐라고!"

파벨루크가 앉아 있던 자리에서 벌떡 일어났다.

요즘 들어 국경으로 군사들이 모이고 있다고 생각은 했지만, 칼라일이 이렇게 빨리 선제공격을 펼칠 줄은 예상하지 못했다.

그때 불현듯 파벨루크의 머릿속을 스치는 생각이 있었다.

'설마…… 황후를 구하기 위해 안팎으로 동시에 공격을 시작한 건가?'

루넨 공국 안으로 침투한 칼라일의 병력이 아무리 많아도 이곳에서 오래 버티기는 힘들었다. 그래서 파벨루크도 순식간에 잡힐 병력이라 크게 관심을 두지 않았었다.

하지만 이런 상황이라면 말이 달라졌다.

물론 칼라일이 국경에서 군대를 움직였다고 해서 그들을 잡지 못한다는 건 아니었지만, 루넨 공국의 병사들이 침입자를 제압하는 데에만 집중할 수는 없게 된 것이다.

당장 전쟁이 일어날지도 모르는 상황이라면 당연히 병력이 분산될 수밖에 없었다. 지금은 루넨 공국에 침입한 소수의 인원보다, 국경에서부터 움직이는 칼라일의 대군을 막는 게 더 시급했으니까.

파벨루크가 이를 갈며 말했다.

"……칼라일."

그가 이렇게 나온다면 파벨루크는 더더욱 그의 뜻대로 흘러가게끔 내버려 둘 수 없었다.

칼라일이 원하는 게 이레나의 구출이라면……

절대로 그녀를 넘겨주지 않으리라.

파벨루크가 철 갑옷을 입기 위해 성큼 걸음을 옮기면서 나지막이 말을 이었다.

"서둘러서 황후의 팔을 가지고 와라. 내가 직접 국경으로 가겠다."

"네, 각하!"

그 말에 주위에 있던 수하들이 일제히 고개를 수그렸다.

*　　*　　*

이레나는 양손이 묶인 채 루넨 공국의 기사들에게 끌려가는 중이었다.

그동안 숟가락에 비친 작은 부분으로만 주변을 파악하다가 직접 바깥으로 나와 보니, 자신이 갇혀 있던 감옥이 하나의 탑이라는 사실을 알게 되었다.

'많이 사용하지 않는 곳인 것 같은데, 지금처럼 칼라일이 날 구하러 올 것을 대비해 선택한 장소인 건가?'

칼라일은 분명 이레나가 붙잡혀 있을 만한 장소를 치밀하게 조사했을 것이다. 그건 입장을 바꿔 생각해도 당연한 일이었다.

그런데 그가 예상한 곳이 틀렸다면 그만큼 파벨루크가 이런 상황을 미리 대비를 해 놓았다는 뜻이 된다.

사실 갇혀 있던 이레나조차 감옥의 주변을 순찰하는 이들이 적지 않아서 당연히 주위가 삼엄한 장소일 거라 생각했다.

그런데 이제 보니 블러드 암살단과 근접해 있어서 외부의 경호는 철통같았으나, 내부에 머무르는 사람은 없어 보였다.

'……아마도 일부러 이런 걸 노린 거겠지.'

이곳이 비밀스러운 장소였다면 칼라일의 예상 범위 인

에 들어갔을 것이다. 하지만 그녀가 설마 버려진 탑 안에 있을 줄은 아무도 예상하지 못했을 터였다.

파벨루크는 치밀하게도 블러드 암살단과 밀접하면서 누구도 관심을 두지 않을 만한 장소에다 이레나를 가둬 두었다.

칼라일이 지금처럼 병력을 보낸다고 해 봐야 오랫동안 수색을 할 수 없을 테니, 그 점을 정확히 파악하고 있었던 거다.

터벅터벅, 이레나는 묵묵히 앞을 향해 걸어가면서 머리를 바쁘게 굴렸다.

도무지 어떻게 해야 자신이 이곳에 있다는 걸 다른 사람들에게 알릴 수 있을지 답이 보이지 않았다.

지금 이레나를 끌고 가는 걸 보면 여기보다 한층 더 은밀한 장소에 가둬 두려는 모양인데……

그렇게 되면 앞으로는 더욱 탈출하기가 어려워질 것이다.

순간 블러드 암살단 건물처럼 불을 지를까도 싶었지만, 누가 봐도 화재가 났다는 걸 알 수 있을 만큼 커다란 불을 혼자서 단시간 안에 만들기란 쉽지 않았다.

횃불과 불에 잘 타는 소재를 구해야 했고, 지금 이레나를 끌고 가는 기사들까지 전부 처리해야 가능한 일이었으니까.

'생각하자, 이레나.'

그동안 이레나가 숟가락으로 주변의 동태를 파악하고 있었을 거라곤 아무도 예상하지 못했을 것이다.

덕분에 이레나는 현재 루넨 공국에 자신을 구하러 누군가가 침입했다는 것과 지금이 아니면 탈출하기가 어렵다는 사실을 정확히 파악하고 있었다.

그것을 알고 모르고는 아주 큰 차이가 있었다.

'폭죽이 있었다면 좋았을 텐데…….'

아주 오래전 쿤이 위험할 때 사용하라며 이레나에게 폭죽을 준 적이 있었다. 딱히 사용해 본 적은 없었지만 문득 그때의 기억이 떠올랐다.

하지만 이런 상황에서 폭죽을 구할 수는 없는 노릇이었다. 이레나가 저도 모르게 고개를 절레절레 흔들면서 자신을 끌고 가는 십여 명의 기사들을 무심코 쳐다볼 때였다.

순간 이레나의 눈에 들어온 물건이 있었다.

'저건……!'

바로 한 기사의 품 안에 들어있는 소형 폭약이었다.

혹시 모를 상황을 대비한 것인지 몇몇 기사들이 소형 폭약을 가지고 있는 모습이 보였다.

그것을 본 이레나의 붉은 눈이 반짝 빛을 머금었다.

이젠 공개적으로 이레나의 검술 실력이 드러났기 때문

에 파벨루크가 어수룩한 자들을 보냈을 리는 없었다. 그래서 가능한 다수의 기사를 혼자서 상대하는 것만은 피하려고 했는데, 저 폭약을 손에 넣을 수만 있다면…… 말이 달라졌다.

'손이 묶인 상태지만, 할 수 없지.'

양손이 자유로웠다면 그나마 일이 쉬웠을 테지만, 이미 상황이 이렇게 흘러간 거 어쩔 수 없었다. 더 이상 블러드 암살단 건물과 멀어지기 전에 움직여야 했다.

마음을 정한 이레나는 일부러 비틀거리기 시작했다.

이레나가 당장이라도 쓰러질 듯 휘청거리자, 뒤따라오던 기사 한 명이 그녀의 어깨를 툭 치면서 무심하게 말했다.

"똑바로 걸어."

"……읏."

이레나는 이때가 기회라고 생각하며 재빨리 자리에 쓰러졌다.

그 누구도 그녀를 붙잡아 준다거나 하진 않았지만 상관없었다. 이레나가 노린 건 바로 그들의 방심이었으니까.

"쯧, 일어서."

누군가 귀찮다는 표정으로 이레나를 바라보며 말을 걸었다.

이레나는 지친 기색으로 미약하게 고개를 끄떡이며 다시 비틀비틀 앞을 향해 걸어갔다.

그러다가 폭약을 가지고 있는 기사와 가까워지는 순간, 이레나는 그자가 있는 곳으로 쓰러지는 척하며 부딪쳤다.

탁, 기사는 얼떨결에 다가오는 이레나의 어깨를 붙잡았다.

"정신 제대로 안 차려?"

이레나가 거듭 비틀거리는 모습을 보이자 기사는 저도 모르게 방심한 것이었다. 그럴 수밖에 없는 게 이레나는 겉보기에 무척이나 연약한 여성이었고, 양손까지 묶여 있어서 크게 위험하다는 느낌이 없었다.

그리고 그게 바로 이레나가 노린 것이었다.

스윽, 이레나는 몸을 일으키는 척하면서 미리 눈으로 봐둔 폭약을 묶인 손으로 집었다.

기사는 곧바로 무언가 이상하다는 걸 눈치챘지만, 그보다 이레나의 움직임이 훨씬 빨랐다. 그녀가 날렵한 몸동작으로 눈 깜짝할 사이에 뒤로 물러나며 거리를 벌렸다.

"지금 뭐 하는……!"

갑작스러운 상황에 순간 기사의 얼굴에 당혹감이 스쳤다.

치이이익—

이레나는 곧바로 빼앗은 폭약을 터뜨릴 준비를 했다. 하지만 그 모습을 본 기사들이 이내 실소를 머금으며 입을 열었다.

"고작 그 폭약으로 우리들을 상대할 수 있으리라고 생각한 건가?"

이레나가 폭약을 던진다고 해도 방향을 보고 충분히 피할 수 있었다. 설령 몇 명이 폭발에 휘말려서 다치게 된다 하더라도 곧 그녀는 붙잡힐 것이다.

그들의 가소롭다는 듯한 시선을 받으며 이레나는 회심의 미소를 지었다.

"이 폭약은 그런 용도가 아니야."

"뭐……?"

무언가 이상한 낌새를 느낀 기사가 다시 입을 열었지만, 그의 말은 끝까지 이어지지 않았다.

이레나가 재빨리 손에 쥐고 있던 폭약을 허공으로 던지곤, 몸을 빙그르 회전시켜서 그것을 하늘 위로 차 버렸다.

쉬이이이익—

가벼운 폭약은 순식간에 저 멀리 날아갔다.

그리곤 곧이어 폭발했다.

퍼어어어엉!

어두운 밤하늘에 붉은 불꽃과 함께 굉음이 터져 나왔다.

이레나는 처음부터 폭약을 빼앗으면 폭죽 대신으로 사용할 생각이었다. 이 정도의 효과라면 근처에 있는 칼라일의 사람들에게도 눈에 띄었을 것이다.

"이, 이……!"

뒤늦게 이레나의 의도를 파악한 기사들의 얼굴이 분노로 인해 붉게 달아올랐다. 한눈에 그들이 머리끝까지 화가 났다는 걸 알 수 있을 정도였다.

기사들이 일제히 검을 뽑아 들며 이레나를 향해 가까이 다가왔다.

"근처에 황제가 보낸 병력이 있다는 걸 어떻게 알아차렸는지 모르겠지만, 그들이 도착할 때까지 버틸 수 있을 것 같나?"

"혹시라도 비명 소리가 새어 나갈까 봐 참았는데, 아무래도 여기서 팔을 자르고 가는 게 더 편하겠어."

그들이 서서히 접근해오는 걸 바라보며 이레나도 양손이 묶인 상태로 옷 안에 숨겨 놓았던 날카로운 숟가락을 집었다.

이제부터 관건은 이레나를 도와줄 지원군이 얼마나 빨리 도착하느냐였다.

*　　*　　*

'저건……'

이레나가 쏘아 올린 신호를 포착한 건 다름 아닌 쿤이었다. 그는 단번에 그것이 이레나가 보내온 신호일지도 모른다고 생각했다.

전투 중이니 어딘가에서 폭약이 터질 수는 있었지만, 그걸 허공에서 폭죽처럼 터뜨린다는 건 쉽게 일어날 수 있는 일이 아니었다.

쿤이 서둘러 신호가 보인 방향으로 가려고 발길을 돌릴 때였다.

갑자기 어두운 사람의 형상 하나가 허공에서 뚝 떨어지며 쿤의 앞길을 가로막았다. 그리곤 왠지 익숙한 목소리가 들려왔다.

"여어, 우리 구면이네."

마침 희미한 달빛이 쏟아지는 바람에 쿤은 자신의 앞길을 가로막은 상대의 얼굴을 확인할 수 있었다.

블레이즈 저택에서 만난 언제나 웃는 인상의 남자, 바로 바토리였다.

쿤 또한 이레나의 실종 이후 황궁에서 바토리가 사라졌다는 사실을 알고 있었기에, 그가 이번에 벌어진 사건과 연관이 되어 있을지도 모른다고 약간 의심을 하고 있던 상태였다.

쿤이 나지막한 목소리로 말했다.

"그때 블레이즈 저택에 잠입한 게 너였나?"

"나도 네가 황제의 사람인 줄은 몰랐네. 어쩐지 동류 같다는 느낌이 들더라니…… 내 직감은 참 잘 들어맞는다니까."

쿤이 슬쩍 시선을 돌려 방금 전 폭약이 터졌던 방향을 가늠하며 다시 입을 열었다.

"비켜. 지금 내 손에 죽고 싶지 않으면."

"왜에, 어딜 가려고? 저 신호가 황후 폐하가 보낸 것 같아서 그런가 보지?"

바토리의 입가에 걸린 미소가 더욱 짙어졌다. 그리고 그와 동시에 바토리의 슬쩍 드러난 눈동자에서 무시무시한 살기가 뿜어져 나왔다.

"감히 블러드 암살단을 불태우고 이대로 튀려고 하면 안 되지."

그 순간이었다. 바토리의 뒤편으로 블러드 암살단의 조원들이 모습을 드러냈다.

어둠 속에서 흉흉한 기운을 뿜어대고 있는 그들의 모습은 마치 들짐승들이 군침을 흘리며 먹잇감을 사냥하려는 형상 같았다.

쿤은 여전히 무표정한 얼굴로 힐끗 그들을 훑어보며

말했다.

"……뭔가 착각하는 모양인데."

슉슉슉!

곧바로 쿤 주위로 수십 개의 그림자가 나타났다.

바토리가 블러드 암살단과 함께였던 것처럼 이곳에 있는 쿤 또한 혼자가 아니었다. 그는 지금 칼라일이 심혈을 기울여 엄선한 루퍼드 제국 최정예 병사들과 함께였다.

"그저 시간이 없어서 나중에 상대해 주려고 한 것뿐이야."

그 말에 바토리의 웃고 있는 입가에서 미미하게 경련이 일어났다.

바토리와 쿤이 마주친 곳은 루넨 공국 안이었다. 여기서 시간만 끈다면 더 많은 루넨 공국의 병사들이 몰려올 테니, 누가 봐도 이 싸움에서 유리한 건 바토리였다.

바토리가 어처구니없다는 표정으로 말했다.

"나한테 그렇게 큰소리칠 수 있는 상황이 아닐 텐데?"

바토리의 도발에도 쿤은 여전히 여유로움을 잃지 않았다.

"고작 루넨 공국 안에서나 이름을 날리는 블러드 암살단으로 내 발목을 얼마나 붙잡을 수 있을 거라고 생각하는 거지?"

"뭐……?"

"이쪽은 대 루퍼드 제국의 최정예 부대라고. 너희들의 지원군이 오기 전에 죽여 줄 테니 염려 붙들어 매."

말대로 쿤은 적진 한복판에서 싸움을 벌인다고 해도 크게 두렵지 않았다. 칼라일이 루넨 공국으로 잠입시킨 병사들은 그만큼 실력이 출중했으니까.

다른 누구도 아닌 이레나를 구하기 위해 엄선된 자들이었다. 아무리 블러드 암살단이라고는 하나, 감히 루퍼드 최정예 부대와는 비교할 수 없었다.

바토리가 이를 갈며 말했다.

"과연 그런 실력을 지녔는지 직접 확인해 주지."

"얼마든지."

바토리가 손짓하자, 그의 뒤편에 있던 블러드 암살단이 먼저 돌진했다. 수십 명이 움직이는데도 특급 살수들답게 발소리 하나 들리지 않았다.

하지만 쿤의 자신만만한 태도처럼 블러드 암살단을 바라보는 루퍼드 최정예 병사들의 눈빛엔 일말의 두려운 기색도 없었다.

채앵!

두 세력이 맞붙기 시작하자, 쿤이 가장 가까이에 있는 수하에게 짧게 명령을 내렸다.

"방금 본 신호를 다른 부대에도 전해라."

혹시 근처에 쿤보다 먼저 갈 수 있는 부대가 있다면,

한시라도 빨리 이레나의 안전을 확보해야 했기 때문이다.

"알겠습니다."

수하가 고개를 숙이며 곧바로 어딘가를 향해 뛰어가기 시작했다.

그때였다.

쉬이이익—

허공을 가르는 파공음에 쿤이 본능적으로 몸을 비틀었다. 그러자 방금 전까지 쿤이 서 있었던 공간에 바토리의 검이 매섭게 지나갔다.

예상보다 뛰어난 쿤의 움직임에 바토리가 두 눈을 빛냈다.

"감히 날 상대로 한눈을 팔면 섭섭하지."

"보시다시피 안 보고도 피할 수 있는 수준이라."

쿤의 얄미운 말에 바토리의 입꼬리가 씰룩거렸다.

"예전엔 조금 더 무뚝뚝했던 것 같은데, 언제 이렇게 성격이 못돼 처먹게 변한 거야?"

"친한 척하지 마."

차앙, 바토리의 공격은 눈으로 따라가기에도 힘들 정도로 재빨랐다. 하지만 쿤은 그것을 미리 예상했다는 듯 기가 막히게 막아 내고 있었다.

둘 다 암살자로 활동하는 부류였기에 일반 기사보다

훨씬 검술이 은밀하고 재빨랐다. 그리고 상대의 약점을 정확하게 노리고 들어갔다.

남들이 보기엔 마치 이런 공격엔 이렇게 방어를 해야 한다고, 미리 합을 정해 놓은 것처럼 완벽하게 느껴질 정도였다.

파앗!

쿤의 발차기에 바토리가 턱을 맞았다. 하지만 바토리는 쓰러지지 않고 그대로 몸을 회전시켜 거리를 벌린 후, 다시금 언제라도 공격할 수 있는 자세를 취했다.

바토리가 한 손으로 스윽, 입가에 흐르는 피를 닦으며 웃었다.

"제법이네."

"……."

쿤은 여전히 무표정한 얼굴을 짓고 있을 뿐, 딱히 바토리에게 대꾸를 하지 않았다. 하지만 바토리는 개의치 않고 다시 쿤에게 말을 건넸다.

"우리 쪽으로 넘어오는 건 어때?"

"사양하지."

"너와 내가 손을 잡으면 썩 괜찮을 것 같지 않아? 우리한테 타깃이 된 사람은 절대로 살아남지 못할 텐데."

바토리는 생각보다 더 출중한 쿤의 실력에 놀라고 있는 중이었다. 어쩌면 같은 부류였기 때문에 너욱 쿤이 얼마나 뛰어난지 알 수 있었다.

일반 기사들과 달리 암살자들은 얼마나 소리 없이, 또 얼마나 빠르게 상대의 목숨을 취하는지에 초점이 맞춰졌다.

쿤은 지금 같은 정면 승부보다 뒤에서 기습을 하는 게 더 위협적일 것이고, 그것은 바토리 또한 마찬가지였다.

쿤이 슬쩍 미간을 찌푸리며 입을 열었다.

"……쫑알쫑알 말이 많군."

"난 처음부터 네가 마음에 들었었거든."

그건 진심이었다. 바토리는 처음 쿤을 만났을 때부터 왜인지 호감이 갔다.

바토리가 검을 들고 쿤에게 다시 매섭게 달려들며 말을 이었다.

"내 손으로 죽이기엔 정말 아까워."

챙! 채앵!

쿤은 날카로운 바토리의 공격을 막아 내고, 곧장 빈틈이 보이는 곳을 향해 검을 찔러 넣었다. 하지만 바토리 또한 호락호락하게 당하지 않았다.

그렇게 눈 깜짝할 사이에 몇 차례 검을 섞었을 때였다.

쿤이 나지막한 목소리로 말했다.

"어차피 죽이지 않으면 죽임을 당하는 게 우리들의 삶인데 뭐가 아깝다는 거지?"

어딘가 초연하게 느껴지는 쿤의 말투에 바토리가 진심으로 웃었다.

“역시 나랑 동류라니까. 아쉽지만 같은 편이 싫다면…… 여기서 죽어 줘야겠어. 적으로 두고 싶진 않아서 말이지.”

“그럴 만한 실력이 된다면 해 봐.”

쿤이 쏜살같이 바토리를 향해 검을 움직였다. 바토리는 재빨리 그의 공격을 옆으로 흘리며 재차 반격을 해 왔다.

쿤과 바토리는 우열을 가리기 힘들 정도로 치열한 접전을 벌이고 있었지만, 그들의 주변까지 그렇지는 않았다.

바토리와 함께 온 블러드 암살단의 살수들은 하나둘 서서히 정리가 되어 가고 있었다. 처음 쿤이 말한 대로 루퍼드 제국의 최정예 병사들이 훨씬 뛰어났기 때문이다.

루넨 공국 안에서 오래 지체할 수 없는 상황이었기에 루퍼드 제국의 병사들은 바토리와 쿤이 싸우는 곳으로 모여들기 시작했다.

어느덧 일대 다수의 싸움이 되었다.

푸욱!

누군가의 검이 바토리의 옆구리를 베고 지나갔다. 그리고 순식간에 또 다른 방향에서 날아온 검이 바토리의 목숨을 노렸다.

사방에서 쏟아지는 공격에 결국 바토리는 무너질 수밖에 없었다.

"헉헉."

거친 숨을 몰아쉰 바토리가 웃음기를 싹 지운 상태로 쿤을 쳐다보았다. 그 표정에서 숨길 수 없는 아쉬움이 가득 묻어 나왔다.

"……조금만 더 하면 이룰 수 있었는데."

이레나의 방해만 없었더라면 바토리는 칼라일을 암살하는 데 성공했을지도 모른다. 만약 그랬다면 파벨루크가 황제가 되고 그는 원하는 미래를 손에 넣었을 것이다.

그런데 전혀 생각지 못한 장소에서 뜻밖의 죽음을 맞이하게 되었으니 억울하지 않을 수가 없었다.

뚜벅뚜벅, 이젠 기력이 남아 있지 않은 바토리에게 쿤이 똑바로 걸어왔다.

그 모습을 바라보며 바토리가 평소처럼 가면 같은 웃음을 지었다.

"지금은 날 이긴 것 같아서 기쁘겠지만, 만약 우리가 서로 모시는 주군이 바뀌었다면 입장은 달랐을 거야."

"알아."

"좋겠다. 마지막엔 어떨지 모르겠지만, 지금 이 순간은 네가 잡은 동아줄이 더 튼튼했나 봐."

"……."

"혹시 나 살려 줄 생각은 없어? 난 충성심 같은 거 없는 놈인데, 방금 한 제안처럼 내가 너한테 붙어도 괜찮……."

"그럴 거면 건드리지 말았어야지."

"뭐, 뭘?"

쿤이 쥐고 있던 검을 위로 치켜들며 나지막이 말을 이었다.

"황후 폐하를."

그리곤 그대로 쿤이 검이 내려와 바토리의 목을 베었다.

서걱, 피를 울컥울컥 뿜어내며 바토리가 끊어지는 목소리로 말했다.

"칫, 이렇게 살기 싫었는데…… 너도 언젠가 나처럼 죽음을……."

그렇게 숨이 끊긴 바토리가 옆으로 털썩 쓰러졌다.

쿤이 무표정한 얼굴로 뒤를 돌면서 바토리를 향해 나지막이 대꾸했다.

"나도 안다고."

아주 어렸을 때부터 죽음은 언제나 쿤의 가까이에 있었다. 그래서 쿤은 항상 누군가를 죽일 때마다 다음엔 자신이 저렇게 죽을 거라고 생각했다.

그런데 요즘엔……

죽는 게 조금 무서워졌다.

쿤은 피가 떨어지는 자신의 검을 바라보다가 이내 고개를 들어 루퍼드 최정예 병사들을 쳐다보았다. 그리곤 무미건조한 목소리로 말했다.

"방금 전 신호가 보인 곳으로 황후 폐하를 찾으러 간다."

지금 무엇보다 가장 중요한 건 이레나를 구하는 일이었다. 그리고 그럴 수 있는 시간이 얼마 남지 않은 상황이었다.

* * *

이레나는 힘겨운 싸움을 이어 가고 있는 중이었다.

양손은 묶여 있을 뿐만 아니라 제대로 된 무기조차 없는 상황이다. 감옥 안에서 몰래 준비해 둔 숟가락을 암기처럼 사용하고 있었지만, 그것도 한계가 존재했다.

일단 숟가락의 개수가 몇 개 없었고, 정확하게 맞추지 않으면 치명상을 주지 못한다는 단점이 있었기 때문이다.

쉬이이이익!

하지만 이레나는 명사수답게 단 한 번도 빗나간 적 없었다.

"크윽!"

이레나를 붙잡으려 뒤쫓아오던 기사 한 명의 목에 정확히 숟가락이 꽂혔다.

그렇게 피를 토하고 쓰러지는 기사를 보며, 옆에서 같이 달리던 자들이 잔뜩 성난 목소리로 입을 열었다.

"이 계집! 잡히면 팔 하나가 잘리는 거로 끝나진 않을 것이다!"

타닥타닥, 이레나는 거친 숨을 몰아쉬며 발길이 닿는 대로 도망을 쳤다.

가능한 한 장소에서 지원군을 기다리는 게 좋겠지만, 루넨 공국의 기사들과 제대로 맞붙기엔 너무 열악한 상황이어서 달리 시간을 끌 방법이 없었다.

'내가 갇혀 있는 방향이 저쪽이었으니, 숟가락을 통해 비친 불길은 분명…….'

하지만 거기서 이레나의 생각은 더 길어지지 않았다.

"으윽!"

루넨 공국의 기사 한 명이 밧줄을 동그랗게 묶어 짐승을 포획하듯이 던졌는데, 거기에 그만 이레나의 목이 붙잡혔다.

순간 밧줄이 숨을 못 쉬게 조여들자 이레나는 괴로움에 몸서리쳤다.

날쌘 걸음으로 도망가던 이레나가 멈춰 서자 얼마 안

가 뒤를 붙잡혔다.

기사들이 험악한 기세로 이레나를 향해 다가왔다.

"두 다리의 아킬레스건을 끊어서 다신 도망치지 못하도록 해 주지."

인질로 잡고 있는 이레나를 마음대로 죽일 순 없었지만, 목숨만 붙어 있다면 이 정도쯤은 파벨루크도 개의치 않을 것이다.

지금껏 기사들은 차마 인질인 이레나를 화살로 쏴 죽일 수도 없었기에 생각보다 많은 시간을 소모했다. 물론 거기에는 이레나가 양손이 묶인 상태에서도 날렵하게 그들의 공격을 번번이 피한 영향도 컸지만 말이다.

더듬더듬, 이레나가 재빨리 옷 속에 숨겨 놓은 숟가락을 찾아 헤맸다. 그녀의 계산이 맞는다면 이게 마지막 남은 한 개였다.

절체절명의 상황, 이레나의 머리가 빠르게 돌아갔다.

'어떡하지? 이걸 어떻게 해야 가장 효과적으로 사용할 수 있을까?'

목에 걸린 밧줄을 끊으려고 했다간 그 전에 저지를 당할 확률이 높았다. 그렇다고 적들을 공격하기엔 한 명밖에 더 죽이지 못할 것이다.

하지만 포기할 순 없었다. 지금 이레나의 생명은 혼자만의 것이 아니었으니까.

이레나가 저도 모르게 손안에 있는 숟가락을 꾸욱 움켜쥘 때였다.

거의 동시에 한 기사가 이레나의 발목을 향해 검을 높이 치켜들었다. 조금 전에 한 말처럼 아킬레스건을 끊어 놓기 위해서였다.

그 순간이었다.

휘이이이익—

타앙!

갑자기 허공에서 날아온 검 한 자루가 그 기사가 손에 쥐고 있던 검을 튕겨 냈다. 그 덕분에 이레나의 아킬레스건을 자르려고 했던 기사의 행동이 저지되었다.

갑작스러운 상황에 깜짝 놀란 이레나와 루넨 공국의 기사들이 검이 날아온 방향으로 고개를 돌렸다.

타타타타탁!

그러자 그곳에서 뿌연 연기를 일으키며 수십 명의 기사들이 달려오는 모습이 보였다. 가장 선두에 있는 중년 남성의 얼굴이 무척이나 익숙했다.

금발 머리에 짙은 녹색의 눈동자, 그리고 딱딱하게 굳어 있는 표정.

'……아버지.'

그는 바로 이레나의 아버지이자, 이번 구출 작전의 수장을 맡은 알포드였다.

방해꾼의 등장에 정신을 차린 루넨 공국의 기사들이 재빨리 이레나를 포획하기 위해 재차 검을 들어 올렸다. 하지만 이번엔 이레나가 손에 쥐고 있던 숟가락을 움직여 가장 가까이에 있는 기사의 손바닥을 관통시켰다.

"으으윽! 이 계집이!"

고통스러워하는 그자를 지나쳐 이레나가 움직이려고 하자, 그녀의 목에 걸린 밧줄을 쥐고 있던 남자가 재빨리 끌어당겼다.

"큿!"

숨이 막힌 채로 이레나의 몸이 뒤로 끌려가려는 때였다.

쉬이잉—

알포드의 무리에서 쏜 화살 한 발이 정확히 이레나의 목과 연결된 밧줄을 잘라 냈다.

"하아!"

이레나는 부족한 산소를 재빨리 폐부로 빨아들이며, 자유로워진 몸을 앞으로 굴려서 루넨 공국의 기사들과 거리를 벌렸다.

그 짧은 틈을 놓치지 않고, 이번엔 알포드의 무리에서 수십 개의 화살이 날아왔다. 루넨 공국의 기사들이 더 이상 이레나에게 접근하지 못하도록 만드는 공격이었다.

팟! 타앗!

기사들은 재빨리 날아오는 화살을 검으로 쳐 내면서

다시금 이레나를 붙잡으려 했지만, 그 전에 알포드의 무리가 도착했다.

"황후 폐하를 지켜라!"

훨씬 많은 루퍼드 제국의 정예병들이 달려들자, 수적으로 불리한 루넨 공국의 기사들은 분하다는 표정으로 도망을 가기 시작했다.

당장은 어쩔 수 없이 도주를 선택한 것이지만, 이내 루넨 공국의 다른 군사들을 이끌고 다시 이레나를 추적하려 들 게 분명했다.

"콜록콜록."

이레나가 지친 기색으로 바닥에 앉아 마른기침을 토해 내고 있을 때였다.

어느새 바로 앞까지 다가온 알포드가 그녀의 앞에 한쪽 무릎을 꿇고 앉아 목에 걸린 밧줄을 풀어 주었다. 그리곤 본인이 입고 있던 망토를 벗어 이레나의 어깨 위로 덮어 주며 말했다.

"괜찮으십니까? 황후 폐하."

"네, 마침 적절하게 나타나 주셔서 저는 괜찮습니다. 그보다 황제 폐하는 어디 다치신 데 없으시죠?"

이레나가 자신의 안위보다 칼라일부터 걱정하자 알포드는 왠지 할 말을 잃고 잠시 멈칫하는 기색이 보였다. 하지만 그건 찰나의 순간이었을 뿐, 이내 알포드는 아무렇지 않다는 듯 입을 열었다.

"……황제 폐하께선 무탈하십니다."

"다행이에요. 그동안 어디 다치진 않으셨을까, 혼자 걱정했어요."

그 말에 알포드는 이레나를 알 수 없는 눈빛으로 쳐다보다 곧이어 자리에서 일어났다.

"황후 폐하, 일어서실 수 있겠습니까? 일단 이야기는 가면서 하시죠. 루넨 공국을 벗어나기 전까지 아직 안전하지 않습니다."

"네, 그래요."

알포드가 먼저 일어나서 손을 내밀자, 이레나는 망설임 없이 그 손을 붙잡고 몸을 일으켰다.

알포드는 서둘러 그녀를 부축해 자신의 말 위로 태우곤, 같이 온 병사들을 향해 위엄 있는 목소리로 명령을 내렸다.

"목적을 달성했으니 후퇴한다! 다른 부대에게도 소식을 알려라!"

"네, 단장님!"

루넨 공국 기사들이 여기서 이레나를 놓쳤기 때문에 어차피 이곳은 금방 노출이 될 장소였다. 그렇기에 알포드의 무리들은 더욱 거리낌 없이 이레나를 찾으면 터뜨리기로 한 푸른색의 신호탄을 쏘아 올렸다.

푸시시시식!

새파란 연기가 어두운 밤하늘 위로 뭉게뭉게 피어올랐다.

알포드는 잔뜩 지쳐 보이는 이레나의 뒷자리에 올라타며 서둘러 말고삐를 쥐었다.

"가자!"

54

죽지 마세요

칼라일은 국경에서 루넨 공국과 치열하게 전쟁을 벌이고 있었다.

한 차례의 대규모 전투가 끝난 어둑어둑한 밤, 칼라일은 잠시의 쉴 틈도 없이 커다란 막사 안에 주요 장군들을 모아 놓고 곧바로 루넨 공국을 몰아붙일 전략 회의를 주관했다.

칼라일이 새카만 철 갑옷을 입은 채 루넨 공국의 지도가 그려진 테이블 앞에 서 있는 모습은 누가 봐도 카리스마가 넘쳤다.

"전쟁이란 게 길어지기 시작하면 몇 개월, 혹은 몇 년이 흐를 수도 있지. 하지만 시간적인 부분으로 본다면 우리가 유리해. 현재 루넨 공국에 있는 켈트 왕국의 군사들은 그렇게 오래 주둔하는 걸 반기지 않을 테니까."

칼라일의 말에 모두가 고개를 끄덕이며 수긍했다.

"황제 폐하의 말씀이 맞습니다."

전쟁은 어떻게 보면 장거리 달리기와도 같았다. 먼저 포기하는 쪽이 무조건 지게 되어 있었다.

그렇기에 전쟁에 필요한 건 막강한 군사력뿐만 아니라 식량을 공급해 줄 보급로와 군자금도 포함이 되는 것이다.

현재 루넨 공국에서 켈트 왕국의 병사들이 빠진다면, 남은 인원은 루퍼드 제국에 상대조차 되지 않았다.

그 사실을 절대로 잊어선 안 되었다. 그런 자그만 주변 환경들이 하나하나 모여서 커다란 승리를 만들어 내는 거니까.

"아마 지금쯤 내가 국경으로 오기 전에 파견한 사신단이 켈트 왕국에 도착했을 것이다."

"아, 사신단을 보내셨습니까?"

장군들은 미처 알지 못한 사실에 약간의 놀라움을 비쳤다.

칼라일은 전쟁을 최대한 빨리 종결하기 위해서 이미 켈트 왕국에 손을 써 둔 상태였다.

"그들에게 더 이상 루넨 공국을 돕는다면 나중에 그만

한 대가를 치러야 할 것이라고 갖은 협박을 적어 보내 두었지."

"저, 정말입니까? 회유를 하는 게 아니라 협박을 하셨다고요?"

모든 장군들이 방금 전보다 더 깜짝 놀란 표정으로 칼라일을 쳐다보았다.

상식적으로 켈트 왕국이 아무런 대가도 없이 루넨 공국을 도울 리가 없었다. 그러니 루퍼드 제국도 그에 합당한 보상을 제시하면서 빠져 달라고 부탁을 하는 게 정석이었다.

하지만 칼라일은 그런 틀을 깨 버린 것이다.

"어차피 우리 측에서 무언가를 보상으로 제시한다고 해도 켈트 왕국에서 파벨루크와의 약조를 깨고 쉽게 돌아설 리 없다. 오히려 그렇게 되면 자기들이 유리한 줄 알고 기고만장해질 뿐이지."

"그건 맞는 말씀이지만……."

"이번에 내가 한 협박을 듣고 켈트 왕국의 수뇌부들은 간담이 서늘해졌을 거야. 이 전쟁에서 루넨 공국이 무조건 이기리라는 보장은 없으니까."

거기에는 지금껏 전쟁터에서 악명을 떨친 칼라일의 존재도 단단히 한몫을 했다. 그가 뛰어난 지휘관이라는 건 주변 국가들도 모두 알고 있는 사실이었으니까.

"내가 불안을 심어 두었으니 그들은 분명 루넨 공국으로 파견한 에이지 장군에게 승리를 할 수 있다는 확신을 바라게 될 거고, 만약 그게 불가능하다고 판단되면 어떻게든 빠지려고 들겠지."

연이어지는 칼라일의 말에 모두 절로 고개를 끄덕거렸다. 그만큼 그의 말은 단 한 군데도 틀린 구석이 없었다.

칼라일이 한순간 푸른 눈동자를 서늘하게 빛내면서 재차 입을 열었다.

"그러니까 지금 우리는 그들이 불리하다고 느낄 만한 상황을 만들어 주면 되는 거다."

어떻게 보면 간단한 내용 같았지만, 그건 사람들의 심리를 꿰뚫는 날카로운 전략이었다. 칼라일은 오랫동안 전쟁터를 전전한 덕분에 본능적으로 어떻게 해야 승리를 거머쥘 수 있는지 잘 아는 남자였다.

칼라일이 곧장 지휘봉으로 루넨 공국의 지도에 그려진 몇 개의 지점들을 가리켰다. 전부 루넨 공국에서 켈트 왕국으로 가는 길목이었다.

"우선 이곳들부터 전부 막는다. 내 의도를 에이지 장군은 꿰뚫어 보겠지만, 아래 있는 병사들은 마음대로 켈트 왕국으로 돌아갈 수 없다는 걸 알고 자연스레 사기가 떨어지게 될 거야."

어느 국가든 간에 전쟁을 하러 나온 병사들의 마음은

모두 똑같았다. 누구나 당당하게 승리해서 고향으로 돌아가고 싶지, 타지에서 죽음을 각오하며 전의를 다지는 사람은 없었다.

"역시 대단하십니다. 폐하."

"과연 황태자 시절 폐하에 대한 소문은 과장된 것이 아니었습니다."

사람들의 진심 어린 칭찬에도 칼라일은 일말의 동요조차 하지 않았다.

"모두 내 뜻을 알았으면, 각자의 진영으로 돌아가 병사들을 움직이도록."

칼라일의 이런 단호한 성격에 벌써 적응이 된 장군들이었다. 그들은 밝은 표정으로 동시에 우렁차게 대답했다.

"명 받듭니다! 폐하!"

"이만 해산한다."

그렇게 전략 회의가 끝이 나자, 막사 안에서 장군들이 우루루 빠져나갔다.

이제 전체적인 그림은 그려졌으니, 세부적으로 그들이 통솔하는 부대끼리 다시금 병력을 편성하고 각자 해야 할 일들을 정하게 될 것이다.

하지만 칼라일은 모두가 사라지고 난 뒤에도 쉽사리 이곳을 떠나지 못했다. 어떻게 하면 더욱 루넨 공국을 압박할 수 있을지 머리가 복잡했기 때문이다.

지금 칼라일이 인질이 된 이레나를 위해서 할 수 있는 일이라곤 이것밖에 없었다.

국경에서의 전투가 치열해질수록 파벨루크는 이쪽에 신경을 쓸 수밖에 없을 테고, 그만큼 루넨 공국의 각지에 있는 병사들은 자연히 변방으로 몰리게 될 것이다.

그러면 상대적으로 이레나를 구하러 들어간 최정예 부대들의 움직임이 조금은 수월해질 수밖에 없었다.

칼라일의 입장에서는 이런 방법으로나마 이레나의 구출 가능성을 더욱 높이려는 계획이었다.

'최악의 경우…… 부인의 구출에 실패한다면 나와 협상을 하기 위해서라도 살려 두겠지.'

만에 하나라도 그런 상황이 벌어졌을 때 이레나의 안전을 보장받을 수 있는 유일한 길은 지금처럼 칼라일이 승기를 쥐고 있는 것뿐이었다.

칼라일은 최근 격해진 감정 때문인지 여전히 검은 비늘들이 울긋불긋 돋아난 자신의 오른팔을 보며 생각에 잠겼다.

'……살아만 있어 줘.'

이레나가 어떤 모습이라도 좋았다.

인질로 잡혀 있는 동안 이레나는 다쳤을지도 모르고, 차마 상상하기도 싫은 끔찍한 고문을 당했을지도 모른다.

다시 그녀를 되찾았을 때, 예전과 똑같은 모습일 거라고 장담할 수는 없었다.

하지만 그런 건 전혀 상관없었다. 칼라일은 그저 이레나가 살아만 있으면 되었다. 설령 이레나가 얼굴이 뭉그러진 추녀가 되었다 해도, 팔다리가 전부 성치 않다고 해도 전혀 개의치 않았다.

'어떤 모습이라 해도, 내 눈에는 여전히 사랑스러운 아내일 테니까.'

칼라일이 이레나를 좋아하게 된 이유는 많았다. 얼굴이 너무 예뻐서, 자신을 쳐다보는 붉은 눈동자가 좋아서, 긴 목선도 좋았고, 가늘고 작은 손가락도 좋았다.

그녀가 검을 쓰는 모습은 말할 수 없을 정도로 멋있었고, 활로 과녁을 겨냥할 때는 넋을 놓고 쳐다보게 될 정도로 근사했다. 그러면서 또 수줍어하는 표정은 어찌 그리 귀여운지…….

그렇게 셀 수도 없이 많은 이유로 이레나를 사랑한다고 느꼈지만, 이제는 설령 그 모든 것들이 사라진다고 해도 좋았다.

그냥 이레나라서 좋았다.

뭐가 어떻게 변해도 절대로 달라지지 않는 건, 칼라일이 이레나를 사랑하고 있다는 마음이었다. 자신은 마치 불가항력처럼 이레나를 사랑할 수밖에 없는 남자였으니까.

그러니…… 그저 살아만 있어 달라고 바라게 되었다.

"……이레나."

칼라일이 나지막이 그녀의 이름을 읊조렸다. 그리곤 저도 모르게 슬며시 눈을 감고 이레나의 얼굴을 떠올려 보았다.

지독한 그리움과 걱정으로 당장이라도 심장이 타들어 갈 것 같았지만……

지금 칼라일을 지탱해 주는 단 하나는 그녀를 구할 수 있다는 희망이었다.

*　　*　　*

파벨루크의 기분은 무척이나 저조했다. 칼라일이 벌이는 국경에서의 전투가 심상치 않게 흘러가고 있었기 때문이다.

그랬기에 더욱 이레나를 인질로 붙잡아 혹시 모를 상황에 대비하고 싶었지만, 그마저도 놓쳤다는 보고를 듣게 되니 머리끝까지 화가 날 수밖에 없었다.

콰앙, 파벨루크가 책상을 내리치며 나지막이 중얼거렸다.

"……되는 게 없군."

원래의 계획대로라면 파벨루크는 이레나의 잘린 팔을

가지고 변방으로 향했어야 했다. 하지만 갑작스러운 이레나의 도주 소식에 잠시 발이 묶인 상태였다.

파벨루크가 못마땅한 얼굴로 미간을 찌푸리고 있을 때였다.

똑똑, 다급한 노크 소리와 함께 수하의 목소리가 들려왔다.

"각하, 에이지 장군에 관한 일입니다."

"들어와서 보고해."

파벨루크의 허락이 떨어지자 수하는 성큼 방 안으로 들어왔다. 그리곤 불필요한 말없이 재빨리 보고부터 올렸다.

"에이지 장군에게 붙여 놓은 첩자의 말로는 켈트 왕국으로 가는 길목이 막히자 그쪽의 사기가 많이 떨어지는 추세랍니다. 아무래도 전쟁을 도와주는 기한을 정하고 싶어 하는 눈치라고 합니다."

"쯧. 나한테 자신만만하게 칼라일의 목숨을 노리겠다고 할 때는 언제고, 벌써부터 꼬리를 마는 꼴이라니 우습구나."

파벨루크는 겁을 집어먹은 켈트 왕국의 태도가 심히 언짢았지만, 그렇다고 이대로 그들이 발을 빼게 내버려 둘 수는 없었다.

켈트 왕국이 사라진다는 건 곧 루넨 공국이 진다는 의

미였고, 그말인 즉 파벨루크가 패배했다는 소리나 다름 없었다.

파벨루크가 나지막이 입을 열었다.

"현재 단일 세력으로 루퍼드 제국과 맞붙을 수 있는 왕국은 없다. 이 기회를 놓치면 영원히 루퍼드 제국을 넘볼 수가 없다는 점을 에이지 장군과 켈트 왕국에게 다시 한 번 주입시키도록 해."

"네, 각하."

"그리고 지금 바로 에이지 장군이 있는 변방으로 내가 직접 가겠다. 수도에는 최소한의 병력만 놔두고 전부 나를 따르도록."

"알겠습니다."

현재 변방에는 에이지 장군을 포함, 루넨 공국의 장군들이 힘을 쓰고 있었지만 파벨루크가 있고 없고의 차이는 컸다.

가능한 한 빨리 파벨루크가 합류하는 게 지금의 상황을 역전하는 데 큰 도움이 될 것이다.

하지만 그 전에……

한 가지 해야 할 일이 있었다.

'……그래도 우리 집에 왔던 손님을 이대로 보내 줄 순 없지.'

마음을 정한 파벨루크가 심연 같은 눈동자를 어둡게

빛내며 바깥으로 걸음을 옮겼다. 그러자 밖에서 대기하고 있던 수백 명의 수하들이 일제히 그의 뒤를 따랐다.

사실 지금 눈으로 보이는 것만 수백 명일 뿐, 국경으로 향하는 루넨 공국의 병사는 족히 수천은 되었다.

가장 선두에서 당당히 걷던 파벨루크가 나지막한 목소리로 중얼거렸다.

"아무래도…… 내가 직접 토끼몰이를 해야겠구나."

지금은 이레나를 놓쳤지만, 아직 루넨 공국을 벗어나진 못했을 것이다. 거기다 그녀도 어차피 루넨 공국의 국경을 넘으려 할 테니 파벨루크가 가야 하는 방향과도 일치했다.

그렇다면 그냥 지나칠 이유가 없었다. 약간의 시간을 쓰더라도 애초의 계획대로 이레나를 인질로 써먹지 못할 바엔 차라리 제 손으로 죽이는 게 나았다.

이레나가 지닌 검술 실력이면 위협이 되기도 했고, 무엇보다 칼라일이 원하는 대로 이레나를 놓아줄 생각은 없었으니까.

만약 칼라일이 그녀를 되찾게 된다면……

그건 싸늘한 시체가 된 이후에나 가능할 것이다.

파벨루크는 더 이상 이레나의 추격을 다른 사람의 손에 맡겨 둘 생각이 없었다. 결국 제일 중요한 일은 자신의 손으로 해야 직성이 풀리는 법이니까.

파벨루크가 한쪽 입꼬리를 올리며 웃었다.

"감히 루넨 공국을 함부로 침투한 이들에게 혹독한 벌을 내려 줘야겠지."

* * *

현재 이레나를 구출하기 위해 파견된 부대는 총 세 개였다. 그리고 그 부대를 하나씩 알포드와 데릭, 그리고 쿤이 맡고 있었다.

당장은 가장 중요한 이레나의 구출에 성공했지만, 그렇다고 해서 루넨 공국을 벗어나기까지 방심할 수 없었다.

이곳에 들어올 때는 모두 정체를 숨긴 채 비밀리에 잠입했지만, 지금은 루넨 공국 전체가 그들을 뒤쫓고 있는 상태였으니까.

어느 정도 기력을 찾은 이레나는 직접 말을 몰고 있었다. 문득 떠오른 생각에 그녀가 궁금증 어린 표정으로 알포드에게 물었다.

"아버지, 오라버니와 카샤 경은 저희 측과 합류하지 않나요?"

"이동하는 인원수가 많으면 더욱 주목을 받을 것 같아서 따로 움직이기로 이미 말을 맞춰 둔 상태입니다."

"……그렇군요."

칼라일이 엄선한 루퍼드 최정예 부대는 하나같이 뛰어난 실력자들이었지만, 인원수는 고작해야 수백 명밖에 되지 않았다. 루넨 공국에 몰래 잠입하기 위해선 어쩔 수 없이 인원이 제한되기 때문이었다.

그래서 아무리 선별된 이들이라고 해도 루넨 공국의 병사들에게 뒤를 잡히면 끝이었다.

처음부터 그런 부분을 걱정했기에 이레나를 구출하면 각자 따로 움직여 상대를 교란시키자고 말을 해 놓은 상태였다.

세 부대가 전부 이레나를 구출한 것처럼 움직일 테니, 루넨 공국에선 진짜 그녀가 어디에 있는지 알아차리지 못하도록 말이다.

알포드는 그런 자세한 설명은 생략했지만, 이레나는 그 말만 듣고도 이미 어느 정도 눈치를 챈 상태였다.

'다들 걱정이네.'

이레나를 구하기 위해서 생각보다 많은 사람들이 목숨을 건 것 같았다. 데릭이나 쿤, 그리고 그밖에 다른 사람들도 가능한 다치지 않기를…….

이레나는 마음속으로 기도를 할 수밖에 없었다.

그렇게 며칠 동안 알포드의 부대는 쉼 없이 말을 타고

이동했다. 이레나는 알포드와 만난 이후 단 한 번도 말에서 내려 본 적이 없었다.

알포드가 나직한 목소리로 물었다.

"힘들진 않으십니까?"

"괜찮아요. 다른 분들도 고생하시는데 괜히 저 때문에 속도를 늦출 순 없죠."

이레나는 며칠째 잠도 편히 자지 못한 채, 식사도 말을 탄 상태에서 간단한 음식으로만 배를 채우고 있는 중이었다.

가뜩이나 고된 감옥 생활에서 풀려난 지 얼마 되지 않은 이레나가 곧바로 겪기에는 너무 무리한 일정이었다. 더구나 그녀는 현재 임신까지 하고 있는 상태였으니까.

알포드는 이번 작전에 투입되기 전에 칼라일에게 이레나의 임신 사실을 들어서 알고 있었다. 하지만 괜히 시간을 허비하다가 적들에게 붙잡히는 것보다는 나았기에 더는 물어보지 못했다.

"조금만 더 힘내십시오. 그래도 얼마 남지 않았습니다."

"네, 고…… 흠흠, 알겠어요."

이레나는 저도 모르게 걱정해 줘서 고맙다는 말을 하려다가 바꿨다. 알포드가 자신의 이런 다정한 모습을 반기지 않을 것 같다는 생각이 들어서였다.

최근 알포드는 평소보다 이레나를 더욱 신경 써 주고 있었다. 물론 무뚝뚝한 그의 성격이 하루아침에 바뀌지는 않았지만, 현재로도 충분히 만족스러웠기에 괜한 말로 지금의 관계를 망가트리고 싶지 않았다.

그때였다. 알포드의 뒤편으로 누군가가 빠르게 다가오며 조용히 말을 건넸다.

"단장님, 드릴 말씀이 있습니다."

그는 황실의 제 4 기사단 소속으로 알포드의 충실한 수하인 마틴이란 남자였다.

마틴의 말에 알포드는 힐끔 이레나를 쳐다보더니 이내 나직하게 대꾸했다.

"뒤에서 따로 얘기하지."

"네."

그렇게 두 사람은 행렬의 뒤편으로 사라졌다. 이레나는 살짝 의아한 시선으로 쳐다보았지만 이내 크게 개의치 않았다.

현재 이 부대를 이끄는 대장은 알포드였고, 이레나가 모르는 긴밀한 이야기들을 주고받을 수도 있는 위치였으니까.

잠시 후, 이레나와 멀찍이 거리를 벌린 알포드가 진중한 눈빛으로 마틴에게 물었다.

"무슨 일이지?"

"루넨 대공이 바로 뒤까지 추격해 왔습니다."

"결국 그렇게 되었나……."

"어떻게 할까요, 단장님? 이대로라면 금방 잡힐 것 같습니다."

알포드의 얼굴에 수심이 깊어졌다. 이레나를 데리고 도주한 지 얼마 안 됐을 때, 루넨 공국의 수도에서 파벨루크가 대규모 병사들을 이끌고 추적을 시작했다는 소식을 들었다.

가뜩이나 심신이 지친 이레나가 걱정을 할까 봐 감췄지만, 이미 그녀를 구하기 위해 파견된 세 부대는 그때 이후로 연락이 끊겼다.

잦은 연락을 할 정도로 여유로운 상황이 아니었고, 혹시라도 서로 소식을 전하다가 뒤를 잡힐까 우려한 것이었다.

아마 연락은 닿지 않아도 쿤과 데릭의 부대들은 끝까지 이레나를 구하기 위해 저마다 최선의 노력을 다하고 있을 터였다.

알포드가 결연한 표정으로 입을 열었다.

"어차피 국경을 넘기까지 얼마 남지 않았다. 누군가 시간을 벌어 주면 황후 폐하를 무사히 구출하는 데 성공할 수 있을 것이다."

"그렇다면 목숨을 걸고 남아 줄 병사들을 뽑아야겠군요."

"아니."

알포드가 단호하게 고개를 저었다. 고작 그런 속임수로는 파벨루크를 속이지 못할 것이다.

파벨루크가 보기에 이곳에 이레나가 있을 거라고 믿을 만한 인물이 남아야 했다.

"내가 직접 남겠다."

"다, 단장님……!"

생각지 못한 알포드의 충격적인 발언에 마틴의 눈동자가 크게 뜨여졌다.

하지만 알포드는 이미 마음의 결정을 내린 듯 일말의 망설임도 없었다.

"내가 움직여야 파벨루크도 황후 폐하가 함께 있다고 착각할 것이다. 그리고 그를 조금이라도 더 붙잡아 두려면 검술 실력이 뛰어난 인물이 좋을 것이고…… 아무리 생각해도 나 말고 이 일을 해낼 수 있는 사람은 없다."

"하지만 황후 폐하께서 원치 않으실 겁니다."

"그러니 비밀로 해야지."

"단장님……."

알포드는 저 멀리 희미하게 보이는 이레나의 뒷모습을 바라보며 굳건한 표정으로 입을 열었다.

"루퍼드 제국의 황후 폐하를 구하는 일이다. 그리고 작게는 내 딸의 목숨을 살리는 일이고…… 더는 아무 말도 말거라.”

“……알겠습니다.”

알포드의 고집을 잘 아는 마틴은 결국 고개를 끄덕일 수밖에 없었다. 더구나 그가 지금 하는 말이 틀린 소리는 아니었기 때문이다.

알포드가 말했다.

“그래도 나를 따라 움직일 인원이 필요하니, 지금의 부대를 절반으로 나누도록 하지. 모든 건 황후 폐하 모르게 진행돼야 할 것이다.”

“……명심하겠습니다.”

“그리고 이걸 부탁하지.”

알포드가 품에서 고급스러운 검은 편지 봉투를 꺼냈다. 그것을 본 순간 마틴은 그게 뭔지 바로 알아차릴 수 있었다.

황실의 제 4 기사단은 해마다 유서를 작성한다. 외부에는 알려지지 않은 기사단 고유의 전통이었다.

특히 위험한 임무를 맡을수록 꼭 잊지 않고 남겼는데, 혹시라도 해당 기사가 사망하게 되면 그것을 남은 가족들에게 전해 주는 것이 관례였다.

한마디로 이 편지는 올해 알포드가 작성한 유서인 것이다.

마틴이 고개를 세차게 저으며 거절했다.

"싫습니다. 저는 단장님을 따라가겠습니다."

"무슨 소리. 너는 여기에 남아 황후 폐하를 지켜야 한다."

"단장님, 저는……."

"내 명령에 불복종하겠다는 것이냐?"

"……아닙니다."

마틴은 덜덜 떨리는 손으로 알포드가 건네는 유서를 받아들었다. 오히려 알포드가 무덤덤한 표정으로 말을 했다.

"내가 길을 떠나면 그걸 나중에 황후 폐하께 전해 주거라."

"제 목숨을 걸고서라도 꼭…… 전하겠습니다."

"그래. 그렇다면 길게 끌 필요 없이, 오늘 밤 바로 작전을 실행하지."

말과 동시에 알포드의 짙은 녹색 눈동자가 결연한 빛을 머금었다.

마틴은 물기 어린 눈동자로 고개를 수그릴 뿐이었다.

"……명 받듭니다."

그렇게 이레나만 모르는 병력의 이동이 있었다. 국경까지 그녀를 호위할 이들과 알포드와 같이 뒤에 남아서 파벨루크를 상대할 이들로 나눠진 것이었다.

아무리 기사라고는 하나 사람이라면 누구나 죽음이 무서운 법이었다. 하지만 루퍼드 최정예 부대로 뽑힌 자들답게 이러한 상황 또한 덤덤히 받아들였다.

어차피 이레나를 구하지 않으면 돌아오지 않겠다고 칼라일에게 맹세를 한 이들이었다. 애초에 이 임무에 목숨을 걸었기에 큰 망설임은 없었다.

어느덧 시간이 흘러 어둑어둑한 밤이 되었다.

타닥타닥, 이레나는 알포드의 망토를 모포처럼 뒤집어쓴 채 천천히 말을 몰면서 선잠을 자고 있었다. 이렇게라도 틈틈이 휴식을 취하지 않으면 강행군을 버텨 낼 수가 없었기 때문이다.

하지만 언제부턴가 보이지 않는 알포드가 신경이 쓰여서 이레나는 결국 쏟아지는 잠을 떨치고 정신을 차렸다.

"지금 블레이즈 경은 어디 있죠?"

이레나의 옆에 있던 마틴은 저도 모르게 시선을 회피하며 나직이 대답했다.

"근방을 수색하러 떠나셨습니다."

"그러기엔 아까부터 보이지 않던데, 혹시 무슨 일이 생긴 건 아닐까요?"

"걱정 마십시오. 황후 폐하. 아마 곧…… 돌아오실 겁니다."

"그런가요……?"

이레나는 왠지 석연치 않은 기분이 들었지만, 더 이상

캐묻진 않았다. 마틴의 말대로 알포드는 단순히 주변을 정찰하러 간 것일 수도 있는데 괜한 소란을 피울 수는 없었기 때문이다.

그렇게 묵묵히 길을 떠나고 있을 때였다.

깊은 고민에 빠져 있던 마틴이 이내 조심스러운 목소리로 이레나에게 말을 걸었다.

"황후 폐하……."

"말씀하세요."

"아무래도 제가 단장님이 계신 정찰조에 가 봐야 할 것 같습니다. 나중에 국경을 넘으시고 난 뒤, 이 편지를 읽어주시겠습니까?"

"편지요?"

이레나는 마틴이 조심스럽게 꺼내 든 고급스러운 검은 편지 봉투를 바라보았다.

왠지 불길한 예감이 머리를 스쳤다.

"누가 보낸 편지죠?"

"단장님께서 작성하신 편지입니다. 지금이 아니라 나중에 읽어 달라 청하셨습니다."

"……아버지가 보낸 거란 말이죠."

왜일까. 이레나는 불현듯 저번 생에 알포드가 죽고 난 뒤, 자신에게 남긴 편지가 있다는 걸 알게 된 날이 떠올랐다.

중간에 잘못된 것인지 그 편지를 끝내 확인하지는 못했지만……

알포드는 분명 이레나에게 어떤 편지를 남겼었다. 바로 지금처럼 말이다.

여태까지 이레나는 미라벨의 유학 관련한 문제로 몇 번이나 알포드에게 편지를 썼지만 단 한 번도 답장을 받아 본 적이 없었다. 그런데 이런 긴박한 순간에 알포드가 남긴 편지가 있다는 건, 미래를 알고 있는 이레나에게 굉장히 꺼림칙한 일이었다.

아무것도 몰랐다면 모르겠지만, 이미 한 번의 생을 겪은 이레나는 이 편지를 나중에 읽어 볼 생각이 없었다.

찌이익, 이레나가 망설임 없이 편지 봉투를 뜯었다. 그러자 옆에 있던 마틴이 깜짝 놀란 표정으로 이레나를 말렸다.

"화, 황후 폐하, 그건 나중에 읽어 보심이……."

"전 지금 봐야겠어요."

이레나가 고집스러운 표정으로 편지 봉투를 열자, 마틴도 더 이상 말리지 못하고 그저 암담한 표정을 지을 뿐이었다.

이레나의 붉은 눈동자가 재빨리 편지의 내용을 읽어 나갔다.

[이 편지가 전달이 되었다는 건 내게 안 좋은 일이 생겼다는 뜻이겠구나.

하지만 슬퍼하지 말거라.

이 아비는 평생 루퍼드 제국을 위해서 일했고, 그게 우리 가문과 더 나아가서는 너희들을 위하는 길이라고 믿었다.

나는 하늘을 우러러 한 점 부끄러움 없는 삶을 살았으니 후회는 없다.

그러니 내가 어떤 죽음을 맞이했든 간에 복수할 생각일랑 말고 너희들의 행복을 누리며 살아가거라.

그게 이 아비가 진심으로 바라는 일일 테니.

그럼 건강하거라.]

이레나는 직감적으로 지금 이 편지가 저번 생에 자신이 받아 보지 못한 것이라는 걸 깨달았다. 그렇다면 이 편지는 한 번의 생을 지나서야 확인하게 된, 이레나에게 아주 어렵게 전해진 것이었다.

편지의 내용 중 유독 복수할 생각은 하지 말라는 문구가 눈에 들어왔다. 이레나가 이미 한 번 파벨루크에 대한 복수만을 위해 살았기 때문인지도 모르겠다.

하지만 알포드가 진정으로 바란 것은 그런 게 아니었다. 그저 이레나의 행복이었을 뿐.

'내가 이 편지를 저번 생에서 받았다면 어떻게 되었을까?'

물론 그렇다고 하더라도 이레나는 파벨루크를 향한 불타오르는 복수심을 멈추지 못했을지도 모른다. 하지만 최소한 알포드가 마지막까지 자신의 행복을 빌었다는 사실은 알게 되었을 것이다.

결국 툭 하고 이레나의 눈물 한 방울이 편지지 위로 떨어졌다.

너무도 알포드다운 편지였다. 정말 무뚝뚝하기 그지없는 내용이었으니까.

하지만 그 안에 담긴 알포드의 진심이 느껴졌다.

사실 이레나는 알포드에게 섭섭한 게 너무도 많았다. 그는 어렸을 때부터 유독 그녀에게 엄격하게 대했으니까.

하지만 이 편지를 받아 보니 그런 서운했던 마음이 눈 녹듯이 사그라들었다.

그냥 그게 알포드였던 것이다.

그렇게 본인의 방식대로 애정을 표현하는 고집불통에 불친절한 아버지 말이다.

그동안 알포드가 이레나에게 남긴 상처들을 전부 애정이라 포장할 수는 없었지만, 그래도 그 안에 담긴 감정은 분명 사랑이었던 것이다. 그걸 깨닫자 이레나는 울컥 눈물이 쏟아질 수밖에 없었다.

'정말이지, 너무 하시네요. 아버지.'

끝까지 이레나에겐 아무런 말도 하지 않은 채 제멋대로 본인의 죽을 자리를 택한 알포드가 너무나 미웠다.

그래서 이레나는…… 아직 그를 보내 줄 수가 없었다.

지금은 알포드에게 인정을 받지도 못했을뿐더러 따뜻한 말 한마디 들어보지 못했다. 그런데 고작 이 편지 한 장으로 그동안 서러웠던 세월을 채울 수는 없었다.

이레나가 서둘러 눈물을 닦으며, 이 편지를 건네준 마틴을 향해 물었다.

"솔직히 말해 줘요. 아버지는 지금 어디 있는 거죠?"

"그게……."

마틴이 우물쭈물거리면서 대답을 회피하자, 이레나가 허공을 향해 손을 들어 올렸다.

스윽, 그 작은 손짓에 국경으로 달려가던 행렬이 멈췄다.

이레나는 더 늦기 전에 저번 생에서 받아 보지 못한 이 편지에 대한 답을 알포드에게 직접 전해 주고 싶었다.

그녀가 붉은 눈동자를 빛내며 다시 한 번 입을 열었다.

"루퍼드 제국의 황후로서 하는 질문이에요. 지금 블레이즈 경 어디 있죠?"

*　　*　　*

알포드는 일부러 파벨루크의 추적에 걸려들었다. 그리곤 치열하게 이레나가 향하는 반대 방향으로 도망을 쳤다.

다른 누구도 아닌 이레나의 아버지이자, 황실의 제 4 기사단장인 알포드였기에 파벨루크도 깜빡 속아 넘어갈 수밖에 없었다. 설마 그가 자신의 목숨을 걸고 이레나를 빼돌릴 거라고는 생각하지 못했으니까.

차아앙!

수많은 이들이 알포드의 무리를 포위하며 검을 뽑았다.

파벨루크는 그제야 거기에 이레나가 없다는 사실을 확인하고, 자신이 알포드에게 속았다는 것을 깨달았다.

파벨루크가 미간을 잔뜩 찌푸리면서 한쪽 입가를 끌어올려 웃었다. 그 모습 자체만으로도 섬뜩한 살기가 느껴졌다.

"이런, 이런. 목숨을 걸고 날 속일 줄이야. 루퍼드 제국의 황후를 위해 목숨을 거는 놈들이 왜 이렇게 많은 거지?"

누가 봐도 불리한 상황이었지만 알포드는 무덤덤한 표정으로 검을 들었다. 죽기 직전까지 최대한 시간을 벌어

주는 것도 이레나를 안전하게 만드는 길이었기 때문이다.

"그렇다면 이제는 알겠군. 황후 폐하를 영영 놓쳐 버렸다는 걸 말이야."

알포드의 도발에 파벨루크의 입가에 걸린 웃음이 싸늘하게 변했다. 마치 지옥의 악귀 같은 표정이었다.

"그래, 잘 알지. 하지만 네놈도 이제부터 무슨 일이 벌어질지 각오는 해 뒀겠지? 결코 이곳에서…… 살아서 돌아갈 수 없을 거란 거 말이야."

그 말과 동시에 파벨루크가 손가락으로 알포드의 무리들을 가리키며 지시했다.

"전부 죽여."

* * *

"황후 폐하, 다시 한 번 생각해 주십시오."

이레나가 알포드를 찾으러 가려 하자, 마틴은 그녀를 극구 만류하기 시작했다.

당연히 그럴 수밖에 없었다. 알포드는 이레나를 구하기 위해 위험을 무릅썼다. 그런데 그녀가 돌아가면 알포드의 희생이 아무런 의미도 없이 사라질 수 있었기 때문이다.

"날 말리기 전에 이런 위험한 계획을 들었을 때, 바로 내게 와서 고했어야죠."

"하지만 단장님께서……."

"알아요. 아버지가 비밀에 부치라고 하셨겠죠."

마틴의 잘못은 아니었다. 그는 알포드의 명령에 따라 움직인 것밖에 없었으니까.

이건 알포드의 선택이었다.

하지만 알포드만 그러한 결정을 할 수 있는 건 아니었다. 그를 죽게 내버려 둘 수 없다는 것도…… 이레나의 선택이었다.

'과거로 돌아왔을 때 맹세했어. 더 이상 가족들의 죽음을 지켜만 보지 않겠다고.'

지금까지 이레나가 한 모든 노력은 거기서부터 시작되었다. 가족들을 구하겠다는 일념, 그 하나로 말이다.

그러다 예상치 못하게 칼라일을 만나게 되고 사랑에 빠졌다. 이제는 그의 아이까지 임신하게 되었지만 그렇다고 해서 이레나가 다른 사람이 된 것은 아니었다.

이레나는 여전히 알포드의 딸이었고, 데릭의 누이이며, 미라벨의 언니였다.

가족들의 죽음을 모른 척하고 자신의 안전만을 위할 수는 없었다.

그건 이레나가 아니었다.

"폐하, 루넨 대공이 이끄는 병력의 수가 너무 많아서 저희로서는……."

"알고 있어요. 하지만 파벨루크와 아버지가 만나게 되면, 내가 그곳에 없다는 사실을 알아차리고 당연히 국경을 넘었을 거라고 생각하고 있을 거예요."

누구라도 그렇게 생각할 수밖에 없었다. 자신이 살 수 있는 길이 바로 눈앞에 있는데, 그걸 두고 돌아서는 사람은 없었으니까.

하지만 이레나는 이대로 아무것도 안 한 채 알포드를 포기하고 돌아갈 수 없었다.

"우리는 파벨루크의 예상대로 내가 국경을 넘었다고 생각하게끔 만들어야만 해요. 그래야 더 이상의 추격이 없을 테니까."

"아……."

마틴은 저도 모르게 고개를 끄덕였다. 이레나를 추적하는 병력이 철수하면 지금처럼 이동하기가 어렵진 않을 것이다.

생각지도 못한 좋은 방법이었다.

"어차피 파벨루크의 병력과 마주치게 되면 우리 인원으로는 어림도 없어요. 그러니 지금 병력을 나눠서 절반은 원래대로 국경을 넘고, 나머지는 절 따라서 아버지를 구하러 가죠."

이미 알포드가 한 부대를 쪼개서 본인과 이레나를 따르도록 만들었는데, 이레나는 거기서 다시 한 번 인원을 나눌 생각이었다.

현재 여기 있는 인원이 대략 팔십여 명이었으니, 각 사십 명 정도씩 움직이도록 재편성하는 것이다.

이레나가 말을 이었다.

"지금으로선 그쪽의 상황을 아예 모르니 더 자세한 작전을 세우긴 어렵겠지만, 일단 계획대로만 된다면 훨씬 움직이기가 수월할 거예요."

"상대의 허점을 찌르는 좋은 전략이긴 하지만…… 그래도 위험한 건 마찬가지입니다. 폐하."

"불가능한 일에 목숨을 걸자는 건 아니에요. 하지만 내가 할 수 있는 데까지는…… 최선의 노력을 다할 겁니다."

마틴은 이성적으로 안 된다고 생각을 하면서도, 사실 마음속으로는 이레나에게 깊이 탄복을 하고 있는 중이었다.

그럴 수밖에 없는 게 신분이 귀할수록 본인의 사리사욕만 채우려는 부류가 많았다. 그런데 이레나는 그런 이들과 완전히 달랐다.

이레나가 자기 자신의 안전을 위해 알포드를 포기하지 않고, 끝까지 그를 구하기 위해 최선을 다하겠다는 말에 마틴의 마음이 움직이지 않을 수 없었다. 그저 황후 폐하라서가 아니라 진심으로 이레나를 따르게 될 것만 같았다.

이레나는 잠시 말 없는 마틴을 쳐다보다가 이내 뒤편에서 가만히 이야기를 듣고 있는 루퍼드 최정예 부대를 향해 고개를 돌렸다.

그녀가 올곧은 시선으로 그들을 바라보며 말했다.

"가능성이 없는 일에 무모하게 달려들자는 건 아닙니다. 하지만 최악의 경우, 목숨을 잃을지도 모르는 위험한 길이라는 것도 맞습니다. 여기까지 절 호위하느라 다들 고생하셨고, 더 이상 원치 않는 분은 따르지 않아도 좋습니다."

이레나가 한 손으로 오른편을 가리키며 나지막이 말을 이었다.

"루퍼드 제국으로 돌아가고 싶은 분들은 이쪽으로 서주시면……."

그때였다.

이레나의 말이 채 끝나기도 전에, 모든 정예병들이 입을 모아 크게 대답했다.

"죽더라도 황후 폐하를 따르겠습니다!"

단 한 사람도 루퍼드 제국으로 돌아가고 싶다는 의견을 내지 않자, 이레나는 괜스레 코끝이 찡해지는 느낌이었다.

지금까지 상당히 숨 가쁜 여정이었음에도 불구하고 루퍼드 정예병들에게서 느껴지는 투지는 여전히 강렬했다.

이레나가 진심을 담아 말했다.

"모두 고맙습니다."

옆에서 조용히 지켜보고 있던 마틴이 앞으로 한 발자국 나서며 입을 열었다.

"황후 폐하의 뜻이 정 그러시다면…… 부대를 나누는 일은 제가 하겠습니다. 지금으로선 제가 이들을 가장 잘 파악하고 있으니 이 일은 제게 맡겨 주십시오."

결국 계속해서 반대를 하던 마틴까지도 합류하게 된 것이다.

그 모습에 이레나는 강인한 표정으로 고개를 끄덕이며 붉은 눈동자를 빛냈다.

"그럼 부탁할게요. 그리고 데릭 오라버니와 카샤 경의 부대에도 사람을 보내서 이 소식을 전하는 게 좋겠어요. 혹시 그들에게 도움을 받을 수 있을지도 모르니까요."

"네, 현명하신 판단입니다. 연락이 얼마나 빠르게 닿을지는 모르겠으나, 이러한 상황을 안다면 분명 도움이 될 것입니다."

"우리는 인원이 정리되는 대로 바로 출발하도록 하죠."

벌써 파벨루크와 알포드가 마주쳤다면 지금쯤 어떻게 됐을지 모르는 상황이었다. 한시라도 빨리 움직이는 게 조금이라도 알포드를 구해낼 확률을 높이는 일이었다.

그렇게 이레나는 원래의 부대를 두 개의 병력으로 나누는 일을 지켜보았다.

정말 고맙게도 모두가 이레나를 따라가고 싶어 했으나, 파벨루크에게 그녀가 국경을 넘었다고 믿게 만들어야 했기에 일부는 어쩔 수 없이 루퍼드 제국으로 돌아가야 했다.

순식간에 두 개로 나뉜 병력은 각자의 임무를 위해 빠르게 달려갔다. 그리고 따로 뽑은 소수의 인원만 데릭과 쿤에게 이러한 소식을 전하러 움직였다.

*　　*　　*

"……제법이군."

멀리서 싸움을 지켜만 보던 파벨루크가 눈살을 찌푸리며 중얼거렸다.

알포드의 부대 숫자는 고작 팔십여 명 정도였다. 그에 비해 파벨루크가 끌고 온 숫자는 그 열 배는 족히 넘어섰다.

사실 근방까지 함께 움직였던 병력은 오천이 훨씬 넘을 정도로 대규모였다. 하지만 워낙 알포드의 부대가 빠르게 도망을 치는 탓에 한꺼번에 모든 병력을 이동시키기에는 무리가 따랐다.

그래서 급히 속도를 낼 수 있는 자들로만 추려 대략 천 여 명 정도로만 먼저 뒤를 쫓은 상황이었다.

그렇게 맞닥뜨리고 싸우는 모습을 보고 있자니, 알포드 측의 저항이 생각보다 거셌다.

알포드의 부대에서 절반 정도가 죽어 나가는 동안 파벨루크 쪽의 피해는 그 배 이상이었다.

가뜩이나 뛰어난 실력을 지닌 루퍼드 제국의 최정예 병사들이다. 그런 그들이 목숨까지 걸고 저항하니 이토록 압도적인 숫자에도 불구하고 피해가 적지 않았다.

수하들의 호위를 받으며 전장에 개입하고 있지 않던 파벨루크는 결국 결단을 내려야만 했다.

'아무래도 내가 나서야겠군.'

이대로 두고 보았다가는 팔십 명 정도 되는 루퍼드 제국 병사들을 제거하는 동안 족히 삼사백은 되는 아군 병력이 죽을 상황이었다.

만약 그런 일이 벌어진다면 가뜩이나 칼라일과의 전쟁이 좋지 않은 상황에서 아군의 사기는 더욱 떨어질 것이다.

파벨루크가 옆에 있는 수하들에게 말했다.

"피해가 커지기 전에 막는다."

"예! 각하!"

말을 끝낸 파벨루크는 싸움에 개입하고 있지 않던 수

하들까지 대동한 채로 적들을 향해 달려들었다.

챙챙챙!

실력들은 뛰어났지만 압도적인 숫자로 조금씩 밀리던 루퍼드 제국의 병사들이다. 그 같은 상황에서 더 많은 병력이 충원되자 당연히 그들은 연신 물러설 수밖에 없었다.

거기다가 그 안에는 독보적인 실력을 지닌 파벨루크가 있었다.

카강!

날아드는 기사의 검을 쳐 낸 파벨루크의 두 눈동자가 번뜩였다. 그의 잘 단련된 손이 자신에게 검을 날렸던 기사의 머리통을 움켜잡았다.

파벨루크는 그자를 땅에 처박듯 넘어트리고는 곧장 검을 들어 숨통을 끊어 버렸다.

피가 얼굴까지 튀어 올랐지만 파벨루크는 아무렇지 않게 손으로 닦아 내렸다.

그의 섬뜩한 기세에 루퍼드 제국의 병사들조차 움찔하는 순간.

파벨루크가 목청 높여 소리쳤다.

"모두 쓸어 버려!"

그 외침은 루넨 공국 병사들의 사기를 한껏 고무시켰다.

잔뜩 홍분한 얼굴로 적들을 향해 달려드는 수하들의 모습을 확인한 파벨루크가 만족스럽다는 듯 이내 옆에 있는 다른 이를 향해 움직였다.

그의 검은 인정사정없이 휘몰아쳤고, 그때마다 루퍼드 제국의 병사들은 바닥에 나뒹굴었다.

그렇게 거침없이 나아가던 파벨루크의 앞에 갑자기 두 명의 기사가 나타났다. 잔뜩 긴장한 얼굴, 그럼에도 불구하고 절대 물러나지 않겠다는 듯한 흔들림 없는 눈빛까지.

파벨루크의 입꼬리가 올라갔다. 자신을 막겠다고 나선 이 두 명의 기사들이 가소로웠기 때문이다. 하지만 그들은 지금 이 자리에서 자신들이 죽을 걸 알면서도 끝까지 용기를 잃지 않았다.

'이래서 다른 왕국들이 루퍼드 제국을 두려워하는 거겠지. 그래서 나는 더…… 탐이 나는 것이고.'

파벨루크가 살기등등한 얼굴로 다가섰다.

순간 두 명의 기사들 중 한 명이 재빠르게 검을 휘둘렀다.

슈슉!

검이 빠르게 날아들었지만 파벨루크는 아무렇지 않게 고개를 슬쩍 옆으로 비틀어 그 공격을 피해 냈다. 동시에 다른 기사가 파벨루크의 복부를 노리고 달려들었다.

그러나 이미 알고 있었다는 듯 파벨루크는 손에 들린 검으로 그 공격을 가볍게 밀쳐 냈다.

채앵, 검을 밀쳐 낸 파벨루크는 곧장 상대의 가슴을 베어 버렸다.

처음 공격을 날렸던 기사가 다시 파벨루크의 빈틈을 파고들었다. 비어 있는 반대편 옆구리를 노리고 들어온 공격이었다. 하지만 파벨루크는 발로 상대를 밀쳐 내며 너무도 쉽게 그 공격을 막아 냈다.

그리곤 파벨루크가 곧장 균형을 잃고 비틀거리는 상대를 향해 움직였다.

푸욱!

그의 검이 정확하게 상대의 가슴을 관통했다.

"우욱!"

검에 관통당한 기사는 입으로 피를 쏟아 냈다. 그리고 그가 천천히 고개를 들고 파벨루크를 바라봤다.

비웃음을 흘리던 파벨루크는 상대의 눈빛을 보는 순간 움찔할 수밖에 없었다. 검에 찔린 상태임에도 불구하고 아직까지 사라지지 않는 저 투지 어린 눈동자.

'……뭐지?'

순간 그 기사는 놀라운 행동을 보였다. 자신의 가슴에 검을 박아 넣은 파벨루크의 손을 양손으로 더욱 강하게 움켜잡은 것이다. 마치 검을 빼지 못하게 하려는 것처럼.

하지만 놀랄 일은 그것이 전부가 아니었다.

덥석, 이번엔 누군가가 파벨루크의 발목을 잡았다. 슬쩍 고개를 아래로 내려 보니, 그곳에는 방금 전에 그가 베어 넘긴 기사가 있었다.

아직 숨이 끊어지지 않은 그 기사가 파벨루크의 한쪽 발에 엉겨 붙듯 매달린 것이다.

이런 이해가 되지 않는 행동들에 파벨루크가 눈살을 찌푸리며 반대쪽 발을 들어 올렸다. 당장이라도 발에 매달려 있는 상대를 짓밟기 위해서였다.

그때였다.

피이이잉!

공기를 찢는 듯한 파공음이 귓가로 스치듯 들려왔다.

순간 아래로 향했던 파벨루크의 시선이 빠르게 옆으로 움직였다. 그의 눈에 들어온 것은 자신을 향해 날아드는 하나의 화살이었다.

그리고 그 화살의 뒤편으로 스치듯 한 중년 남성의 모습이 들어왔다.

알포드였다.

'이런!'

파벨루크는 당장 공격을 피하려 했지만 그건 불가능한 일이었다. 검에 찔린 채로 자신의 손을 잡고 있는 자와 발에 매달려 있는 기사까지.

이렇게 둘이 손발을 묶어 두니 날아드는 화살을 피하는 건 불가능했다.

애초부터 이 둘의 목적은 이것이었다. 자신들의 목숨을 걸고 파벨루크의 움직임을 봉쇄하고, 그 뒤는 알포드에게 맡긴 것이다.

순식간에 지척까지 다가온 화살을 보며 파벨루크는 직감했다. 이건 피할 수 없다고.

그렇다면……

화살이 막 파벨루크의 가슴에 틀어박히려는 찰나였다.

푸욱!

순간적으로 피가 터져 나왔다.

하지만 화살이 박힌 건 파벨루크의 심장이 아니었다. 그가 검을 들고 있지 않은 왼손을 움직여 날아드는 화살을 대신 막아 낸 것이다.

파벨루크가 짧게 신음을 토해 냈다.

"끄응."

심장에 화살이 박히는 최악의 일은 모면했지만, 그 대가로 파벨루크의 왼쪽 손은 거의 관통되다시피 깊게 화살이 박혀 버렸다.

파벨루크가 화살에 맞자 근방에 있던 수하들이 서둘러 다가왔다.

"각하!"

급히 수하들이 그를 호위하는 바람에 재차 이어지는 알포드의 화살은 파벨루크에게 닿을 수 없었다.

파벨루크의 상처에 분노한 부관급 기사가 소리쳤다.

"저 자식 죽여!"

외침과 함께 인근에 있던 루넨 공국의 병사들이 알포드를 집중적으로 공격하기 시작했다. 결국 잠시 활을 들었던 알포드는 다시금 검을 쥔 채로 밀려드는 적들의 공격을 막아야만 했다.

파벨루크를 호위한 수하들 중 하나가 그의 왼팔에서 계속 피가 뚝뚝 떨어지는 걸 보고는 놀란 듯 물었다.

"이럴 수가! 각하 괜찮으십니까?"

물어오는 수하의 물음에 답하기도 전에 파벨루크는 분노한 표정으로 자신의 손과 발을 묶어 두었던 두 명의 기사들부터 죽였다. 그리고는 팔에 박힌 화살을 그대로 뽑아냈다.

파벨루크의 표정이 재차 고통으로 일그러졌다.

그가 압도적으로 주도하는 상황에서 생긴, 예상치 못한 부상이었다.

파벨루크의 상처를 치료하기 위해 서둘러 주변에 있던 이들이 그의 곁으로 몰려들었다.

겹겹이 파벨루크를 호위하는 적들을 확인한 알포드의

안색이 굳어졌다.

'역시 실패인가?'

처음부터 살아 돌아갈 생각은 버리고 온 자리였다. 이길 수 있을 리가 없다는 걸 너무나도 잘 알았으니까.

하지만 그렇다고 해서 그냥 죽어 줄 생각은 없었다. 이레나를 구한다는 궁극적인 목표는 달성했지만, 그것과 별개로 파벨루크 측에 큰 타격을 입힐 수 있으면 좋겠다고 판단했다.

만약 이 자리에서 알포드와 정예병들이 파벨루크를 제거할 수만 있다면, 그보다 더 좋은 일은 없을 테니까.

그래서 가능성은 희박했지만……

최종 목적은 파벨루크를 죽이는 것이었다.

마침 알포드는 전장에 개입하는 파벨루크를 발견하고 수하들과 빠르게 미리 준비해 둔 작전을 펼쳤다. 두 명이 어떻게든 파벨루크를 저지하면, 그 사이에 알포드가 화살을 날려 그를 제거할 생각이었다.

그러나 이 또한 가능성을 그리 높게 보지 않았던 건 사실이다. 이런 공격에 죽을 정도로 파벨루크가 호락호락한 남자는 아니었으니까.

그 결과 결국 파벨루크의 한쪽 팔에 깊은 부상을 입히는 걸로 그쳤지만……

'아무래도…… 이걸로 만족해야겠구나.'

자신들의 죽음을 대가로 얻어 낸 것이 팔 하나라는 사실이 아쉬웠지만, 그 상대가 파벨루크라면 나쁘지만은 않았다.

알포드가 막 날아드는 검을 쳐 내며 한 명의 적을 쓰러트렸지만, 이내 옆에서 날아든 공격에 옆구리에 긴 상처가 생겨났다.

"으음!"

그 상처를 살필 틈도 없이 또 다른 적이 알포드에게 달려들었다.

캉캉!

서둘러 밀쳐 내긴 했지만 이미 주변엔 적들로 빼곡했다.

알포드가 천천히 주변을 둘러보았다. 처음엔 팔십 명이 함께 했던 자리, 그러나 이제 남아 있는 건 채 열 명도 되지 못했다.

그리고 그 숫자는 계속해서 줄고 있었다.

여덟 명, 일곱 명, 그리고…… 세 명까지.

순간 알포드의 어깨에 창 하나가 틀어박혔다. 밀려 나가며 뒷걸음질 치는 그를 향해 다른 적 하나가 달려들고 있었다.

정신이 흐릿해지는 상황에서도 알포드는 이를 악물었다. 마지막 힘을 다해 그는 달려드는 상대의 목을 베었다. 동시에 상대의 공격이 스쳐 지나간 알포드의 팔뚝에서 피가 툭툭 떨어져 내렸다.

"헉헉."

검을 쥘 힘조차 제대로 남아 있지 않았다. 그럼에도 불구하고 알포드는 허리를 꼿꼿이 세운 채 적과 마주했다.

루퍼드 제국의 제 4 기사단장인 그다. 항상 검과 함께 살아왔고, 또 황궁을 위해 싸워왔다.

그런 그였기에……

'한 명이라도 더 데리고 간다.'

알포드는 계속해서 검을 휘둘렀다. 손의 감각이 사라지고, 앞에 있는 적조차 제대로 보이지 않을 정도로 지쳤음에도 불구하고 그는 멈추지 않았다.

어느 순간이었다.

그런 알포드의 옆구리로 검 한 자루가 박혔다.

치명적인 공격에 알포드의 몸이 무너지듯 비틀거렸다. 그 틈을 놓치지 않고 정면에서 긴 창 한 자루가 또 하나 날아들어 알포드의 배를 관통했다.

퍼억!

그 창에 맞은 알포드의 몸이 그대로 뒤로 넘어갔다.

쿠웅.

바닥에 쓰러진 채 부르르 가볍게 떨던 알포드가 축 늘어졌다.

"지독한 새끼……."

거친 숨을 몰아쉬며 흘러내리는 땀을 닦아 내리던 병사가 중얼거렸다.

실로 지독한 싸움이었다. 혼자만 남아서도 계속해서 버티며 싸우던 알포드는 이미 피투성이였다. 그의 붉게 물든 금발과 수염이 이 싸움이 얼마나 치열했는지를 말해 주고 있었다.

부관급 기사가 다가와 물었다.

"어떻게 됐어?"

그의 질문에 복부에 창을 찔러 넣었던 병사가 알포드를 슬쩍 확인하며 말했다.

"죽었습니다."

보고를 들은 기사가 고개를 끄덕이는 사이, 어느새 그들의 옆으로 파벨루크가 다가오고 있었다.

파벨루크를 본 기사가 황급히 입을 열었다.

"각하, 팔은 어떠십니까?"

이미 지혈을 끝내고 붕대로 상처까지 감싼 상태였기에 파벨루크가 아무렇지 않다는 듯 대답했다.

"난 멀쩡하니 호들갑 떨지 마라."

말을 끝낸 파벨루크가 알포드를 비롯한 쓰러져 있는 루퍼드 제국의 정예병들을 눈으로 확인할 때였다.

옆에 있던 기사가 곧바로 상황을 보고했다.

"확인해 본 바로 전부 죽었습니다."

"……그래?"

파벨루크는 자신의 팔에 부상을 입힌 알포드를 직접 찢어 죽이지 못했다는 것이 못내 아쉬웠지만, 지금 문제는 그것이 아니었다.

"이들에게 완전히 속아 버렸으니 루퍼드 제국의 황후는 이미 국경을 넘었겠군."

"네, 아무래도…… 이미 루넨 공국 안에 없을 것입니다."

대답을 하는 수하의 얼굴은 긴장으로 잔뜩 굳어져 있었다. 파벨루크의 표정에서 느껴지는 분노가 그대로 전달되었으니까.

잠시 그 자리에 선 채로 이를 갈던 파벨루크는 애써 분노를 내리눌렀다. 이미 벌어진 일에 화를 내고 있을 만큼 여유로운 상황이 아니었다.

그에겐 또 다른 용건이 있었다.

"처음에 계획한 일정을 변경한다. 지금의 병력들을 모두 끌고 마치 내가 있는 것처럼 위장해서 변방으로 가거라. 나는 빠르게 움직일 수 있는 최소한의 인원만 데리고 제나르 왕국으로 가겠다."

"제나르 왕국이요?"

"그래, 제나르 왕국과의 밀담을 마무리 지어야겠다."

여기까지 오는 동안 계속 들려오던 패전보. 지금 이대로는 파벨루크가 전쟁터로 간다 해도 불리한 상황을 역전시키기가 어려웠다.

칼라일의 능력은 생각보다 너무 뛰어났고, 그로 인해 정세는 점점 좋지 않아지고 있었다. 무엇보다 켈트 왕국이 불안해하며 다시금 머리를 굴리려고 하는 중이었다. 이런 상황이 지속된다면 결국 파벨루크에게 좋지 못했다.

그랬기에 파벨루크는 또 하나의 선택을 내렸다.

바로 제나르 왕국이었다.

제나르 왕국은 예전부터 루퍼드 제국의 땅을 갖고 싶어 했고, 비밀리에 몇 번이나 파벨루크에게 접촉해 도움을 주겠다는 의사를 비쳤었다.

하지만 연합국이 늘어난다는 건 파벨루크가 켈트 왕국에게 보상을 쥐어 준 것처럼, 또 많은 손해를 감수해야 한다는 뜻이었다. 그래서 지금까진 단호하게 거절해 왔지만…… 이제는 어쩔 수 없었다.

파벨루크는 여기서 지면 모든 걸 잃었다. 더 많은 피해를 감수하더라도 어떻게든 이 전쟁을 승리로 이끌어야만 했다.

파벨루크가 수하에게 말했다.

"명심하거라. 아무도 내가 제나르 왕국으로 향했다는 사실을 알게 해선 안 된다."

"예, 각하!"

그러나 그들은 알지 못했다.

꿈틀, 바닥에 쓰러져 죽은 줄만 알았던 알포드의 손끝이 미미하게 떨리고 있다는 사실을.

55

드디어 만났네

이레나는 직접 사십여 명의 정예병들을 이끌고 알포드의 행적을 뒤쫓기 시작했다.

얼마 전까지만 해도 이레나를 추격하기 위해 사방에 루넨 공국의 병사들이 득실거렸으나, 지금은 계획대로 그녀가 국경을 넘었다고 판단했는지 많이 흩어진 상태였다.

덕분에 이레나는 수월하게 알포드가 있는 곳까지 도착할 수 있었다.

"아……."

하지만 그곳은 이미 폐허였다.

사방에 루퍼드 정예병들의 처참한 시체들이 널브러져 있고, 그들에게서 흘러나온 피로 큰 웅덩이가 만들어졌을 정도였다.

언제나 총명하게 빛나던 이레나의 붉은 눈동자가 순간 흐리게 변했다.

'……아버지.'

저번 생에서 본 성벽에 걸려 있던 알포드의 시체가 눈앞에 아른거렸다.

이번에야말로 기필코 구하겠다고 수도 없이 다짐을 했는데…… 또 실패했다.

그동안 이레나의 노력이 물거품이 되어 사라지는 것 같았다. 가슴 속 깊은 곳에서 뜨거운 열기가 울컥 치밀어 올랐다. 그것은 절망이었고, 슬픔이었으며, 또한…… 거대한 분노였다.

딱딱하게 굳어 있는 이레나를 향해 마틴이 조심스럽게 말을 건넸다.

"……황후 폐하."

"아버지를, 찾아야겠어요. 시체만이라도 수습할 수 있게……."

"알겠습니다."

마틴이 알포드를 찾으라고 명령을 전하자, 정예 부대원들이 재빠르게 시체들 사이로 움직이며 수색하기 시작했다.

이레나 역시 정신이 나간 사람처럼 알포드를 찾아 헤맸다. 저도 모르게 눈물이 차올랐다. 당장 무엇이라도 하지 않으면 바닥에 주저앉아 엉엉 울 것만 같았다.

'아버지, 아버지…… 아빠…….'

이레나는 철이 든 이후로 한 번도 친근하게 '아빠'라고 불러 보지 못했다. 그만큼 알포드는 이레나에게 어려운 사람이었다.

그런데 행복하게 살라는 짧디짧은 편지를 남긴 채 이대로 가 버리다니 너무도 원망스러웠다. 그것도 든든한 오라버니도, 귀여운 미라벨도 아닌, 언제나 엄하게만 대했던 자신을 살리고자 한 선택이었다.

'제가 행복하려면…… 아빠가 필요해요. 가족들이 제 곁에 있어야 한다고요.'

저번 생을 살면서 얼마나 가족들을 그리워했는지 모른다. 알포드를 떠올리며 눈물로 베개를 적시던 수많은 나날들은 셀 수도 없을 지경이었다.

그런데 과거로 돌아오니 알포드가 너무도 차가워서 저도 모르게 가까이 다가가지 못했다. 외면당할까 두려워서 차마 진심을 전하지 못했다.

그게 너무 후회스러웠다.

먼저 알포드에게 손을 내밀었다면 조금은 달라졌을까?

그냥 두서없더라도 사랑한다고, 고맙다고 한 번이라도 전할 것을…….

어느새 이레나의 얼굴은 눈물로 범벅이 되어 있었다. 시야가 뿌옇게 변해서 앞이 잘 분간이 되지 않을 정도였다.

그때였다.
"황후 폐하, 단장님을 찾았습니다! 어서 이쪽으로!"
커다란 외침에 이레나가 헐레벌떡 그곳으로 뛰어갔다. 그러자 온몸이 상처투성이로 피에 흠뻑 젖은 알포드가 기적적으로 살아남아 미약하게 숨을 쉬고 있는 게 눈에 들어왔다.
"아버지!"
이레나의 외침에 알포드가 금방이라도 끊어질 것 같은 목소리로 대답했다.
"위험하게…… 어째서 돌아오셨습니까?"
"아, 아무 말씀도 마세요. 상처가 너무 심해요."
이레나는 서둘러 아직도 피가 새어 나오는 알포드의 옆구리를 세게 눌렀다. 당장 지혈을 하지 않으면 안 될 것 같았다. 아니, 어쩌면 이미 늦었는지도 몰랐다.
그녀의 눈에 자꾸 눈물이 차올라서 알포드의 얼굴이 흐릿하게 보였다.
알포드는 다급한 표정으로 힘겹게 입을 열었다.
"콜록콜록, 폐하…… 제 말을 잘 들으십시오."
"아버지, 나중에 말씀하세요. 지금은 상처가 벌어집니다."
"파벨루크가 제나르 왕국으로, 콜록, 지원을 요청하러 갈 것입니다. 국경으로 가는 파벨루크의 행렬은, 거짓된 것이니…… 어서 이 사실을 황제 폐하께 전하세요."

루넨 공국의 병사들은 더 이상 이곳에 살아 있는 사람이 없다고 판단하고 재빠르게 다른 장소로 이동했다. 그들이 서두른 덕분에 알포드는 완전히 숨이 끊어지지 않은 채, 미약하게나마 정신을 유지하고 있을 수 있었다.

지금껏 알포드의 머릿속엔 우연히 엿들은 파벨루크의 이야기를 누군가에게 전해야 한다는 생각뿐이었다. 어쩌면 그 집념이 여태까지 알포드를 버티게 했는지도 모른다.

이레나가 이렇게 위험을 무릅쓰고 다시 돌아온 것은 못마땅했으나, 한편으론 이 사실을 전할 수 있어서 다행이었다. 마지막 임무까지 완수했다고 생각하자 알포드의 표정이 조금 편안하게 변했다.

"늦지 않게 대처하시어…… 파벨루크의 계략에 빠지지 마시길……."

"알겠어요, 아버지. 그러니까 이제 그만……."

"몸조심하십……."

그 말을 끝으로 알포드의 고개가 툭 하고 떨궈졌다.

이레나는 순간 입술을 꽉 깨물며 안간힘을 다해 울음을 참았다. 그리곤 알포드의 상처 부위를 세게 누른 채로 다른 이들에게 소리쳤다.

"빨리, 빨리 지혈제를!"

안 그래도 서둘러 지혈제를 가지러 간 정예병이 도착해서 그것을 이레나에게 내밀었다. 그녀는 냅다 그 약을 통째로 알포드의 상처 부위에 쏟았다. 그리곤 입고 있던 옷을 찢어 알포드의 상처 부위를 있는 힘껏 동여맸다.

이런 열악한 상황에서 이레나가 해 줄 수 있는 최선이었다.

"제발…… 제발, 죽지 마세요. 아버지. 아직 하지 못한 이야기가 너무 많습니다."

그렇게 이레나는 자신이 할 수 있는 모든 방법을 동원해 응급 처치를 마쳤다. 그리고 멍하니 알포드를 바라보며 뒤늦게 떨리는 손으로 그가 숨을 쉬는지 확인을 했다.

쌕쌕, 아주 미약하게나마 완전히 끊어지지 않은 숨소리가 느껴졌다.

이레나는 그제야 눈물이 왈칵 쏟아져 나왔다.

'신이시여, 감사합니다.'

현재 알포드는 언제 죽어도 이상하지 않을 만큼 위험한 상태였다. 지금은 살아 있는 게 기적이라고 표현할 수 있었다. 더 늦기 전에 의사한테 보이고 제대로 된 치료를 받아야 했다.

"……하아."

이레나는 저도 모르게 머리를 감싸 쥐었다. 그리곤 피에 젖은 자신의 손을 내려다보며 이성을 찾기 위해 노력했다.

아직 알포드는 죽은 게 아니었다. 그리고 철천지원수인 파벨루크 또한 남아 있는 상태였다. 그러니 이레나는 지금 정신을 똑바로 차려야만 했다.

'파벨루크가 제나르 왕국에게 도움을 요청하려고 한단 말이지.'

이레나는 국경으로 이동하면서 자신이 붙잡혀 있는 동안 칼라일과 파벨루크가 전쟁을 시작했다는 사실을 알았다. 그런데 파벨루크가 갑자기 제3의 세력을 개입시키려 한다는 건, 현재 국경에서의 전쟁이 칼라일에게 유리한 쪽으로 흘러가고 있다는 뜻이었다.

하지만 파벨루크의 계획대로 또 다른 왕국이 끼어들게 된다면, 상황은 순식간에 불리한 입장으로 변하고 말 것이다.

'……막아야 해.'

알포드는 이 사실을 칼라일에게 전하라고 했지만, 지금 이레나가 국경을 넘어서 소식을 전할 때쯤엔 이미 파벨루크가 제나르 왕국에 도착했을 터였다.

그때가 되면 너무 늦었다.

이레나는 자신이 사랑하는 사람들을 지키기 위해 무언가 방법을 생각해 내야만 했다. 눈앞에서 사경을 헤매는 알포드도 구하고, 전쟁터에서 목숨을 걸고 싸우고 있는 칼라일도 지켜 낼 수 있는 그런 방법 말이다.

마음을 가라앉히고 차분하게 생각을 정리하던 이레나가 옆자리에 있는 마틴을 향해 입을 열었다.

"우선 아버지의 말대로 파벨루크의 행렬이 국경으로 향하고 있는지 알아봐 주세요. 그게 사실이라면 그곳에 파벨루크가 없다는 걸 숨기기 위해 더욱 요란하게 움직이고 있을 거예요."

공개적으로 알려진 파벨루크의 행차를 확인하는 건 어렵지 않은 일이었다.

지금은 전쟁이 벌어진 상황이라 루넨 공국의 국민들은 자연히 파벨루크의 행보에 관심을 둘 수밖에 없었다. 아마 가까운 마을에만 들려도 파벨루크에 관한 이야기들로 떠들썩할 것이다.

마틴이 결연한 표정으로 고개를 끄덕이며 대답했다.

"알겠습니다, 폐하. 그럼 소식을 확인하고 곧바로 국경을 넘도록……."

"아니요. 만약 아버지의 말이 사실이라면 저희는 루퍼드 제국으로 돌아가지 않습니다."

"네? 그게 무슨……."

마틴이 이해가 가지 않는다는 듯이 되물었다. 하지만 이미 마음을 정한 이레나의 표정은 확고했다.

"켈트 왕국과 루넨 공국, 그리고 제나르 왕국까지 연합을 하게 되면 우리 루퍼드 제국이 혼자서 막아야 할 범위가 너무 넓어져요."

그건 그만큼이나 위험해진다는 소리였다. 켈트 왕국과 루넨 공국의 연합도 만만치 않았지만 루퍼드 제국 혼자서 막아 낼 수 있는 수준이었다. 하지만 제나르 왕국까지 개입된다면 이야기가 달라졌다.

'당장은 카릴이 전쟁터에서 승기를 잡고 있다고 해도, 이대로 상황이 흘러간다면…… 패배하게 될지도 몰라.'

이번 전쟁의 패배는 많은 걸 빼앗아 갈 것이다. 루퍼드 제국의 땅덩어리는 물론이고, 해당 영지에 살고 있는 제국민들까지 노예로 전락하는 사태가 벌어지게 된다.

사실 이런 일은 파벨루크에게도 좋지만은 않은 것이었다. 그 또한 켈트 왕국과 제나르 왕국 모두에게 엄청난 보상을 줘야 할 테니, 그가 감당해야 할 리스크가 엄청났다.

하지만 그만큼 루퍼드 제국을 확실하게 궁지에 몰아넣을 수 있는 전략이었기에 파벨루크도 이런 결단을 내린 듯했다.

이레나는 핏기 없이 창백하게 질려 있는 알포드의 얼굴을 바라보았다.

'운이 좋아서 이번엔 아버지를 구한다고 해도…… 그다음엔?'

다음번엔 누가 또 다치게 될지 모른다. 나중엔 이 사리에 누워 있는 게 데릭이 될 수도 있었고, 칼라일이 될 수도 있었다.

기나긴 전쟁이 치러지는 동안 언제까지 그들이 무사하리라고 보장할 수 없었다.

이레나가 원하는 대로 모두를 안전하게 지키기 위해선 결국 이 전쟁을 빠르게 종결시키는 방법밖에 없었다.

그것을 가장 빠르게 실현시킬 수 있는 건……

바로 파벨루크를 죽이는 것이었다.

마틴은 방금 이레나의 말이 납득이 안 된다는 듯 재차 되물었다.

"루퍼드 제국으로 돌아가지 않으시면, 어떻게 하실 생각이십니까?"

"우리가 막아야죠."

"네?"

생각지 못한 이레나의 대답에 마틴의 눈동자가 크게 뜨여졌다. 하지만 이레나는 차분하게 말을 이어 나갔다.

"파벨루크가 비밀리에 제나르 왕국으로 가는 건 분명 그만한 이유가 있을 거예요. 아마도 루퍼드 제국 몰래 그들과 손을 잡아서 무언가 일을 벌이려고 하는 거겠죠. 그걸 지금 황제 폐하께 전하기에는…… 너무 늦어요."

"하지만 저희가 어떻게……."

"혹시 트로이 목마라고 들어 봤나요?"

그건 한 신화 속에 나오는 이야기였는데, 간단히 설명하자면 적군의 진영 안에 몰래 숨어든 이들이 성문을 열어 전쟁을 승리로 이끈다는 내용이었다.

지금 이레나가 생각하기엔 자신들의 입장이 그 이야기와 크게 다르지 않았다.

파벨루크는 그녀가 국경을 넘었다고 믿고 있지만, 사실 이레나는 아직도 루넨 공국 안에 남아 있는 상황이었다.

한마디로 생각을 조금만 바꾸어 본다면 루퍼드 제국으로 도망치지 않으면, 이레나는 아무도 모르게 루넨 공국 안에 잠입해 있는 것과 마찬가지였다.

한마디로 엄청난 발상의 전환이었다.

"생각해 보세요. 아버지의 말대로라면 지금 파벨루크는 아무도 모르게 제나르 왕국으로 향하고 있어요. 그렇다면 누구에게도 주목을 받지 않기 위해 적은 인원만 데리고 떠났겠죠."

"그, 그렇겠네요."

무엇보다 파벨루크는 지금 자신이 세운 계획이 새어 나갔을 거라곤 꿈에도 생각하지 못하고 있을 것이다.

이레나가 붉은 눈동자를 반짝 빛내면서 말했다.

"천하의 파벨루크가 극소수의 호위만 데리고 이동하고 있다는 극비 사항을 알게 되었는데, 이대로 그를 보내 줄 순 없죠."

"그렇다면 황후 폐하께서는……."

마틴이 그제야 뭔가 깨달은 듯 놀란 표정을 지어 보였다.

이레나가 굳건한 표정으로 고개를 끄덕이며 재차 입을 열었다.

"이 모든 게 사실이라면 지금은 파벨루크를 암살할 수 있는 절호의 기회예요."

현재 이레나가 데리고 있는 인원은 사십여 명밖에 되지 않았지만, 은밀하게 움직여야만 하는 파벨루크도 이와 크게 다르지는 않을 것이다.

이레나는 이런 좋은 기회를 놓칠 수 없었다. 앞으로도 파벨루크는 끊임없이 루퍼드 제국의 황위를 노릴 것이고, 언젠가 그의 계략에 휘말리게 되면 누구든 위험에 빠질 수 있었다.

지금 이레나의 배 속에서 자라고 있는 아이라고 해서 다르지는 않았다. 나중엔 이 아이조차도 파벨루크에게 생명의 위협을 받게 될 것이다.

지금 당장 이레나가 국경으로 도망쳐 위기를 모면한다고 해도, 결국 루퍼드 제국이 패배한다면 그때는 자신이나 아이나 더욱 건잡을 수 없는 상황에 처할 게 분명했다.

이레나는 자신의 소중한 사람들을 지키기 위해…… 이번에야말로 파벨루크와의 지긋지긋한 악연을 여기서 끊어 내고 싶었다.

'이번 생에선 아무도 잃지 않아.'

지금 이레나가 잘못되면 배 속의 아이까지 위험해질 수 있다는 점이 못내 마음에 걸렸지만, 그렇다고 여기서 피한다고 해서 안전해지는 건 아니었다.

이곳에서 파벨루크가 계획대로 움직이게 놔둔다면 제나르 왕국까지 이 전쟁에 끌어들일 것이고, 그건 결국 이레나와 아이를 위태롭게 만들 테니까.

미래에 태어날 아이를 위해서도 이레나는 여기서 뒤로 물러설 수 없었다.

이레나가 말했다.

"파벨루크의 거짓 행렬이 국경으로 가고 있다는 사실이 확인되는 즉시, 우리는 제나르 왕국으로 가는 길목을 추격할 겁니다. 몇 명만 이곳에 남아서 아버지를 최대한 빨리 루퍼드 제국으로 옮겨 주세요."

마틴은 이레나를 보고 감탄을 할 수밖에 없었다. 이렇게 뛰어난 상황 판단과 과감한 결단력은 아무나 갖고 있는 게 아니었다.

지금까진 이레나가 황후이고 여성이었기에 마틴은 자신이 지켜 줘야만 하는 존재라고 인식하고 있었다. 하지만 더는 아니었다. 이레나는 마틴의 보호를 받아야 할 존재가 아니라, 그를 앞에서 당당히 이끌어 줄 지도자였다.

만약 파벨루크의 암살에 실패한다면 여기 있는 인원 모두가 전멸할 수도 있는 위험한 작전이었지만, 이젠 그 누구도 이레나에게 반대의 말을 내뱉지 않았다.

마틴이 결연한 표정으로 대답했다.

"알겠습니다, 황후 폐하."

이레나가 주변에 있는 정예병들을 쳐다보며 강인한 표정으로 말했다.

"다들 많이 지쳤을 거라는 거 알아요. 저도 마찬가지고요. 하지만 모두 들으셨다시피 상황이 이렇게 된 이상, 지금 우리의 손에 이번 전쟁의 승패가 달렸다고 해도 과언이 아니에요. 많은 제국민들과 각자의 소중한 사람들을 지키기 위해 오늘 우리는 그 끝이 어디든 마지막까지 달려 봅시다."

쿠웅, 사십여 명의 정예병이 동시에 이레나를 향해 무릎을 꿇었다.

"명 받듭니다! 루퍼드 제국에 무한한 영광을!"

그들은 많지 않은 인원이었지만, 그들에게서 나오는 투지는 엄청났다.

그렇게 이레나의 명령대로 파벨루크의 행렬이 국경을 향하고 있는지부터 먼저 확인에 들어갔다. 그리고 남들의 이목을 집중시키려는 듯 성대한 행차가 이어지고 있지만, 정작 파벨루크는 얼굴을 비추지 않고 있다는 것을 알아냈다.

이레나가 더 이상 망설일 이유가 없었다.

그녀와 정예병들은 파벨루크의 뒤를 쫓기 위해 서둘러 출발했다.

*　*　*

잠시 후, 이레나의 지시대로 정예병 두 명만 이곳에 남아서 다친 알포드를 루퍼드 제국으로 옮기는 임무를 수행하고 있을 때였다.

근처에 약초를 캐러 온 중년의 남성들이 바닥에 널브러져 있는 엄청난 시첫더미를 보고 기겁을 하며 다가왔다.

"아, 아니, 이게 무슨 일이랍니까?"

생각지 못한 사람들의 등장에 정예병은 잠시 당황했으나, 이내 침착하게 대응했다.

"여기서 전투가 있었소."

"아! 요새 루퍼드 제국의 황후를 찾는다고 시끄럽더니, 그 일 때문인가 봅니다."

"그렇소. 괜한 일에 휘말리기 싫으면 갈 길 가시오."

정예병은 최대한 짤막하게 대꾸하며 서둘러 피투성이로 쓰러져 있는 알포드를 마을에서 어렵게 구한 마차 안에 태웠다. 하지만 그 모습을 본 약초꾼 하나가 의아한 표정으로 물었다.

"그런데 기사님은 왜 시체를 가져가려는 겁니까? 보아하니 죽은 사람은 루넨 공국의 병사도 아닌 것 같은데."

"……!"

약초꾼의 예리한 질문에 정예병은 순간 할 말을 잃고 말았다.

여기에 죽어 있는 시체들은 알포드가 이끄는 무리들과 전투 중에 사망한 루넨 공국의 병사들로 뒤섞여 있었다.

루넨 공국의 병사들은 모두 똑같은 갑옷을 입고 있었기에 약초꾼들을 한눈에 알포드가 적군이라는 걸 간파한 모양이었다.

순간 정예병의 머릿속에 무수히 많은 생각이 스쳤다.

'죽여서 입을 막아야 하나?'

하지만 지금은 고작 두 명이서 알포드를 옮겨야 하는 상황이었다. 혹시라도 이 일이 새어 나가면 그들끼리 해결할 수도 없었을뿐더러, 알포드마저 생명이 위태로울 수 있었다.

뿐만 아니라 파벨루크를 암살하러 간 이레나의 행적이 노출이 될까 봐, 정예병은 신중하게 행동할 수밖에 없었다.

그가 제대로 된 대답을 하지 못한 채 머뭇거리자, 약초꾼들의 표정에 더욱더 궁금증이 어렸다.

긴장한 정예병의 머릿속에 마침 좋은 생각이 떠올랐다.

"아, 이건 말이오. 적장의 시체인데 회수해서 성벽에 걸어 두려는 거요."

"아하, 그렇군요."

약초꾼들이 그제야 납득했다는 듯 고개를 끄덕거렸다. 하지만 개중에 하나가 의문스러운 표정으로 재차 물었다.

"그렇다면 마차 안에 루퍼드 제국 황후의 시신도 있는 겁니까?"

그들이 이레나를 향해 존칭을 쓰지 않는 게 못마땅했지만, 정예병은 이 상황을 모면하기 위해 그저 고개를 끄덕였다.

"그렇소."

"한번 보고 싶었는데……."

그 말에 정예병이 표정이 사납게 변했다. 그러자 약초꾼들이 손사래를 치며 서둘러 말을 바꿨다.

"아, 아닙니다. 그냥 한번 해 본 소리입니다."

"예끼, 이 사람아, 나중에 성벽에 걸릴 거라는데 그때 보게."

지레 겁을 먹은 약초꾼들이 횡설수설하자, 정예병은 더는 상대하지 않은 채 묵묵히 마차의 마부석 위로 올라탔다.

"이랏!"

그가 서둘러 마차를 몰며 길을 재촉했다.

약초꾼들은 그저 마차가 떠나가는 모습을 뒤에서 바라보며 아쉽다는 듯 중얼거릴 뿐이었다.

"칫, 루퍼드 제국의 황후가 엄청 아름답다고 해서 궁금했는데 아쉽게 됐구만."

"됐네. 우리가 죽은 시체의 얼굴을 봐서 뭐하겠는가. 그만 가세나."

그렇게 약초꾼들도 제 갈 길을 향해 다시 걸음을 옮겼다.

* * *

모두가 사라지고 알포드의 치열한 전투 흔적이 남아 있는 폐허에 뒤늦게 데릭이 이끄는 부대가 도착했다.

데릭은 이레나가 보낸 병사에게 알포드가 위험에 처해서 그녀가 직접 구하러 갈 거라는 내용을 전해 듣고 온 것이었다.

하지만 막상 도착해 보니 알포드와 이레나의 모습은 온데간데없고, 수많은 시체들만 바닥에 널브러져 있을 뿐이었다.

'무슨 일이 생긴 건 아니겠지?'

데릭의 입장에선 지금의 시체들이 알포드로 인해 생긴 건지, 아니면 이레나로 인해 만들어진 것인지 알 수가 없었다.

데릭이 서둘러 다른 부대원들에게 명령을 내렸다.

"여기서 무슨 일이 벌어진 건지 알아보도록."

"네, 대장."

그렇게 데릭의 부대원들이 주변을 수색하기 시작했고, 곧 멀지 않은 곳에서 약초를 캐는 중년의 남성들을 만날 수 있었다.

그리고 그들에게서 충격적인 이야기를 전해 들은 부대원들은 혼란에 빠질 수밖에 없었다.

부대원들이 하나같이 새파랗게 질린 안색으로 서둘러 약초꾼들을 끌고 데릭의 앞으로 데려왔다.

"아니, 대체 저희한테 왜 이러시는 겁니까."

약초꾼들은 억울하다는 듯 항의했지만, 지금 부대원들의 귀에는 아무것도 들리지 않았다.

"아까 우리에게 했던 말을 여기서 다시 한번 해 보거라."

"방금 말하지 않았……."

"어서!"

부대원들이 험악한 기세로 윽박을 지르자, 약초꾼들은 울상을 지으면서 방금 전 알포드를 데려가던 정예병에게서 들은 이야기를 그대로 전해 주었다.

"이, 이곳에서 전투가 벌어졌다고 들었습니다. 그리고 여기서 죽은 루퍼드 제국의 황후와 적장의 시체를 성벽에 걸겠다고 기사님들이 가져가는 걸 저희가 목격했고요."

"……뭐?"

그 순간 데릭의 표정이 충격으로 딱딱하게 굳었다. 루퍼드 제국의 황후라면 이레나를 가리키는 것이었다. 그리고 적장이라면 알포드를 지칭하는 게 분명했고 말이다.

데릭이 믿기지 않는다는 듯 다시 물었다.

"말도…… 안 된다. 시체를 직접 눈으로 확인한 건가?"

"아, 틀림없다니까요. 저희가 피투성이가 된 시체를 마차로 옮기는 걸 두 눈으로 똑똑히 봤습니다."

"그럴 리가……."

데릭은 하려던 말을 끝까지 내뱉지 못한 채 입을 다물었다. 알포드를 구하러 왔다가 결국 이레나까지 죽었다고 생각할 수밖에 없었다.

생각지도 못한 그들의 사망 소식에 데릭은 마치 번개라도 맞은 것처럼 제자리에서 꼼짝도 할 수 없었다.

그렇게 사건은 그 누구도 예상치 못한 방향으로 흘러가고 있었다.

*　　*　　*

이레나는 제나르 왕국으로 향하는 파벨루크를 뒤쫓으면서 저도 모르게 지난 생에 벌였던 마지막 전투를 떠올렸다.

휘올레나 전투, 그것은 이레나가 파벨루크를 죽이기 위해 하나부터 열까지 치밀하게 작전을 세운 전쟁터였다.

그때 당시 이레나는 파벨루크를 죽일 수 있다는 자신감에 차 있었다. 모든 상황이 그녀에게 유리하도록 맞춰져 있었고, 자신이 지닌 검술 실력 또한 최고치에 올랐다고 판단했으니까.

하지만……

그곳에서 이레나는 파벨루크에 의해 목이 잘려 죽었다.

온 세상이 빙그르르 돌던 생애 마지막 순간을, 이레나는 평생 잊지 못할 것이다.

그때와 비교하면 지금은 여러 가지로 형편없는 상황이었다. 오랫동안 잠도 자지 못하고, 먹은 것조차 제대로 된 게 없었으니까.

뿐만 아니라 검술 실력도 처음 과거로 돌아왔을 때보단 많이 능숙해지긴 했지만, 파벨루크와 싸워서 이길 거라고 장담할 수 있을 만큼 자신에 차 있는 건 아니었다.

그렇지만 단 한 가지 달라진 게 있었다.

그때보다 지금의 이레나가…… 훨씬 더 절박했다.

'……지지 않아.'

과거에는 피맺힌 복수를 갚기 위해 파벨루크에게 달려갔지만, 실패한다고 해도 이레나 한 명이 죽는 걸로 끝이었다. 하지만 지금은 소중한 사람들을 지키기 위해 가고 있었다.

그 차이는 엄청났다.

이레나는 죽어도 질 수 없었다.

그렇게 그녀가 정예병들과 함께 루넨 공국에서 제나르 왕국으로 향하는 모든 길목을 샅샅이 수색하고 있을 때였다.

다급한 표정으로 다가온 마틴이 말했다.

"황후 폐하, 드디어 루넨 대공의 위치를 파악했습니다."

"……거기가 어디죠?"

이레나의 보석처럼 붉은 눈동자가 순간 강렬한 빛을 머금었다. 드디어 오랫동안 묵혀 왔던 원한을 청산할 시간이었다.

이레나는 멀찍이서 파벨루크의 무리가 움직이는 걸 두 눈으로 직접 확인했다.

예상대로 오십여 명밖에 되지 않는 호위 기사들만 데리고 그는 부지런히 제나르 왕국을 향해 달려가고 있었다.

원래라면 이렇게 재빠르게 움직이고 있는 그들의 뒤를 잡는 건 힘들었을지도 모른다. 하지만 그들은 누군가가 자신들을 추격해 온다는 사실을 전혀 모르고 있었고, 반대로 이레나는 그들을 죽기 살기로 뒤쫓았다.

그 차이는 컸다.

파벨루크 일행이 아무것도 모른 채 제나르 왕국과의 밀담만을 신경 쓰고 있을 때, 이레나는 정예병들과 미친 듯이 질주하며 거리를 좁힌 것이다.

물론 그렇다고 해서 이레나에게 주어진 시간이 그리 많은 건 아니었다. 파벨루크가 조금만 더 있으면 제나르 왕국으로 넘어가고 말 테니까.

그가 제나르 왕국에 도착하기 전에, 이레나는 그를 암살해야만 했다.

이레나의 뒤편으로 빠르게 정예병 한 명이 다가오며 보고했다.

"황후 폐하의 명령대로 이곳의 지리를 확인해 보았습니다. 지금부터 이어지는 길은 온통 숲길입니다."

"수고했어요."

이레나의 말에 정예병은 존경의 눈빛을 담아 깊게 고개를 수그렸다.

시간은 촉박했지만 움직임은 신중해야 했다. 이레나는 어떻게 파벨루크를 상대해야 할지 고민하다 이내 마음의 결정을 내렸다.

그녀가 모든 정예병들을 바라보며 차분한 목소리로 입을 열었다.

"지금부터 저들을 앞질러서 숲속에 미리 잠복을 하죠. 어차피 저쪽도 인원이 많지 않으니 우리가 몇 명인지 알아차릴 수 없도록 흩어져서 혼란을 주면, 훨씬 유리하게 싸움을 시작할 수 있을 겁니다."

여기까지 파벨루크를 쫓아오는 것도 꽤나 힘겨운 여정이었다. 하물며 빠른 속도로 나아가는 그들을 앞지른다는 건 말처럼 쉬운 게 아니었다.

하지만 이제는 파벨루크를 죽이는 일에 모든 걸 걸어야 했기에 그 과정이 얼마나 힘든 지보단, 성공 가능성이 얼마나 큰지가 더 중요했다.

그리고 지금 이레나의 계획은 굉장히 솔깃한 것이었다.

누구나 적은 인원인 상태에서 기습을 당하면 당황할 수밖에 없었다. 더구나 숲이라면 몸을 숨길 곳이 많으니 이레나와 정예병들이 몇 명인지 한눈에 알아차리기가 힘들 것이다.

눈에 보이지 않는 적은, 무섭기 마련이다.

그 틈을 이용해 파벨루크의 호위 기사들을 최대한 빠르게 없앤다면, 그를 암살할 확률은 자연히 높아질 수밖에 없었다.

마틴이 감탄한 표정으로 고개를 끄덕였다.

"좋은 생각이십니다."

이레나가 짧은 시간 동안 제법 친숙해진 정예병들을 바라보며 말했다.

"저들이 접근할 때까지 우리는 최대한 활로 상대합니다. 근접해서 붙는다면 어쩔 수 없지만…… 가능한 다치지 마세요."

이 작전의 성공 여부뿐만 아니라 그들의 목숨까지 걱정하는 이레나의 마음이 느껴져, 정예병들은 순간 할 말을 잃고 그녀를 멍하니 쳐다볼 수밖에 없었다.

그런 그들과 하나하나씩 눈을 맞추며 이레나가 다시 입을 열었다.

"우리 모두, 살아서 돌아갑시다."

많은 의미가 담겨 있는 말이었다. 그리고 그건 이레나의 궁극적인 바람이기도 했다.

과거로 돌아오고 이레나는 자신의 목숨을 헌신짝처럼 생각한 적도 있었다. 모든 불행을 막을 수만 있다면 자신 하나쯤은 희생할 수 있다고 여겼다.

하지만 지금은 아니었다.

살아서 가족들의 곁으로 돌아갈 것이다.

그리고 그들과 오랫동안 행복한 시간을 보내는 게 꿈이었다.

쿠웅, 정예병들은 동시에 고개를 수그리며 이레나를 향해 마음 깊이 예를 표했다.

* * *

숲속의 밤은 한 치 앞도 분간하기 힘들 정도로 어두웠다. 파벨루크와 그의 기사들은 목적지가 얼마 남지 않았기 때문에 최소한의 휴식만 취하며 길을 재촉하고 있었다.

수하 한 명이 파벨루크를 향해 걱정스럽게 물었다.

"각하, 상처는 괜찮으십니까?"

"염려할 것 없다. 이 정도에 죽지 않으니."

파벨루크는 압도적인 상황에서 알포드에게 생각지 못한 부상을 당하고, 제대로 쉬지도 못한 채 길을 떠나온 상태였다.

수하의 걱정은 당연한 것이었으나, 지금 제나르 왕국으로 향하는 일은 이까짓 상처에 비교할 수 없을 정도로 중대한 일이었다.

파벨루크의 팔에 난 상처야 시간이 지나면 자연히 치료가 되겠지만, 전쟁에서 한 번 승패가 정해지면 절대로 돌이킬 수 없었으니까.

"조금 더 서두르자. 에이지 장군이 딴마음을 먹기 전에 제나르 왕국과 이야기를 끝내야겠다."

제나르 왕국이 얼마나 큰 보상을 요구할지 생각하면 머리가 아팠지만, 이 일을 최대한 빨리 처리하고 파벨루크는 변방으로 돌아가야 했다. 그가 전쟁터에 있고 없고는 많은 영향을 끼칠 게 분명했으니까.

"예, 각하!"

대답과 함께 수하가 다른 이들에게도 명령을 전달했다.

"조금 더 속도를……!"

그때였다.

쉬이이이잉!

푸욱!

수하의 말이 채 끝나기도 전에 화살 한 발이 날아와서 그의 목에 꽂혔다.

"끄윽!"

그는 단말마의 비명조차 지르지 못한 채, 그대로 말에서 굴러떨어졌다.

갑작스러운 공격에 파벨루크와 기사들은 당황했지만, 고도의 훈련을 받은 자들답게 재빨리 정신을 차리고 소리쳤다.

"적이다! 대열을 정비해라!"

많은 기사들이 서둘러 파벨루크의 주위로 몰려들며 날아오는 화살을 막았다.

탓! 타앗!

그들은 검으로 막지 못한 화살은 몸으로 대신 맞아서라도 파벨루크를 지켰다.

파벨루크는 마치 자신이 제나르 왕국으로 향하는 걸 알고 기다렸다는 듯이 쏟아지는 공격에 혼란스러울 수밖에 없었다.

'대체 누가…….'

처음부터 이곳을 목적지로 정했던 것도 아니고, 칼라일이 있는 변방으로 향하다가 중간에 계획을 바꿨던 것이다.

설령 정보가 새어 나갔다고 해도 이토록 빠른 시간 안에 기습을 준비하여 파벨루크를 노릴 수는 없었다. 이 정도로 빠르게 움직였다는 건, 다른 국가에서 파견된 게 아닌 이미 루넨 공국 안에 있었다는 소리였으니까.

'말도 안 돼. 어디서 이런 자들이 나온 거지?'

하지만 파벨루크의 생각은 더 이상 길어지지 않았다. 보이지 않는 암살자들의 실력이 무척이나 뛰어나서 시간이 흐를수록 화살에 맞는 아군들이 속출했기 때문이다.

도대체 상대가 몇 명인지, 어디에 숨어 있는지 정확히

파악할 수가 없었다. 가뜩이나 어두운 한밤중이라 더욱 그랬다. 아마 습격한 이들도 이러한 상황을 노린 듯했다.

으득, 파벨루크가 이를 꽉 깨물며 소리쳤다.

"나무에다가 불을 질러서 시야를 밝혀라! 화살이 날아오는 방향으로 가서 적들을 섬멸한다!"

파벨루크의 명령에 방어만 하던 기사들이 재빨리 손에 들고 있던 횃불을 던져 나무에 불을 질렀다.

"각하의 명령대로 불을 질러라!"

화르르르륵—

숲이라 작은 불에도 순식간에 커다란 불길이 타올랐다.

파벨루크의 빠른 판단 덕분에 어두웠던 시야는 해소되었고, 이전보다 화살이 날아오는 방향을 정확하게 파악할 수 있었다.

파벨루크를 지키던 기사들이 재빨리 적들을 향해 돌진했다. 계속 화살을 맞고 있는 것만큼 불리한 건 없었으니까.

챙! 채앵!

그제야 본격적으로 파벨루크의 기사들과 암습을 한 자들이 격돌했다.

파벨루크도 서둘러 검을 들었다. 왼팔이 다친 상태긴 했으나 그는 오른손잡이였기에 크게 지장은 없었다.

파벨루크가 소리쳤다.

"숨어 있는 쥐새끼들을 찾아내서 모조리 죽여라! 바깥으로 나오지 않는다면 불을 더 질러서라도 나오게 해!"

"명 받듭니다!"

일단 눈으로 보여야 싸움도 하는 것이었다. 이렇게 산불을 지르면 양측 모두에게 좋지 않았지만, 파벨루크는 가뜩이나 적은 호위만을 데리고 있는 상황이라 조바심이 났다.

그때였다.

휘이이이익!

전혀 예상치 못한 각도에서 파벨루크를 노리고 화살 한 발이 날아왔다.

카앙!

파벨루크는 재빨리 검으로 그것을 쳐 냈지만, 어둠 속에서 화살을 쏘는 이는 마치 그럴 줄 알았다는 듯이 재차 공격을 가했다.

보통 솜씨가 아니었다. 그건 화살을 막는 파벨루크가 몸소 느낄 수 있었다.

다수의 적들이 몰려 있는 장소와는 달리, 이자는 개별적으로 움직이며 오로지 파벨루크의 목숨만 노리고 있는 듯했다. 파벨루크도 이대로 막기만 하다간 언젠가 저자가 쏜 화살에 당하고 말 것이라는 걸 깨달았다.

"저 방향이다! 저기 숨어 있는 적을 찾아내!"

"예, 각하!"

파벨루크의 근처를 지키던 호위 기사가 서둘러 그가 가리킨 방향으로 뛰어갔다. 어둠 속에서 검끼리 부딪치는 소리가 요란하게 들려왔다.

카앙! 캉!

하지만 곧 화살은 어김없이 다시 파벨루크를 노리고 날아왔다.

파벨루크는 본능적으로 화살을 쏘는 자를 잡으러 어둠 속으로 들어갔던 호위 기사들이 전부 죽었다는 걸 알아차렸다.

'대체 누구기에 이런 실력을 가지고 있는 거지?'

파벨루크가 데리고 온 기사들은 전부 루넨 공국에서 손꼽히는 실력자들이었다. 그런데 지금 자신을 공격하는 이만큼 활 솜씨가 출중하지는 않았다.

파벨루크는 자신의 왼팔이 다친 게 못내 원망스러웠지만, 그렇다고 계속 수하들에게만 처리를 맡겨 둘 수는 없었다. 강한 상대일수록 직접 나서서 없애야지, 그냥 내버려 뒀다간 그 한 명에게 아군이 큰 피해를 입을 수도 있었다.

마침내 파벨루크가 화살이 날아오는 방향으로 말을 몰며 말했다.

"저기부터 정리하고 간다."
"네, 따르겠습니다."
그 말에 파벨루크의 주위를 철통같이 지키던 호위 기사 다섯 명이 함께 이동했다.
그 순간이었다.
쉬이이이익!
어둠 속에서 날아온 화살 한 발이 정확히 기사의 미간을 꿰뚫었다. 덕분에 지금 파벨루크 곁에 있는 호위 기사의 숫자가 다섯에서 넷으로 줄었다.
파벨루크의 입꼬리가 비틀렸다. 하지만 그게 기분이 좋아서 나온 웃음이 아니라는 건 누구라도 알 수 있었다.
지독한 살기를 풍기며 파벨루크가 수하에게 손을 내밀었다. 그리곤 낮게 가라앉은 목소리로 말했다.
"횃불."
"네, 네!"
수하는 곧장 들고 있던 횃불을 파벨루크에게 넘겼다. 그러자 파벨루크는 하얀 붕대로 묶여 있는 왼팔로 횃불을 집었다.
그때 또다시, 파벨루크에게 화살이 날아왔다.
피이이이이!
타악!
파벨루크는 그걸 오른손의 검으로 막아 내는 것과 동

시에, 왼손에 들고 있던 횃불을 같은 방향으로 던졌다.

그 횃불은 순식간에 포물선을 그리며 날아갔고, 곧 나무에 부딪혀 거센 불길을 만들었다. 그렇게 생긴 붉은 빛으로 인해 어둠 속에 숨어 있던 자의 얼굴이 드러났다.

태양같이 눈부신 금발 머리칼에 잡티 하나 없이 새하얀 피부, 인형처럼 오밀조밀한 이목구비와 가녀린 체형이 누구라도 보호 본능을 일으킬 만큼 아름다운 여성. 바로 이레나였다.

파벨루크는 처음에 너무 놀라서 눈을 크게 떴지만, 이내 기가 막힌다는 듯 헛웃음을 지으며 입을 열었다.

"날 노린 게 루퍼드 제국 황후였다니……."

당연히 이레나가 국경을 넘어서 도망쳤을 거라고 생각했다. 그런데 이렇게 자신의 목숨을 노리고 다시 돌아올 줄이야, 파벨루크의 입장에선 정말 꿈에도 생각하지 못한 일이었다.

이레나가 곧은 시선으로 파벨루크를 쳐다보며 나지막이 말했다.

"드디어 만났네."

과거로 돌아온 후 이레나는 몇 번이나 파벨루크와 마주쳤지만, 그동안은 계속해서 자신의 복수심을 감춰야만 했다.

파벨루크는 모르겠지만 두 사람은 아주 긴 시간을 지

나, 이렇게 다시 서로의 목숨을 노리며 마주하고 있는 것이었다.

이레나는 지금껏 셀 수도 없이 숱한 밤을, 파벨루크를 죽이는 상상을 하며 잠들었다. 그리고 이제 드디어 그것을 현실로 만들 차례였다.

이레나가 조용히 손에 들고 있던 활로 파벨루크를 겨냥하며 말을 이었다.

"오늘에야말로 끝장을 보자."

이레나는 이미 한 번 그의 손에 죽었지만……

두 번은 죽어 줄 생각이 없었다.

파벨루크가 자신의 앞에 서 있는 이레나를 가소롭다는 눈빛으로 바라보며 말했다.

"실력이 꽤 쓸 만하다는 건 알고 있었지만, 그렇다고 해서 날 죽일 생각을 하다니. 꿈이 너무 큰 거 아닌가?"

파벨루크는 전쟁을 지휘하는 사령관으로서도 뛰어났지만, 그가 지닌 검술 실력 자체만으로도 대륙 내에서 손꼽힐 정도였다. 그랬기에 그는 단 한 번도 일대일 전투에서 패배라는 걸 해 본 적이 없었다.

물론 이레나라고 해서 그 사실을 모르는 건 아니었다. 하지만 그녀는 조금도 주눅 들지 않은 채, 똑바로 파벨루크를 응시하며 대답했다.

"길고 짧은 건 대 봐야지."

굳이 파벨루크가 말해 주지 않아도 이미 전생에서 한 번 겪어 봤기에 이레나가 누구보다 그의 출중함을 잘 알고 있었다. 하지만 그렇다고 해서 바뀌는 건 없었다.

오늘은 무슨 일이 있어도…… 자신이 이길 거니까.

쉬이이이익—

말과 동시에 이레나가 쥐고 있던 활시위에서 화살 한 발이 쏘아졌다.

파벨루크가 화살을 막기 위해 재빨리 오른손에 들고 있던 검을 들 때였다.

쌔애액!

뜻밖에도 화살이 허공에서 기묘하게 방향을 전환하며, 파벨루크의 옆에 있던 호위 기사 한 명을 노리고 날아갔다.

푸욱!

그리고 정확히 기사의 목을 꿰뚫었다.

누구도 예상하지 못한 궤적으로 날아든 공격이었다. 그걸 보고서야 파벨루크는 처음부터 이레나가 노린 게 자신이 아닌 주변의 호위 기사라는 걸 깨달았다.

아무리 뛰어난 검술 실력을 지녀도 혼자서 다수의 적을 상대할 수는 없었다. 이레나의 목적은 애초부터 파벨루크를 지키는 사람들부터 야금야금 없애려는 속셈인 듯했다.

파벨루크가 잔뜩 미간을 찌푸리며 소리쳤다.

"저 계집이 도망치지 못하게 주변을 에워싸라! 감히 내 목숨을 노린 대가가 어떤 것인지 톡톡히 보여 주겠다."

"예, 각하!"

어차피 이레나의 날카로운 화살을 전부 다 막을 순 없었다. 그렇다면 파벨루크는 자신의 수하들이 다 죽기 전에 그녀를 잡으면 된다.

현재 이곳이 아니더라도 사방에서 전투가 벌어지고 있었다. 한시라도 빨리 이레나를 제압해서 더 이상의 병력 손실을 막아야 했다. 그리고 운이 좋아서 이레나를 생포하게 되면 다른 이들도 멈출 수 있을지 모른다.

타다다다닥!

파벨루크의 명령을 받은 호위 기사 세 명이 재빨리 이레나를 포위하기 위해 말을 몰았다.

그것을 본 이레나도 고양이 같이 날렵한 동작으로 서둘러 몸을 숨겼다. 지금은 칠흑같이 어두운 밤이었기에 이레나가 불길에서 멀어지는 순간, 모두의 시야에서 감쪽같이 사라졌다.

파벨루크는 직감적으로 그녀가 이러한 상황도 미리 대비해 놓았다는 걸 깨달았다.

'그래 봤자 내 손바닥 안이다.'

파벨루크가 이레나가 사라진 방향을 손짓하며 서둘러

거리를 좁혀나갔다.

그 순간이었다.

피이이이잉—

다시 한 번 화살이 날아오며, 또 다른 기사 한 명의 목숨을 앗아 갔다.

호위 기사의 숫자가 세 명에서 두 명으로 줄었다. 하지만 파벨루크는 긴장하지 않았다. 그녀가 요리조리 몸을 피하긴 했지만 결국 한계가 있다는 걸 알았으니까.

파벨루크가 이를 갈며 나지막이 읊조렸다.

"기회가 생겼을 때 도망치지 않은 걸 곧 후회하게 될 것이다."

그렇게 파벨루크를 포함, 호위 기사 둘이서 이레나를 둥그렇게 감싼 상황이 되었다. 지금까지 계속해서 뒷모습만 보이던 이레나의 아름다운 얼굴이 다시금 햇볕 아래에 환하게 비치는 순간이었다.

쉭! 쉭! 쉬이이익!

갑자기 생각지도 못한 방향에서 파벨루크를 향해 수십 개의 화살이 비처럼 쏟아졌다.

"각하! 조심하십시오!"

파벨루크의 근처에 있던 호위 기사가 서둘러 몸을 던져 그를 보호했다. 덕분에 파벨루크는 여러 발의 화살을 피할 수 있었지만, 개중에 하나가 그의 어깨에 꽂혔다.

"큭."

파벨루크는 짧은 신음을 흘렸지만, 그보다 더 빠르게 주변의 상황을 살폈다. 지금까지 이레나만을 쫓느라 주변을 신경 쓰지 못했는데 어둠 속에서 그를 노리는 궁수들이 더 숨어 있는 듯했다.

파벨루크의 안색이 어두워졌다.

"황후가…… 미끼였나."

파벨루크처럼 뛰어난 실력을 지닌 자가 주변의 기척을 알아차리지 못했을 리 없었다. 분명 이레나와 처음 마주쳤을 때는 주위에 아무도 없었다. 하지만 그녀를 뒤쫓아 더 안쪽으로 이동하니 기다렸다는 듯이 궁수들이 대기를 하고 있었던 것이다.

이레나가 자신만만한 표정으로 파벨루크를 쳐다보며 말했다.

"그걸 이제야 알아차리다니, 이미 늦었어."

사실 이레나가 진짜로 노렸던 건 바로 이것이었다.

애초부터 파벨루크가 데리고 있던 기사들은 오십여 명이었고, 이레나와 함께 온 정예병들은 사십여 명이었다.

인원수도 이레나 쪽이 적었지만, 파벨루크는 어둠 속에 숨어 있는 정예병들이 몇 명인지 알아차릴 수가 없었다. 그래서 이레나는 과감하게 사십여 명의 병사들을 따로 나눠서 배치했다.

대부분의 인원은 정면에서 파벨루크의 기사들과 전투를 벌이고, 궁술에 능한 다섯 명만 빼서 이곳에서 기다리게끔 한 것이다.

분명 이레나 혼자서 모습을 보이면 파벨루크가 뒤쫓아 오리라고 생각했으니까.

그리고 이레나의 계산은 정확히 들어맞았다.

시야가 보이는 상황이라면 파벨루크도 이런 계략에 당하지 않았겠지만, 어둠을 틈타 잠복하고 있었기 때문에 가능할 수 있었다.

무엇보다 이레나는 그를 만만하게 생각하지 않았지만, 파벨루크는 자신의 실력을 과신한 나머지 방심한 것이다.

"내가 말했지, 길고 짧은 건 대 봐야 안다고."

검술이 뛰어나다고 해서 무조건 이기는 것은 아니었다. 실전의 전투란 다양한 상황에서 맞붙게 되는 것이었으니까.

쐐액! 쐐애애액!

다시 한 번 화살이 비처럼 쏟아졌다.

파벨루크는 자신을 감싸느라 이미 죽어 버린 호위 기사의 시체를 방패 삼아 버텼다. 그리곤 그가 미간을 잔뜩 찌푸린 채로 낮게 웃음을 터뜨렸다.

죽음을 바로 눈앞에 두고도 웃는 파벨루크의 모습이 소름 끼칠 만큼 섬뜩했다.

"……그래, 날 잡으려고 꽤 머리를 썼군."

파벨루크는 한 가지의 사실을 간과했다. 그가 이레나를 잡는다고 해서 전쟁이 멈추지는 않았지만, 여기서 그가 죽으면 이 전쟁은 끝이었다.

당연히 그들의 목표는 다른 누구도 아닌, 파벨루크의 목숨일 수밖에 없었다.

하지만 이레나도 미처 생각하지 못한 부분이 있었다. 그녀 자신이 미끼가 되는 만큼 언제든 파벨루크가 공격할 수 있는 사정권 안에 들어와 있다는 사실 말이다.

파벨루크가 마지막으로 살아남은 호위 기사에게 명령을 내렸다.

"사방에 불을 질러라."

"각하……!"

"여기가 내 묏자리라면, 혼자 갈 순 없지 않겠느냐."

잘하면 불을 질러 적들이 다가오지 못하도록 만들 수 있었고, 실패한다면 여기 있는 모두를 함께 지옥으로 데리고 갈 생각이었다.

파벨루크의 속마음을 알아차린 호위 기사는 깊게 고개를 숙이며 대답했다.

"……명 받듭니다."

이레나가 다급하게 활로 마지막 남은 호위 기사를 겨냥하려 했지만, 근처에 있던 파벨루크의 움직임이 훨씬 더 빨랐다.

휘익, 콰지지직!

파벨루크가 곧바로 검을 휘둘러 이레나의 활을 부러뜨려 버렸다.

이레나는 하는 수 없이 허리춤에 차고 있던 검을 뽑았다. 하지만 검으로는 공격 범위가 제한될 수밖에 없었다. 파벨루크를 노리고 날아오는 화살에서 이레나도 자유로운 것만은 아니었으니까.

그들은 최대한 이레나를 피해 쏘고 있었지만, 언제라도 그녀 역시 화살을 맞을 수 있는 위치였다.

쉭! 쉭! 쉭!

다시 한 번 날아드는 화살에 파벨루크도 이레나도 몸을 피할 수밖에 없었다.

그 틈에 파벨루크의 호위 기사는 목숨을 걸고 주변에 불을 지르기 시작했다.

화르르르륵—

가뜩이나 처음에 그들이 지른 불 때문에 주변이 붉게 물든 상황이었다. 그런데 호위 기사가 추가적으로 더 불을 지르자 사방이 완전히 꽉 막힌 거대한 화염 속에 갇히고 말았다.

크르르릉!

불길에 휩싸인 거대한 나무가 힘을 잃고 쓰러지는 모

습이 보였다. 그리고 어느 순간 파벨루크의 명령을 수행하던 호위 기사도 더는 보이지 않았다. 아마 화살을 맞아 사망한 듯싶었다.

"콜록콜록."

이레나는 매캐한 연기를 막기 위해 손등으로 입가를 가렸다.

거대한 불길만큼이나 시커먼 연기가 사방을 가득 메웠다. 그 연기 때문에 궁수들의 시야도 가려졌는지, 파벨루크를 노리고 날아들던 화살도 잠시 멈춘 상태였다.

'파벨루크는 어디 있지?'

지금 이 기회를 놓쳐선 안 됐다. 그가 제나르 왕국으로 가기 전에 기필코 이곳에서 죽여야만 했다.

그때였다.

쌔애애액!

허공을 가르는 파공음에 이레나는 본능적으로 검을 들어서 막았다.

카강!

그러자 섬뜩하게 날카로운 칼날이 나타남과 동시에 파벨루크가 보였다.

파벨루크는 다치지 않은 오른팔로 연신 검을 휘두르며 이레나를 쉴 새 없이 몰아붙였다.

탕! 타앙!

이레나는 그의 맹렬한 공격을 간신히 막아 내고만 있을 뿐이었다.

그때 멀리서 여러 명의 목소리가 들려왔다.

"황후 폐하, 괜찮으십니까!"

그 방향은 방금 전까지 파벨루크에게 연신 화살을 쏘던 곳이 아니었다. 이레나와 파벨루크는 동시에 느낄 수 있었다. 처음에 정면으로 붙었던 병력끼리 결판이 난 것이다.

아마 그 승리자는 이레나 측인 것 같았다. 그래서 살아남은 루퍼드 제국 정예병들이 불길에 휩싸인 이레나를 찾고 있는 듯싶었다.

파벨루크가 분하다는 표정으로 나지막이 중얼거렸다.

"내가 다른 사람도 아닌 너 같은 계집한테 당할 줄이야."

파벨루크의 입장에서 이레나는 그저 칼라일을 이용하기 위한 도구에 불과했다. 지금껏 단 한 번도 그녀의 존재가 이만큼이나 위협이 될 거라고 생각해 본 적이 없었다.

이레나가 이글거리는 눈빛으로 파벨루크를 쳐다보며 대꾸했다.

"난 처음부터 널 내 손으로 죽일 생각이었어."

파벨루크는 여태까지 깊게 생각해 보지 않았지만, 왠지 그녀가 자신에게 갖고 있는 원한이 깊다는 걸 깨달았다.

"대체 왜지? 나한테 무슨 원한이 있다고."

"넌 내 소중한 사람들을 앗아 갔으니까."

채앵, 두 사람의 검이 허공에서 부딪쳤다. 그 사이로 불꽃처럼 타오르는 이레나의 눈동자와 심연처럼 어두운 파벨루크의 눈동자가 허공에서 마주쳤다.

파벨루크는 이레나의 대답이 납득이 안 된다는 듯 물었다.

"소중한 사람들? 네 아비 말고 내 손에 죽은 이가 또 있단 말인가?"

"아니, 지금은 아니지. 그런 미래를 막기 위해…… 내가 여기에 있는 거거든."

파벨루크는 여전히 이해가 안 간다는 눈빛으로 이레나를 쳐다봤지만 더 이상 그에 대해 질문하지 않았다.

세상에 파벨루크를 향해 원한을 갖는 사람은 넘쳐났다. 그중에 하나가 이레나라 할지라도 이상한 건 아니었다. 그리고 무엇보다 지금은 그런 게 중요한 순간이 아니었으니까.

"난 죽어도 혼자 가지는 않아. 여기가 내 마지막이라면 널 함께 데리고 가 주지. 칼라일과 꽤 사이가 좋은 것 같던데, 오늘 너의 죽음으로 그놈이 평생 눈물지었으면 좋겠군."

말과 동시에 파벨루크의 검이 휘몰아쳤다.

근처에 이레나를 도와줄 아군이 있어도 불길 때문에 쉽사리 다가오지 못할뿐더러, 시야가 보이지 않아 그녀의 위치를 파악하기도 어려웠다.

그리고 파벨루크는 그 틈에 충분히 이레나를 죽일 만한 실력을 지닌 남자였다.

"크읏!"

이레나는 힘겹게 파벨루크의 공격을 막아 내며 머리를 굴렸다. 무슨 수를 쓰지 않으면 이 불길 속에서 파벨루크와 함께 죽게 될 것이다.

하지만 그러고 싶지 않았다.

이레나는 살아서 돌아가야만 했다.

배 속의 아이와 함께 블레이즈 가족들과 칼라일이 있는 곳으로!

그때 이레나의 머릿속에 저번 생에 마지막으로 들었던 파벨루크의 말이 떠올랐다.

—네까짓 게 다시 태어난다고 해도 지금과 달라지는 게 있을 것 같나?

아니, 그 말은 틀렸다. 이번 생은 그때의 최후와 다를 것이다.

이레나는 최선을 다해 파벨루크의 다친 왼팔을 집중적

으로 공격했다. 아무리 파벨루크라 할지라도 부상을 입은 왼쪽은 상대적으로 공격에 취약할 수밖에 없었다.

하지만 결국……

퍼억!

파벨루크의 강한 발길질에 이레나의 가녀린 몸이 휘청거리며 꺾였다.

이레나는 한쪽 무릎을 꿇고 검으로 바닥을 짚은 채 간신히 몸을 지탱했다. 그런 그녀에게 파벨루크가 뚜벅뚜벅 다가왔다.

"하, 하아…… 하아."

이레나의 숨이 턱 끝까지 차올랐다.

눈앞에 파벨루크의 모습이 보였지만, 이레나는 더 이상 손가락 하나 움직일 힘이 남아 있지 않은 것 같았다.

고된 여정을 버티며 이곳까지 왔다. 슬슬 체력적으로 한계가 찾아온 것이다.

하지만 파벨루크도 멀쩡한 상태는 아니었다. 다친 왼팔과 화살을 맞은 어깨에서 피가 줄줄 흘러내리고 있었다.

이레나의 바로 앞에서 걸음을 멈춘 파벨루크가 검을 높이 치켜들며 나지막이 말했다.

"이제 지옥으로 보내 주지!"

쉬이이이이익!

그의 검이 빠른 속도로 이레나를 향해 떨어졌다.

그 찰나의 순간, 이레나는 저번 생에서 그가 자신을 어떻게 죽였는지 떠올렸다. 파벨루크의 검이 어떤 식으로 자신의 목을 베었는지 말이다.

그때와 똑같은 방향으로 파벨루크의 검이 이레나에게 날아오고 있었다.

으드득, 이레나가 이를 꽉 깨문 채 죽을힘을 다해 반대 방향으로 몸을 굴렸다.

쉬—

아슬아슬하게 이레나의 머리 위로 파벨루크의 검이 스쳤다.

이레나는 곧바로 검을 일직선으로 높이 추켜세워 아래에서 위로 파벨루크의 빈틈을 노리고 파고들었다.

푸욱!

이레나의 검이 파벨루크의 목을 꿰뚫었다.

"크윽!"

파벨루크는 순간 피를 게워 내면서도 끝까지 이레나를 죽이기 위해 검을 들고 있는 오른손을 허공으로 들어 올렸다.

그러자 이레나가 온 힘을 다해 파벨루크의 목에 박힌 검을 더욱 깊게 찔러 넣으며 소리쳤다.

"지옥에는 너나 가!"

콰드드득!

이레나의 검이 파벨루크의 목을 끝까지 관통하는 것과 동시에 그의 몸이 기우뚱 옆으로 쓰러졌다. 그리곤 바닥에 철퍼덕 쓰러진 그는 두 눈을 뜬 상태로 더 이상 움직이지 않았다.

드디어 이레나가 파벨루크를 제 손으로 죽인 것이다.

"헉헉."

이레나는 거친 숨을 내뱉으며 바닥에 털썩 주저앉았다.

모든 게 끝났다. 평생을 염원하던 복수를 드디어 성공시킨 것이다.

이젠 블레이즈 가족들도, 전쟁터에 있는 칼라일도 무사할 거다.

하지만 어느새 이레나의 주변은 거대한 화염으로 휩싸여 있었다. 그리고 그녀는 여기서 벗어날 만큼의 기력이 남아 있지 않은 상태였다.

'이제 돌아가야 하는데…….'

눈앞에 칼라일이 시리도록 푸른 눈동자로 자신을 다정하게 쳐다보는 모습이 아른거렸다. 하지만 여기서 벗어나야 한다는 강한 의지와 달리, 이레나의 눈꺼풀은 반대로 점점 더 무거워지고 있었다.

본능적으로 여기가 끝이라는 걸 느낄 수 있었다.

'내 아기…….'

지금까지 대견할 정도로 잘 버텨 준 아이와 함께 칼라일을 만나러 가야 하는데…….

결국 모든 힘을 소진한 이레나의 몸은 그 자리에서 허물어지듯 쓰러졌다.

이레나는 움직이고 싶었지만 움직일 수 없었다. 이곳에서 기절하는 순간, 그대로 불에 타 죽고 말 것이라는 걸 알면서도 온몸에 힘이 하나도 들어가지 않았다.

'안 돼. 제발, 여기서 끝낼 순 없어.'

이레나는 바닥에 누운 채 어떻게든 정신을 잃지 않기 위해 안간힘을 썼다.

지금부터 미래엔 아버지와 데릭, 그리고 미라벨과 함께 늙어 갈 것이다. 전생에선 경험하지 못한 형제들이 결혼하는 모습도 보고 어여쁜 조카도 안아 보고 싶었다.

그리고 자신의 배 속에 있는 아이도 건강하게 낳아, 칼라일과 함께 평생을 오순도순 행복하게 살아가는 게 소원이었다.

그 꿈이 한 발 앞에 있는데 여기서 포기할 순 없었다.

'제발…… 제발…….'

물먹은 솜처럼 무거워진 몸을 일으키기 위해 이레나가 아등바등할 때였다.

이레나의 귓가에 자신을 찾는 목소리가 들려왔다.

"황후 폐하, 어디에 계십니까?"

그 목소리의 주인이 누군지 이레나는 단번에 알아차릴 수 있었다.

바로 쿤이었다. 그가 어떻게 여기에 있는 건지 궁금했지만, 그보다 아직까지 자신을 구하려는 사람이 있다는 게 놀라웠다.

이미 이레나의 주변은 온통 화염으로 휩싸인 상태라 자칫 잘못하면 이곳에 들어온 사람도 불에 타 죽을 상황이었다. 그럼에도 불구하고 쿤은 끝까지 이레나를 포기하지 않은 것이다.

"황후 폐하, 대답해 주십시오!"

또 다른 정예병들의 목소리가 저 멀리서 들려왔다.

목숨을 걸고 자신을 구하러 온 사람들이 있다는 사실을 알게 되자 이레나도 한 줄기 희망을 느낄 수 있었다. 자신이 여기 있다는 사실만 전할 수 있다면…… 살아서 나갈 수 있을지도 모른다.

하지만 시간이 촉박했다. 이대로 더 큰 불길에 휘말리면 이레나를 구하러 들어온 이들도 위험해지고, 그녀도 여기서 살아나갈 방법이 사라졌다.

'어떻게든…… 내가 여기 있는 걸 알려야 해.'

마음 같아선 크게 소리라도 지르고 싶었지만, 제대로 몸을 움직이지조차 못하는 지금 그럴 만한 기운이 남아 있을 리 만무했다.

'어떡하지? 방법이 없을까?'

점점 흐릿해져 가는 정신을 붙들며 이레나가 머리를 굴릴 때였다.

마침 이레나의 눈에 부러진 활이 들어왔다. 더 이상 화살은 쏠 수 없었지만, 그렇다고 해서 아예 쓸모가 없어진 건 아니었다.

"으으윽."

이레나는 죽을힘을 다해서 다시 활을 손에 쥐었다. 그리곤 파벨루크의 검에 그것을 최대한 세게 부딪치며 소리를 만들었다.

탕! 탕! 탕!

크지는 않지만 이레나가 구조를 요청하는 소리가 울려 퍼졌다.

다른 이들이 알아차려 주기를 기도하는 수밖에 없었다.

그때였다.

이레나의 간절한 바람이 닿은 건지, 희뿌연 연기 속에서 한 사람이 모습을 드러냈다.

그는 연기를 들이마시지 않기 위해 얼굴에 손수건을 두르고 있었지만, 창백한 피부와 짙은 파란색의 머리카락을 보고 다가온 남자가 군이라는 걸 알았다.

"황후 폐하!"

언제나 침착한 쿤이 그답지 않게 잰걸음으로 이레나에게 다가왔다. 그리곤 서둘러 이레나를 둘러업으며 나지막이 말을 이었다.

"무례를 용서하십시오."

이런 상황에서도 쿤은 이레나의 신체에 손을 대는 것을 깍듯하게 사과하고 있었다.

이레나는 괜찮다고, 오히려 고맙다는 말을 전하고 싶었지만 입술이 떨어지지 않았다. 온몸에 힘이 빠진 그녀는 그저 시체처럼 축 늘어진 채 쿤에게 몸을 맡길 뿐이었다.

쿤이 이레나를 업은 채 크게 소리쳤다.

"황후 폐하를 찾았다! 모두 이곳에서 빠져나가라!"

연기 때문에 근처에 있는 사람들이 보이지는 않았지만, 그의 외침에 사방에서 대답하는 목소리가 들려왔다.

"옙, 알겠습니다!"

현재 이레나가 있는 곳은 불길이 집중적으로 거센 장소였기에 쿤은 불타오르는 나무를 도약하기 위해 뒤로 잠시 물러섰다. 그리곤 재빠르게 앞으로 뛰어가며 공중으로 몸을 날렸다.

타다다, 탁!

그때 마지막으로 이레나의 눈에 방금 전까지 자신이

누워 있던 장소가 불로 뒤덮이는 모습이 들어 왔다. 거기에 남아 있던 파벨루크의 시체도 거대한 화염 속에 파묻혔다.

조금만 더 늦었어도 이레나 역시 저 불길에 휩싸였을 거라고 생각하니, 왠지 간담이 서늘해지는 느낌이었다.

'……다행이야.'

이레나는 다시 한 번 자신이 살아남았다는 사실에 감사했다. 그녀는 다급히 움직이는 쿤의 등에 업힌 채로 슬그머니 눈을 감았다. 긴장이 풀리니 정신마저 아득해지는 느낌이었다.

이레나가 마음속으로 배 속에 있는 아이에게 말을 건넸다.

'그동안 고생 많았지? 네 덕분에 여기까지 올 수 있었어.'

저도 모르게 몇 번이나 포기하고 싶었던 순간, 끝까지 이레나를 붙잡아 준 건 다름 아닌 배 속의 아이였다.

갑자기 찾아온 아이였지만, 그 존재가 이레나를 여기까지 이끌어 준 느낌이었다.

쿤은 불길이 미치지 않는 안전한 장소에 도착하자, 서둘러 등에 업고 있던 이레나를 조심스럽게 내려놓았다. 그리곤 눈을 감고 있는 그녀를 향해 걱정스러운 목소리로 말했다.

"폐하, 정신 차려 보십시오. 괜찮으십니까?"

이레나는 무거운 눈꺼풀을 들어 올려 가볍게 고개를 끄덕이는 걸로 대신 의사를 전달했다. 그러자 쿤이 눈에 띄게 안도하는 모습이 보였다.

긴장이 풀린 이레나는 그것을 마지막으로 정신을 잃었다.

이제는 마음 편히 잠들 수 있을 것 같았다.

어서 칼라일이 보고 싶었다.

* * *

데릭의 부대는 약초꾼들에게 이레나와 알포드의 사망 소식을 듣고, 며칠 동안 루넨 공국 안에서 시신을 찾아 헤맸다. 최소한 시신만이라도 루퍼드 제국으로 회수해 가고 싶었기 때문이다.

하지만 얼마 후 파벨루크의 많은 병력들이 변방으로 향하고 있다는 소식을 듣고, 어쩔 수 없이 복귀를 결정했다.

가족을 잃은 아픔은 컸지만, 그 전에 임무를 받고 작전에 투입된 기사로서 칼라일에게도 상황 보고를 해야 했다.

타다닥, 타다닥.

그렇게 데릭과 부대원들이 침울한 표정으로 루퍼드의 진영에 도착했다. 그러자 서둘러 마중 나온 병사들이 데릭에게 예를 갖추며 말했다.

"오셨습니까?"

"그래…… 폐하는 어디에 계시지?"

"폐하께서는 현재 전장에 계십니다. 데릭 경께서 오셨다는 소식을 전할까요?"

칼라일은 이레나의 소식을 애타게 기다렸을 테니, 아마도 데릭이 돌아왔다는 이야기를 들으면 만사를 제쳐 두고 올 것이다.

하지만 그렇게 칼라일을 만나기에 데릭은 면목이 없었다. 이레나를…… 구해 오지 못했으니까.

루넨 공국으로 출발하기 전, 이레나의 구출 작전에 투입된 모든 이들은 그녀 없이 살아서 돌아오지 않겠다고 맹세를 했다.

데릭도 그날의 맹세를 잊지 않았다. 칼라일에게 사실대로 보고를 올리고 나면, 최전방에서 싸우다가 장렬하게 죽음을 맞이할 생각이었다.

데릭이 어두운 표정으로 나지막이 말했다.

"아니다. 내가 직접…… 폐하께 가겠다."

"그럼 안내해 드리겠습니다."

데릭은 미약하게 고개를 끄덕이곤 병사들을 따라서 교

전이 한창 벌어지고 있는 전쟁터의 한복판으로 향했다.

현재 루퍼드 군사 진영과 루넨 공국의 성문 사이에선 매일 쉴 새 없이 치열한 전투가 일어나고 있는 중이었다.

그렇게 전장에 도착한 데릭은 수많은 병사들 사이에서도 단번에 칼라일을 찾아낼 수 있었다. 그만큼 그는 단연 눈에 띄는 남자였다.

칼라일은 뒤에서 전쟁을 관전만 하고 있는 게 아니라 직접 전면에 나서서 루넨 공국의 병사들을 거침없이 베어 나갔다. 선두에서 말을 타며 현란하게 검을 휘두르는 그의 모습은 같은 남자가 봐도 넋을 잃을 정도로 멋있었다.

이 전투를 총괄하는 사령관이면서도 몸을 사리지 않는 칼라일의 모습에 군사들의 사기가 한껏 올라가 있는 게 느껴졌다.

데릭을 이곳까지 안내해 준 병사가 약간 난처한 기색으로 입을 열었다.

"현재 폐하께서 전투 중이시라……."

"내가 직접 저기로 내려가지."

"앗……."

병사가 뭐라고 대꾸하기 전에 데릭은 서둘러 말을 타고 칼라일이 있는 곳을 향해 달려갔다.

데릭이 루넨 공국과 루퍼드 제국의 병사들이 뒤엉켜

있는 전장에 들어서자, 갑자기 나타난 그에게 사방에서 공격이 쏟아졌다.

쉬! 쉬익!

데릭은 자신을 향해 달려드는 루넨 공국의 병사들을 물리치며, 조금씩 칼라일이 있는 곳을 향해 전진했다.

그렇게 두 사람의 거리가 좁혀졌을 때였다.

데릭의 눈에 전투 중인 칼라일의 뒤편으로 거대한 창을 든 루넨 공국의 병사가 달려드는 모습이 보였다.

"죽어라!"

칼라일 또한 자신을 향해 맹렬히 달려오는 루넨 공국의 병사를 힐끔 돌아보았다. 하지만 그가 손을 쓰기도 전에 데릭이 먼저 그 병사의 앞길을 막아섰다. 그리곤 빛처럼 빠른 속도로 검을 움직였다.

수컹!

긴 창을 들고 돌진하던 병사의 상반신에 기다란 상처가 났다. 그 덕분에 병사는 목적을 이루지 못한 채 그대로 바닥에 고꾸라졌다.

하지만 지금 칼라일에겐 그런 것 따위 중요하지 않았다. 데릭을 발견하자마자 칼라일의 푸른 눈동자가 반짝 빛을 머금었다.

어느 순간부터 연락이 완전히 끊겨 버린 이레나의 구출 부대가 처음으로 칼라일의 앞에 나타난 것이다. 지금은 오로지 그 사실만이 중요했다.

"부인은?"

칼라일은 다른 질문을 전부 생략한 채, 가장 중요한 본론부터 물었다.

칼라일의 푸른 눈동자가 서둘러 근처에 있을지 모르는 이레나를 찾아 헤맸다. 연신 주변을 두리번거리는 그를 보고 있자면, 누구를 찾는지 굳이 말하지 않아도 알아차릴 수밖에 없었다.

데릭은 차마 입이 떨어지지 않았다.

데릭의 입장에서도 하루아침에 아버지와 여동생을 잃은 것이었다. 그런데 왜인지 칼라일을 보고 있자니 그가 자신만큼이나 이레나의 소식을 듣고 슬퍼할 것만 같았다. 아니, 어쩌면 더 많이 슬퍼할지도 모르겠다는 생각이 들었다.

"부인은 어디 있지?"

"……뒤로 가서 이야기하시죠, 폐하. 여기는 위험합니다."

전장의 한복판에 서서 나눌만한 이야기가 아니었다. 데릭은 칼라일과 함께 뒤편으로 자리를 옮기고 난 후 보고를 올릴 생각이었다.

하지만 칼라일은 그런 잠깐의 기다림조차 허락할 여유가 없었다. 이미 자꾸만 대답을 회피하는 데릭을 바라보며 칼라일의 마음속에 스멀스멀 불안감이 밀려들고 있었으니까.

칼라일이 미간을 잔뜩 찌푸리며 소리쳤다.

"이레나는 어디 있냐고, 내가 묻지 않나!"

"……폐하."

"대답해."

"황후 폐하는…… 돌아가셨습니다."

쿵, 칼라일의 심장이 떨어졌다.

칼라일이 믿기지 않는다는 표정으로 데릭을 바라보며 말했다.

"지금…… 무슨 소리를 하는 거야?"

"죄송합니다. 황후 폐하를 구해 내지 못했습니다. 루넨 공국에 잡혀 계셨던 폐하를 빼 내오긴 했는데…… 이곳으로 돌아오는 도중에 그만……."

칼라일의 안색이 급격히 어두워졌다. 그가 흐릿해진 눈동자로 멍하니 서서 중얼거렸다.

"이레나가 죽었다고……?"

"임무를 완수하지 못해 죄송합니다. 폐하."

"거짓말하지 마라. 내가 두 눈으로 확인하기 전까진…… 믿지 못하겠다."

현실을 부정하는 칼라일에게 데릭이 침통한 표정으로 설명을 이어 나갔다.

"사실입니다. 루넨 대공과 전투가 벌어졌고, 그곳에서 황후 폐하와 아버지의 시체를 직접 눈으로 봤다는 목격자들이 있었습니다. 저도 재차 확인해 봤지만…… 전부 사실이었습니다."

그 말을 들은 칼라일의 심장이 미친 듯이 빠르게 뛰기 시작했다.

쿵쿵쿵쿵쿵쿵쿵.

마치 온몸에서 북이 울리는 것 같았다. 머리가 아팠고, 고막이 터질 것 같았으며, 당장이라도 쓰러질 것 같았다.

"……이제 이레나가 없다고?"

칼라일은 데릭에게 헛소리하지 말라며 화를 내고 싶었다. 하지만 데릭이 이런 거짓말을 할 사람이 아니라는 걸 너무도 잘 알고 있었다.

마음속으론 이게 진짜일 리 없다고 여기면서도, 한편으론 이레나가 정말 죽었을지도 모른다고 생각이 들었다.

그렇다면 이제 자신은 이레나를 볼 수 없게 된 것이다.

이레나가 더 이상 칼라일의 이름을 불러 줄 일도, 그를 보며 환한 미소를 지어 주는 일도 없다는 소리였다.

아직도 눈만 감으면 선명히 떠오르는 그녀의 얼굴을…… 다시는 만질 수 없다는 뜻이었다.

칼라일이 석상처럼 우두커니 서 있자 데릭은 그가 충

격을 받은 것이라고 생각했다. 그리고 그 마음을 충분히 이해했다.

데릭이 말했다.

"안 좋은 소식을 전해 드려서 죄송합니다. 우선 이곳은 위험하니 따로……."

데릭의 말이 채 끝나기도 전이었다.

칼라일이 한 손으로 가슴을 부여잡으면서 고통스러운 신음을 흘렸다.

"크윽."

그 순간이었다.

칼라일의 오른팔이 부풀어 오르더니 이내 손에 끼고 있던 장갑마저 찢어졌다. 그리곤 눈 깜짝할 사이에 오른팔을 중심으로 검은색 비늘이 돋아나 칼라일의 얼굴 부근까지 온몸을 잠식해 나갔다.

지금껏 이 정도로 심하게 드래곤 변이가 진행된 건 처음이었다. 그건 누가 봐도…… 인간이 아닌 것 같은 모습이었다.

갑작스러운 변화에 데릭이 떨리는 눈동자로 칼라일을 바라보며 입을 열었다.

"폐, 폐하……."

56

최고의 순간

칼라일의 귀에는 더 이상 아무것도 들리지 않았다. 그저 소리만 들리지 않게 된 것이 아니었다. 눈을 뜨고 있지만 아무것도 보이지 않았고, 아무런 생각도 하고 싶지 않았다.

이레나가 없는 세상에 칼라일 혼자만 남았다는 것, 그 자체만으로도 이미 견딜 수 없는 지옥이었다.

칼라일이 피를 토해 내듯이 절규했다.

"으아아아아!"

그 모습은 마치 온몸으로 슬픔을 토해 내는 것 같았다. 그건 목 놓아 울부짖는 것보다 더 처절하게 들리는 비명 소리였다.

마침 근처에 있던 제너드가 그렇게 변이한 칼라일의 모습을 발견하고 재빨리 다가왔다. 그리곤 얼어 있는 데릭에게 말했다.

"데릭 경, 빨리 피하시오!"

"예?"

데릭이 의아하게 제너드를 쳐다보고 있을 때였다.

아무것도 모르는 한 루넨 공국의 병사가 검을 들고 칼라일에게 달려들었다.

"루퍼드 황제! 받아랏!"

하지만 그 병사의 날카로운 검은 칼라일의 털끝도 건드리지 못했다. 칼라일이 검은 비늘이 돋아난 오른팔로 그의 목을 움켜쥐었기 때문이다.

"켁켁!"

그 손아귀에서 벗어나기 위해 버둥거리는 병사의 목을 칼라일이 그대로 꺾어 버렸다.

으드드득!

섬뜩한 소리와 함께 루넨 공국의 병사가 죽었다. 눈으로 보고 있어도 믿기지 않을 만큼 엄청난 괴력이었다.

그 모습을 목격한 주변은 삽시간에 적막하게 변했다.

지금 칼라일이 보여 준 압도적인 힘의 차이에 소름이 끼칠 정도였다. 뿐만 아니라 그에게서 풍기는 엄청난 살기에 공기조차 무겁게 변한 느낌이었다.

칼라일이 스윽, 고개를 돌려 다른 사람들을 쳐다보았다. 그러자 그와 눈이 마주친 모든 사람들이 약속이라도 한 것처럼 딱딱하게 굳어 버렸다. 그만큼 공포스러웠다.

데릭조차 놀라서 넋을 잃고 있자, 제너드가 서둘러 그를 끌고 칼라일에게서 멀어졌다.

"지금 폐하의 옆에 있다간 죽을 뿐이오. 일단은 거리를 벌려야 합니다."

"이, 이게 대체 어떻게 된 영문인지……."

"설명은 나중에 하겠소. 모두 황제 폐하에게서 멀리 떨어져라!"

파앗!

칼라일이 본격적으로 움직이기 시작하자, 그의 손길 한 번에 루넨 공국의 병사들이 제대로 반격조차 못 한 채 죽음을 맞이했다.

그 누구도 칼라일의 앞을 막아설 수 없었다. 그의 시리도록 푸른 눈동자에는 이미 이성이 사라진 상태였다.

"으악! 사, 살려 줘!"

도망치는 적군의 등에 검은 비늘이 돋아난 칼라일의 오른손이 박혔다. 그리곤 다시 빠르게 손을 빼내자, 병사는 그대로 바닥에 쓰러지며 그 자리에서 숨을 거뒀다.

칼라일은 자신의 팔뚝에 흐르는 적군의 피를 혀로 핥으며 비식 웃었다. 마치 살인을 즐기는 듯한 모습이었다.

거기 있는 건 칼라일이되, 또한 칼라일이 아니었다.

제너드는 딱 한 번 이런 모습을 본 적이 있었다. 바로 과거에 이레나가 독화살에 맞아 죽을 뻔했을 때였다.

'폐하가 또 폭주했어. 더구나 이번엔 그때보다 더 심각해.'

지금 칼라일이 변이된 상태만 봐도 알 수 있었다. 그때의 경험으로 미루어 보자면 변이가 많이 될수록 그의 힘이 강해졌다. 한마디로 현재 칼라일의 힘은 제너드가 여태까지 본 것 중에 최고치라는 소리였다.

'……누구도 폐하를 막을 수 없어. 일단 멀어져야 해.'

마음의 결정을 내린 제너드는 서둘러 근처에서 전투를 벌이고 있는 루퍼드 제국의 병사들을 향해 소리쳤다.

"어서 폐하에게서 떨어져라!"

하지만 제너드의 외침이 모두에게 닿은 건 아니었다. 검은 비늘이 돋아난 칼라일의 독특한 외형과 더불어 엄청난 활약에 멍하니 서서 구경하던 루퍼드 제국의 병사들이 있었다.

마침 그들과 칼라일의 시선이 허공에서 딱 마주쳤다.

저벅저벅, 칼라일이 피에 흠뻑 젖은 모습으로 거침없이 그들을 향해 나아갔다.

지금 칼라일에겐 눈앞에 있는 상대가 루퍼드 제국 병사인지, 루넨 공국 병사인지 그딴 건 중요하지 않았다.

그저 자신의 앞을 가로막은 모두를 죽이고 싶다는 광기에 사로잡혔을 뿐이다.

그 순간이었다.

"카릴, 그만하세요!"

어딘가에서 청아한 목소리가 들려왔다. 그건 칼라일도 익히 잘 아는 목소리였다. 그저 듣기만 해도 눈물이 날 것 같은 그리운 음성이었다.

하지만 이성을 잃은 칼라일의 발은 멈추지 않았다.

'이레나가 죽었어. 이들이 내게서 이레나를 빼앗아갔어. 모두…… 죽여 버릴 거야.'

지금 칼라일의 머릿속을 꽉 채우고 있는 건 모두를 죽이고 싶다는 욕망뿐이었다.

이곳에 있는 루넨 공국의 병사들을 하나도 남김없이 죽인다 해도 이 분노가 가라앉지 않을 것 같았다. 아니, 온 세상을 불태운다 해도 이 감정은 결코 식지 않을 것이다.

깊은 분노와 절망, 그리고 슬픔에 칼라일은 정신을 차릴 수가 없었다. 혈관을 타고 흐르는 전신의 피가 너무 뜨거워서 당장 무엇이라도 하지 않으면 온몸이 타들어 갈 것만 같았다.

그 격한 감정 때문에 칼라일의 내면에 잠들어 있던 저주받은 드래곤의 피가 완전히 각성하고 깨어난 상태였다.

저 멀리서 제너드가 누군가를 만류하는 목소리가 들렸다.

"가까이 다가가시면 안 됩니다! 지금 폐하께 가는 건 자살 행위예요!"

제너드의 말마따나 칼라일은 자신을 따르는 루퍼드 제국의 병사들을 죽이기 위해 손을 들어 올렸다.

그때였다.

와락!

칼라일의 등 뒤를 끌어안는 작고 따뜻한 몸이 느껴졌다.

잔인한 본능은 당장이라도 몸을 돌려 그 존재의 숨통을 끊어 버리라고 명령했지만, 다시는 맡지 못할 거라고 생각했던 익숙한 체향이 결국 그의 움직임을 멈추게 만들었다.

"카릴, 제가 왔어요. 이제 그만하세요."

다시 한 번 들리는 그 목소리에 칼라일이 천천히 고개를 돌렸다.

가장 먼저 그의 눈에 들어온 건 바람에 휘날리는 찬란한 금발이었다. 그리곤 하얀 피부에 선홍빛 입술, 곧게 뻗은 콧날과 풍성한 속눈썹이 차례로 보였다. 마지막으로 자신을 빤히 올려다보는 보석 같은 붉은 눈동자까지.

다시는 못 볼 줄만 알았던…… 이레나였다.

이성을 잃었던 칼라일의 푸른 눈동자에 처음으로 이채가 스쳤다.

"……이…… 레나?"

"네, 제가 돌아왔어요. 카릴."

이레나가 눈물을 가득 머금으며 칼라일의 단단한 품속으로 파고들었다. 믿기지 않는 상황에 칼라일은 딱딱하게 굳어 버릴 수밖에 없었다.

데릭은 분명 그녀가 죽었다고 했다. 그러면 이것은 환영인가? 아니면 꿈인가?

머리가 복잡했다. 하지만 곧 그게 다 무슨 상관이냐는 생각이 들었다.

지금 눈앞에 있는 게 귀신이라도 좋았고, 환상이라도 좋았다. 다시 한 번 그녀가 눈앞에 나타나 준 것만으로도 기꺼웠다.

이레나가 어떻게 여기 있는 건지, 무슨 일이 있었던 건지 아무것도 중요하지 않았다. 설령 칼라일을 죽이러 온 사신이라고 해도 반가울 테니까.

칼라일이 곧장 허리를 수그려 이레나의 작은 몸을 한 치의 빈틈도 없이 껴안았다. 그리곤 그녀의 어깨에 고개를 파묻으며 말했다.

"……왜 이렇게 늦었어."

자신에게 이레나를 빼앗아간 세상 전부를 다 부숴 버

릴 생각이었다. 그렇게 모든 걸 다 망가트리고 결국엔 칼라일 자신마저 사라지고 싶었다.

이레나가 납치당하고 생사조차 확인하지 못한 채 칼라일이 혼자서 기다렸던 시간은 정말이지 지옥이나 다름없었다.

하루하루가 견디기 힘든 고역이었다. 잠을 자지도, 밥을 먹지도, 자리에 앉지도, 생각을 할 수도 없었다. 그녀가 없이 흐르는 일분일초마다 피가 바짝 말라 가는 기분이었다.

칼라일이 품 안에 있는 이레나를 온 힘을 다해 꽉 끌어안으며 나지막이 말을 이었다.

"지금 내 눈앞에 있는 게 뭐든 상관 안 해. 이젠 안 놔줘. 다시는 내 옆을 떠나지 마."

"그럴게요. 당신의 곁에 꼭 붙어서 절대로 떨어지지 않을게요."

이레나가 고개를 들어 칼라일의 얼굴을 들여다보았다. 그리곤 그의 턱을 어루만지며 환한 웃음을 지어 보였다.

"보고 싶었어요."

오랫동안 기다렸던 그 모습에 칼라일이 미간을 찌푸리며 못 참겠다는 듯, 다시금 이레나를 자신의 품 안에 가뒀다.

"……나도야, 부인이 그리워서 죽을 뻔했어."

언제부터였을까. 칼라일의 전신에 울긋불긋 돋아났던 검은색의 비늘들이 거짓말처럼 말끔하게 사라져 있었다.

스윽, 제너드는 칼라일을 향해 겨누었던 검을 바닥으로 내리며 안도의 한숨을 쉬었다. 혹시라도 칼라일이 폭주한 상태로 이레나를 못 알아보고 공격할까 봐 바짝 긴장을 하고 있던 상태였다.

기적 같은 일이었다. 지금껏 칼라일의 폭주가 이렇게 단시간에 진정이 된 적은 처음이었다. 그가 자유자재로 조절할 수 없는 능력이었기에 광기가 한 번 시작되면 쉽사리 멈출 수 없었다.

다시 한 번 칼라일에게 이레나라는 존재가 얼마나 소중한지 깨달을 수밖에 없었다.

제너드는 그림 같이 잘 어울리는 두 사람을 바라보며 피식 웃었다.

최악이 되었을지도 모르는 오늘 하루가, 어느덧 최고의 순간으로 바뀌어 있었다.

* * *

상황이 정리되자 이레나는 칼라일과 막사로 돌아와, 자신이 어떻게 이곳까지 올 수 있었는지 차근차근 설명했다.

이번 일의 일등공신은 누가 뭐래도 쿤이었다. 그는 이

레나가 알포드를 구하러 갈 거라는 소식을 전달받고, 데릭의 부대보다 한발 늦게 출발했다.

빠르게 도착한 데릭은 약초꾼들을 만났지만, 쿤은 늦게 이동하는 바람에 오히려 부상당한 알포드를 데리고 가던 정예병들과 마주칠 수 있었다.

쿤은 한시가 급한 알포드를 일단 루넨 공국 안에 있는 의사에게 보이도록 조치하고, 곧장 이레나를 도우러 달려온 것이었다.

덕분에 다친 알포드는 아직도 이곳에 도착하지 않고, 루넨 공국 안에서 은밀하게 치료를 받고 있는 중이었다.

쿤의 부대는 처음 배정받았던 인원에서 큰 손실이 없었기 때문에 이레나보다 할 수 있는 일이 훨씬 많았다. 불길에 휩싸였던 이레나를 구해 낼 수 있었던 것도, 이곳까지 빠르게 올 수 있었던 것도 전부 그런 이유였다.

칼라일도 처음엔 어떻게 된 영문인지 어리둥절해 했지만, 마음을 가라앉히고 이레나의 이야기를 들으니 점점 현실로 돌아올 수 있었다.

지금까지 그녀가 납치되고 난 이후의 모든 상황을 들은 그가 나지막이 입을 열었다.

"쿤에게 큰 포상을 내리지."

"네, 그래 주세요. 카샤 경 덕분에 위기를 넘길 수 있었어요."

"그리고 부인은…… 반대로 혼이 나야겠어."

갑작스러운 칼라일의 말에 이레나가 의아한 표정으로 쳐다보았다. 그러자 칼라일이 한껏 가라앉은 목소리로 말을 이었다.

"어쩌자고 제나르 왕국으로 향하는 루넨 대공에게 다시 돌아간 거지? 그러다 그대가 정말 잘못되기라도 하면 어쩔 뻔했어."

"하지만 그때는 그럴 수밖에 없었어요. 파벨루크를 그대로 내버려 두었다간 모두가 위험에 처했을 테니까요."

칼라일도 그 당시 이레나가 했던 선택이 틀렸다고 생각하진 않았다. 하지만 너무 위험천만한 결단이었다. 만에 하나라도 이레나가 잘못되었을 거라고 생각하면 끔찍했다.

방금 전 느꼈던 절망을 다시는 경험하고 싶지 않았다.

"알아, 부인이 할 수 있는 최선의 선택이었다는 거. 하지만 두 번은 안 돼. 이제부턴 그 무엇보다 그대의 안전이 우선이야."

칼라일에겐 자기 자신보다, 루퍼드 제국보다, 블레이즈 가족보다, 그리고 그녀의 배 속에 있는 아이보다도 이레나가 먼저였다.

언제나 그에게는 이레나가 가장 최우선이었고, 가장 소중했다.

"나한테 한 약속 지켜. 황후가 되면 내 여자로만 살기로 했잖아. 내 여자는…… 다쳐선 안 돼. 아파서도 안 되고, 죽는 건 더더욱 안 돼."

칼라일의 커다란 손이 이레나의 뺨을 애달프게 쓰다듬었다.

"그대가 잘못되면 나도 죽어."

조금 전 칼라일의 변이된 모습을 봤기에 이레나도 그 말뜻을 충분히 이해할 수 있었다. 그리고 이레나가 칼라일을 위해 몸을 사리지 않는 것처럼, 그도 똑같은 마음으로 자신을 위하고 있다는 걸 잘 알았으니까.

이레나가 살짝 고개를 끄덕이며 대답했다.

"알겠어요. 이제는 위험한 행동하지 않을게요."

칼라일이 조금은 못 미더운 눈빛으로 이레나를 바라보았다. 그리곤 그녀를 또다시 강하게 끌어안으며 말했다.

"……마지막으로 믿어 주는 거야. 또 그런 일에 나서면 그땐 내 옆에서 떨어지지 못하도록 꽁꽁 묶어 둘 거야."

그 말에 이레나가 작게 웃음을 터뜨렸다. 그리곤 칼라일을 바라보며 장난스럽게 되물었다.

"진심이에요?"

"농담 같아?"

"아니요. 하지만 제가 싫어하면 결국 할 수 없을 텐데요."

"……."

칼라일은 차마 아니라는 대답을 할 수 없었다.

이렇게 어여쁜 이레나가 싫다고 거절하는 일을 칼라일이 강압적으로 할 수 있을 리 만무했다. 그는 언제나 그녀에게 질 수밖에 없는 남자였으니까.

칼라일이 못마땅하다는 표정으로 나직하게 말했다.

"이젠 부인이 나에 대해 너무 많은 걸 알고 있군."

그게 마치 투덜거리는 것처럼 들려서 이레나는 웃음 지을 수밖에 없었다.

이레나가 곧이어 자신을 안고 있는 칼라일의 한 손을 풀어서, 천천히 자신의 납작한 배 쪽으로 가지고 갔다. 아직은 평평한 배였지만 이 안에는 두 사람의 아이가 자라고 있었다.

"그동안 말하지 못했는데, 당신의 아이를 임신했어요."

"……알고 있어. 부인이 사라지고 황후궁의 하녀한테 들었어."

"아, 메리가 말을 했나 보군요."

이레나가 납득했다는 듯 고개를 끄덕였다.

칼라일은 빤히 이레나의 배를 쳐다보다가 이내 고개를 들어서 다시 그녀의 얼굴을 유심히 들여다보았다.

"아프진 않았어? 사실 아이에 대한 지식이 없어서 모르는 게 많아. 하지만 지금부터 공부하지. 우리의 아이니까."

이레나는 자신의 배 위로 조심스럽게 얹힌 칼라일의 손만 봐도, 지금 그가 얼마나 아이를 어렵게 생각하는지 느껴질 정도였다.

이레나가 그런 칼라일을 다정하게 바라보며 입을 열었다.

"당신이 혹시 아이를 싫어하진 않을까 걱정했어요. 하지만 이렇게 아이를 반기는 모습을 보니 한결 마음이 놓이네요."

칼라일은 본인의 몸속에 흐르는 드래곤의 저주를 끔찍하게 생각하고 있었다. 사실 그는 이레나가 아니었다면 절대로 자신의 2세를 세상에 남기지 않았을 것이다.

그런 칼라일의 마음을 이레나도 잘 알았기에 임신한 사실을 진심으로 기뻐해 주니, 새삼 안심이 될 수밖에 없었다.

칼라일이 픽 웃으며 대꾸했다.

"그대가 없었다면 모르겠지만…… 나와 그대의 사이에서 생긴 아이를 거부할 리 없잖아."

칼라일이 이레나의 배를 만지는 손은 그대로 둔 채, 다른 손으로 그녀의 목덜미를 쥐고 자신에게 가까이 끌어당겼다.

촉, 곧이어 칼라일의 입술이 이레나의 이마에 닿았다. 이레나가 반사적으로 시선을 올려 그를 쳐다보자, 칼라일이 근사한 미소를 머금은 채 입을 열었다.

"사랑해."

갑작스러운 고백에 이레나는 행복에 젖은 표정으로 칼라일을 마주 보며 웃었다.

칼라일과 이레나, 그리고 아이까지.

이제는 세 가족이 행복하게 사는 일만 남은 듯했다.

그것은 암울했던 저번 생과는 전혀 다른, 가슴이 두근거릴 만큼 기대되는 미래였다.

*　　*　　*

비밀리에 제나르 왕국으로 움직인 파벨루크의 사망 소식은 늦게 전해질 수밖에 없었다. 대내외적으로 그는 루넨 공국의 병사들을 이끌고 변방으로 향했다고 알려져 있었으니까.

파벨루크의 사망이 알려지자마자 전쟁은 빠르게 종결이 되었다.

가장 먼저 발을 뺀 것은 켈트 왕국이었다. 그들에겐 파벨루크가 없는 전쟁을 더 이상 지속할 이유가 없었다. 그리고 켈트 왕국이 빠진 루넨 공국은 바로 칼라일에게 항복을 선언했다.

다시 원래대로 루넨 공국이 루퍼드 제국의 휘하로 들어온 것이다. 물론 주범인 파벨루크가 죽었다고 해도 그를 따르던 세력들은 전부 처벌을 받게 되겠지만 말이다.

칼라일은 이 모든 걸 최단 시간 안에 마무리 짓고, 서둘러 병사들을 끌고 수도에 있는 황궁으로 돌아가고 있었다.

이유는 하나였다.

이레나가 임신 중이었으니까.

빠르게 황궁으로 향하는 휘황찬란한 마차 안에는 칼라일과 이레나가 타고 있었다. 이레나가 불편하지 않도록 푹신한 쿠션을 몇 개나 깔았으면서도 칼라일이 걱정스러운 표정으로 물었다.

"불편하지는 않아?"

"네, 아무렇지 않아요."

"먹고 싶은 건 없고?"

"방금 전에 점심 먹었잖아요."

"그래도 임신하면 먹고 싶은 게 많이 생긴다던데, 뭐든 생각나는 게 있으면 바로 내게 말하도록 해. 알겠지?"

그 말에 이레나가 못 말리겠다는 표정으로 웃으며 대답했다.

"알겠어요. 너무 제 걱정하지 않아도 괜찮아요."

이레나는 임신 초기에 잠도 제대로 자지 못하고, 음식조차 변변히 먹지 못하면서도 지금까지 꿋꿋하게 버텨 왔다.

그때에 비하면 지금은 정말이지 천국이나 다름없었다.

칼라일은 자꾸만 부족한 게 있으면 말하라고 했지만, 지금처럼 여유로운 상황에서 그런 게 느껴질 리 없었다.

칼라일이 말했다.

"그런 소리 말고, 뭐라도 좋으니 필요한 게 있으면 내게 얘기해. 그대가 원하는 걸 이뤄 주는 것도 내겐 큰 기쁨이야."

그 말과 동시에 칼라일이 손을 뻗어서 이레나의 머리를 쓰다듬었다.

칼라일은 이레나가 돌아온 후로 가능한 한시도 떨어지지 않으려 하고 있었다. 시도 때도 없이 그녀를 품에 안거나 아니면 쓰다듬으며 온기를 느끼고 싶어 했다.

그건 마치 이레나가 자신의 곁에 있음을 확인하려는 행동 같았다. 그래서 이레나는 괜스레 마음이 뭉클하면서도, 그런 칼라일의 손길이 좋았기에 희미한 웃음을 지어 보였다.

"카릴이 이렇게 내 옆에 있는데, 부족한 게 뭐가 있겠어요."

그 말에 칼라일의 얼굴이 어쩔 줄 모르겠다는 듯 찡그려졌다. 그가 절로 올라가는 입꼬리를 누르지 못한 채 입을 열었다.

"부인이 그런 말을 하니까, 간이고 쓸개고 다 빼 주고 싶은 거야."

칼라일이 맞은편에 앉아 있던 자리에서 상체를 일으켜, 이레나의 양옆을 손바닥으로 짚고 고개만 내려 입을 맞췄다.

이레나의 이마, 콧날, 뺨, 그리고 입술까지. 칼라일의 가볍지만 뜨거운 입술이 그녀의 얼굴을 간지럽혔다.

이레나가 자그맣게 웃음을 흘리며 고개를 저었다.

"간지러워요, 카릴."

칼라일은 불그스름한 얼굴로 자신을 올려다보는 이레나를 한입에 잡아먹고 싶었지만……

그 무엇보다 이레나의 건강이 우선이었기에 그는 벽을 짚고 있는 손을 세게 움켜쥘 뿐이었다.

지금은 이레나가 임신 중이라 격정적인 스킨십을 할 수 없는 상태였다. 혹시라도 그녀의 몸에 무리가 갈까 봐 칼라일은 계속해서 들끓는 욕망을 참고 있는 중이었다.

이번에도 마찬가지였다.

"지금은 너무 예쁘지 마, 부인. 이쪽은 나름대로…… 괴롭거든."

칼라일이 픽 하고 웃으며 마지막으로 이레나의 뺨에 입을 맞추고는 몸을 떼었다. 그리곤 그가 나지막이 중얼거렸다.

"빨리 아이가 태어났으면 좋겠군."

칼라일의 말에 이레나도 동감한다는 듯이 고개를 끄덕

거렸다.

"저도 그래요. 어서 낳아서 제 품에 안아 보고 싶어요."

칼라일은 그녀와 전혀 다른 의미로 아이가 태어나길 기다리고 있었지만, 그것도 틀린 말은 아니었기에 그저 웃음 지을 뿐이었다.

사랑하기에 이레나와 닿고 싶었지만, 반대로 사랑하기에 참을 수도 있었다.

그때였다.

똑똑, 마차의 문을 두들기는 소리가 들려왔다.

칼라일이 슬쩍 시선을 돌리자, 커튼을 쳐 놓은 마차의 창밖으로 누군가의 모습이 불투명하게 비쳤다.

"황후 폐하, 보약을 드실 시간입니다."

최근 이레나는 임신한 여성에게 좋은 보약을 하루에 한 번씩 먹고 있었다.

칼라일은 안 그래도 이레나의 건강 상태가 걱정이 되었기에 보약을 먹어야 하는 시간을 체크해서 무슨 일이 있어도 보고를 하라고 시킨 상태였다.

칼라일이 말했다.

"행렬을 멈춰라. 약을 먹고 난 뒤에 다시 출발하겠다."

"네, 황제 폐하."

칼라일의 명령에 부지런히 달리던 마차가 곧바로 멈춰 섰다. 사실 마차뿐만 아니라 바깥에는 수천 명의 군사가 이동을 멈춘 것이었다.

이레나는 이렇게 유난스러울 정도로 자신을 챙겨 주는 칼라일의 행동이 기쁘긴 했지만, 조금은 쑥스러웠다.

끼이익, 곧이어 마차의 문이 열리며 하녀가 이레나의 약을 가지고 왔다.

칼라일은 그릇 안에 담긴 보약을 자연스럽게 받아 들고는 직접 숟가락으로 떠 주었다.

“아, 해 봐.”

이미 몇 번이나 들은 말이었지만 이레나의 얼굴이 홍당무처럼 변했다.

“제, 제가 먹을게요. 손도 멀쩡한데 카릴이 직접 먹여 줄 필요는 없어요.”

그 대답에 칼라일이 옅은 미소를 지은 채, 장난스러운 표정으로 이레나를 쳐다봤다.

“오늘도 그 소린가? 하지만 난 양보할 생각이 없는데.”

“자꾸 카릴이 이런 행동을 하면 다른 사람들이…….”

“숟가락으로 먹는 게 싫으면 입으로 먹여 줄까? 사실 난 그게 더 좋은데.”

칼라일의 푸른 눈동자가 웃음기를 머금고 가늘게 변했다. 이레나는 그게 빈말이 아니라는 것을 단번에 간파할 수 있었다. 칼라일은 이런 거로 장난을 치는 남자가 아니었다.

예전에 이레나가 독화살에 맞아 죽을 뻔했을 때도 이런 적이 있었는데, 지금은 그때보다 훨씬 더 강화된 느낌이었다.

이레나가 순순히 아— 하고 입을 벌렸다. 그러자 칼라일이 아쉽다는 듯 얼굴을 찌푸린 채로 웃었다.

"역시 부인이 날 너무 잘 안다니까."

그가 적당한 양을 숟가락으로 떠서 조심스럽게 이레나의 입안으로 넣어 주었다. 그렇게 이레나는 아기 새처럼 칼라일이 주는 약을 받아먹었다.

이레나는 슬쩍 곁눈질로 약을 떠 주는 칼라일을 쳐다보았다. 황제인 그가 신중한 표정으로 직접 약을 떠서 자신에게 먹여 주는 모습을 보고 있자면 절로 심장이 간질거렸다.

이 감정을 어떻게 표현할 수 있을까.

자신의 곁에 칼라일이 있다는 이유 단 하나만으로도 매 순간이 이렇게나 행복하게 변했다. 그렇지만 이런 마음을 들키면 앞으로 칼라일이 더욱 지금처럼 행동할까 봐, 이레나는 문득 머릿속에 떠오른 생각으로 화제를 바꿨다.

"흠흠. 매번 느끼는 거지만, 약이 너무 써요."

"……그래?"

칼라일이 거의 다 비운 그릇을 힐끔 쳐다보더니, 이레

나를 향해 가까이 몸을 기울였다. 그리곤 바로 앞까지 다가온 그가 그녀의 입술에 미약하게 남아 있는 약을 혀로 핥았다.

갑작스러운 키스에 이레나가 깜짝 놀란 표정으로 그를 쳐다보았다. 하지만 칼라일은 여전히 천연덕스러운 얼굴로 입을 열 뿐이었다.

"그러네. 부인의 말대로 조금 쓴맛이 나."

"무슨……."

"물론 부인의 입술 때문에 나한텐 그마저도 달콤했지만 말이야."

그 말에 이레나의 얼굴이 더욱 붉게 물들었다. 그녀의 적나라한 반응에 칼라일의 입가에 맺힌 미소가 더욱 짓궂게 변했다.

"그런 얼굴을 보여 주면 더 놀리고 싶은데."

"제 얼굴이…… 어떤데요?"

"너무 사랑스러워."

말과 동시에 칼라일이 다시 한 번 이레나를 향해 상체를 수그리며, 그녀의 눈가에 부드러운 입맞춤을 남겼다.

이레나는 한시도 쉬지 않는 칼라일의 애정 공세에 심장이 터질 것만 같았다. 매 순간순간이 믿기 어려울 정도로 다디달았다.

아무리 시간이 흘러도 변하지 않는 건, 이레나의 심장

이 뛰게 만드는 유일한 남자가 바로 칼라일이란 사실이었다.

그리고 앞으로도 평생 그럴 것이었다.

해가 지자 칼라일의 행렬이 다시 멈췄다.

이레나가 편히 쉴 수 있도록 황궁을 향해 빠르게 달리고 있었지만, 반대로 그녀의 몸 상태를 염려해서 절대로 무리하지 않는 일정이었다.

야영지에 칼라일과 이레나가 머무를 막사가 지어지자, 병사가 그들이 탄 마차 안으로 다가와 짤막하게 보고했다.

"폐하, 막사가 준비되었습니다."

"알겠다."

그 말을 들은 칼라일이 먼저 마차에서 내려 이레나에게 손을 내밀었다. 그러자 이레나는 칼라일의 에스코트를 받으며 조심스럽게 마차 밖으로 걸음을 옮겼다.

그렇게 이레나의 발이 땅에 막 닿았을 때였다.

휘익, 칼라일은 이레나가 마차 밖으로 내리자마자 그대로 허리를 낚아채며 양손으로 그녀를 번쩍 안아 들었다. 눈 깜짝할 새에 벌어진 일이었다.

이레나가 놀란 표정으로 칼라일을 바라보며 입을 열었다.

"카, 카릴……."

"부인이 혹시 넘어질지도 모르니, 내가 안아서 막사까지 옮겨 주는 게 안전할 것 같군."

"어차피 짧은 거리인데 괜찮아요. 무거울 텐데……."

"내가 부인 하나 안아 주지 못할 정도로 약골로 보이나?"

물론 그렇지는 않았다. 칼라일의 품에 지금처럼 안긴 적이 처음도 아니었고, 그가 얼마나 안정적으로 안아 주는지는 이레나가 누구보다 잘 알았다.

하지만 두 사람이 이런 자세로 모습을 드러내자, 자연스럽게 주변에 있던 병사들의 시선이 모두 이곳으로 몰렸다.

그들은 선망 어린 눈빛으로 이레나와 칼라일을 쳐다보았지만, 막상 이레나는 몸 둘 바를 모를 정도로 부끄러웠다.

하루에 한 번씩 보약을 먹기 위해 마차를 세웠고, 그것마저도 칼라일이 손수 떠먹여 준다는 소문이 이미 파다하게 퍼진 상태였다.

그뿐만 아니라 외출까지 이렇게 그의 품에 안겨서 할 정도라니 아무리 임신한 상태라도 너무 과한 대우였다.

"다른 사람들이 흉을 볼까 봐 무섭네요."

"누가 감히."

지금 칼라일의 그 짧은 대꾸 안에는 많은 의미가 들어 있었다.

그의 성격을 잘 아는 이레나는 저도 모르게 작게 웃음을 흘렸다. 칼라일이 더 이상 말하지 않아도 무슨 말을 하려는지 알 것만 같았으니까.

"엄청 호강하고 있네요, 저."

"내 마음 같아선 더 해 주고 싶어."

"더는 사양할게요. 이 정도도 너무 과분해요."

"그동안 부인이 고생한 걸 생각하면 한참 부족해. 손가락 하나 까딱하지 않아도 될 정도로 내가 다 해 주고 싶어. 그러니 이것만큼은 내게 양보하도록 해."

이레나는 임신을 한 상태로 파벨루크에게 납치를 당했고, 힘든 일들을 많이 겪었다. 그녀는 차마 파벨루크에게 손찌검을 당했다는 말까지 전하지 못했지만, 칼라일은 이미 어느 정도 짐작하고 있는 듯했다.

그래서인지 지금만으로도 충분히 만족스러운 이레나와 달리, 칼라일은 그녀가 고생한 만큼 훨씬 더 잘해 주고 싶은 모양이었다.

뚜벅뚜벅, 칼라일은 막사 안으로 들어가 이레나를 침대 위로 조심스럽게 내려 주었다. 그리곤 한쪽 무릎을 꿇은 채 바닥에 앉아 그녀가 신고 있던 구두를 벗겼다.

전혀 생각지 못한 자세에 이레나의 눈이 동그랗게 떠

졌다.

"얼른 일어나세요! 누가 보면 어쩌시려고 그래요."

"내가 아까 말했지, 이 정도는 내게 양보하라고 말이야."

"하지만……."

"남편인 내가 부인의 구두를 벗겨 주는 게 뭐 어때서."

물론 평범한 부부라면 가능할지도 모른다. 하지만 칼라일은 루퍼드 제국의 정점에 서 있는 황제였다. 그가 어떤 이유든 간에 이레나의 앞에 무릎을 꿇는다는 건 좋지 않았다.

이전에도 칼라일은 이런 행동에 대해서 거리낌이 없었지만, 그때는 황태자였고 지금은 그보다도 더 높은 황제였다. 이런 모습은 칼라일의 드높은 권위를 실추시킬지도 몰랐다.

이레나가 서둘러 손을 뻗어서 칼라일의 얼굴을 붙잡았다. 그리곤 똑바로 시선을 마주치며 강한 어조로 말했다.

"나도 카릴하고 똑같아요. 혹시라도 누가 이런 걸 보고 내 남자를 깎아내릴까 봐 싫어요."

그 말에 칼라일이 픽 하고 웃었다.

"부인이 잘 모르나 본데, 그대의 남자는 누군가가 함부로 입에 올릴 수 없을 만큼 무서운 사람이야."

"당신만큼은 아닐지 몰라도, 저도 그렇게 호락호락한

여자는 아니에요."

"그럼 됐잖아. 누가 뭐라든지 무슨 상관이야."

"카릴이 여자한테 빠져서 눈이 멀었다는…… 그런 소문이 날 거예요."

이미 전쟁터에서 검은 비늘이 돋아난 칼라일의 모습을 보고 세간에 많은 말들이 나오고 있는 상황이었다. 이레나는 거기다 안 좋은 소문을 하나 더 추가하고 싶진 않았다.

"틀린 말은 아니네."

칼라일은 전혀 아무렇지 않은 표정으로 자신이 벗긴 이레나의 구두를 바닥에 가지런히 내려놓았다. 그리곤 그대로 고개를 숙여 눈앞에 보이는 이레나의 무릎에다 입을 맞췄다.

"내가 부인 앞에 무릎을 꿇고 있든, 똑바로 서 있든, 나란히 거닐든, 변하는 건 없어. 난 그대한테 사로잡힌 포로가 맞으니까."

"……."

생각지도 못한 칼라일의 발언에 이레나는 잠시 할 말을 잃었다.

지금까진 황제인 칼라일이 구설에 오를까 봐 걱정만 했는데, 이런 말이 이렇게나 달콤하게 들릴 줄은 몰랐다. 정말이지 너무 달아서…… 온몸이 녹아내릴 것 같았다.

칼라일이 뜨거운 열기가 맺힌 푸른 눈동자로 이레나를 물끄러미 바라보며 다시 말을 이었다.

"그대는 내 허락도 없이 목숨까지 구해 줘 놓고 이런 것마저 싫다고 하는 건 반칙이야. 부인은 내가 사랑해 주고 싶은 만큼 받아 줘야 할 의무가 있다고."

"……이러다가 나중에 변하면 제가 적응 못 할지도 몰라요."

"고작 이 정도로 내가 변할까 봐 걱정하는 건가? 그렇다면 걱정할 것 없어. 난 앞으로 더욱 잘해 줄 생각이니까."

그 말에 이레나는 더는 참지 못하고 침대에 앉아 있는 상태에서 그대로 몸을 숙여 칼라일의 상체를 와락 끌어안았다.

황제가 된 지금도 칼라일은 처음 만났을 때와 전혀 변하지 않았다. 아니, 오히려 시간이 흐를수록 훨씬 더 자상하게 바뀌어 가고 있었다.

어쩜 이렇게 사랑스러운 남자가 있을 수 있는지 모르겠다. 마치 자신의 마음을 사로잡기 위해 태어난 존재인 것 같았다.

"너무 감동시키지 말아요. 눈물이 날 것 같잖아요."

이레나는 자연스럽게 깨달을 수밖에 없었다. 지금까지 자신이 고생하며 달려온 모든 게 바로 이런 순간을 위해서라는 것을 말이다.

이레나가 늘 꿈꾸던 장밋빛 미래는 멀리 있는 게 아니었다. 그건 바로 칼라일과 함께하는 바로 지금 이 순간이었다.

이레나는 칼라일을 끌어안은 채 벅차오르는 행복에 눈을 감았다. 칼라일 역시 그녀의 품에 안겨서 행복한 미소를 짓고 있을 때였다.

두 사람의 무르익은 분위기를 깨는 목소리가 바깥에서 들려왔다.

"폐하, 드릴 말씀이 있습니다."

익숙한 목소리의 주인공은 바로 제너드였다.

방해꾼의 등장에 이레나가 반사적으로 칼라일을 안고 있던 손을 풀려고 하자, 이번엔 그가 그녀의 허리를 감싸며 말했다.

"급한 거 아니면 나중에 다시 와."

"아! 알겠습니다. 황후 폐하께 서신이 도착했으니, 나중에 시간이 되실 때 말씀해 주십시오."

생각지 못한 제너드의 용건에 칼라일의 미간이 와락 찡그려졌다.

칼라일이 못마땅한 표정으로 막사 바깥쪽을 쳐다보며 입을 열었다.

"누가 보낸 건데?"

"크라우스 상단과 아스타 상단에서 온 것입니다."

그 두 상단의 이름이 거론되자 불현듯 이레나의 머릿속에 떠오르는 기억이 있었다. 루넨 공국으로 납치되기 전에 그들에게 알아봐 달라고 부탁한 것이 있었기 때문이다.

그건 지금 이레나의 배 속에 있는 아이와 관련된 것이었다. 바로 드래곤을 모시는 부족에 대한 내용이었으니까.

칼라일이 제너드가 서 있는 바깥을 눈짓으로 가리키며 급한 편지냐는 듯 물어보자, 이레나는 고개를 끄덕이며 나지막이 대답했다.

"지금 확인해 봐야 할 것 같아요."

그 말에 칼라일이 아쉽다는 표정으로 이레나의 이마에 입을 맞췄다.

"……그대를 독점하기가 힘들군그래."

미련이 뚝뚝 떨어지는 그의 말에 이레나는 웃음을 지을 수밖에 없었다.

루넨 공국과의 전쟁이 끝난 후, 이레나와 칼라일은 이동하는 내내 단둘이서 아주 여유로운 시간을 보내고 있었다.

이런 자그마한 방해에도 불만을 표현하는 그가 약간 어처구니없으면서도, 한편으론 너무 귀엽게 느껴져 큰일이었다.

칼라일이 이레나를 안고 있던 팔을 풀며 나지막한 목소리로 말했다.

"편지를 가지고 들어와."

"네, 폐하."

허락이 떨어지자 제너드가 막사 안으로 들어왔다. 하지만 곧바로 느껴지는 칼라일의 못마땅한 눈초리에 제너드는 눈치 빠르게 사과의 말을 건넸다.

"제가 두 분의 오붓한 시간을 방해 드린 것 같군요. 죄송합니다."

"알면 됐어."

칼라일의 지나치게 솔직한 발언에 이레나가 서둘러 그의 옆구리를 쿡 찔렀다. 그리곤 그녀가 제너드를 향해 아무렇지 않은 표정으로 말했다.

"괜찮아요. 안 그래도 기다리고 있던 편지였는데 고마워요."

"아닙니다. 황궁으로 한 번 전달이 되었다가 다시 여기까지 배달된 편지라 기한이 조금 된 것입니다. 그 점 참고하시어 보시고, 혹시 필요한 일이 생기시면 불러 주십시오."

"그럴게요."

제너드는 가지고 온 두 개의 편지를 이레나에게 건네고, 다시 깍듯한 자세로 인사를 한 후 막사 바깥으로 나갔다.

이레나는 제너드의 뒷모습을 바라보다가, 이내 크라우스 상단과 아스타 상단의 인장이 각각 찍혀 있는 편지 봉투를 내려다보았다. 막상 내용을 확인하려니 가슴이 조금 떨렸다.

'이 안에 좋은 정보가 담겨 있어야 할 텐데.'

사실 이레나는 황실에 내린 저주를 풀 수 없다고 해도 상관없었다. 이미 그런 것에 영향받지 않을 정도로 칼라일을 사랑하고 있었고, 자신의 배 속에서 자라고 있는 아이 또한 소중했으니까.

하지만 그 마음과는 별개로 칼라일이 힘들게 보낸 유년 시절이 안타까웠다. 그리고 그가 검은 비늘이 돋아나는 본인의 모습을 싫어하는 것도 마음이 아팠다.

만약 아이마저 그런 모습을 닮는다면 칼라일에겐 꽤나 고통스러울지도 몰랐다. 그래서 이레나는 가능하면 더 이상 저주가 이어지지 않도록 끊어 주고 싶었다. 계속해서 그런 아픔이 대물림된다는 건 정말이지 슬픈 일이었으니까.

이레나가 긴장한 표정으로 편지를 내려다보고 있자, 옆에서 그 모습을 지켜보던 칼라일이 의아한 표정으로 물었다.

"무슨 편지기에 그래?"

그 말에 이레나는 더 이상의 생각을 멈추고, 고개를 들어 칼라일을 바라보았다.

자신을 걱정하는 푸른 눈동자와 누군가가 심혈을 기울여 조각한 듯한 완벽한 그의 이목구비가 눈에 들어왔다. 힘들 때마다 몇 번이나 머릿속에 떠올렸던, 자신이 사랑하는 남자의 얼굴이었다.

이레나는 잠시 손에 들고 있던 편지를 내버려 두고, 칼라일에게 자신이 앉아 있는 침대 옆자리를 가리키며 말했다.

"이리 와서 앉아 봐요."

왠지 심상치 않은 분위기에 칼라일의 표정이 굳어졌지만, 그는 군말 없이 이레나가 가리킨 자리에 와서 앉았다.

"무슨 일인데?"

"별 얘기 아니니 긴장할 필요 없어요. 그저 이 편지를 꺼내기 전에 카릴에게 먼저 말을 하는 게 좋을 것 같아서요."

"그래, 뭐든 말해 봐."

잠자코 이야기를 기다려 주는 칼라일의 모습에 이레나는 옅은 미소를 지을 수밖에 없었다.

"사실 임신했다는 걸 알자마자 크라우스 상단과 아스타 상단에게 의뢰를 하나 맡긴 게 있어요. 아마 카릴도 들어 봤을지 모르겠어요. 드래곤을 신성시하며 모시는 부족이 있다는 이야기 말이에요."

"……."

거기까지 들은 칼라일의 표정이 어둡게 변했다. 딱히 이유가 있어서 그런 게 아니었다. 그는 자신의 저주받은 피에 관한 이야기가 나오면 항상 위축되곤 했으니까.

칼라일이 잠시 이레나를 바라보다 이내 시선을 아래로 내려, 아이가 있는 아랫배 부근을 쳐다보았다.

"내가 아니었으면 하지 않았어도 될 고민을 안겨 주었군. 미안하다는 말밖에……."

"아뇨. 그런 말 하지 말아요. 제가 지금부터 당신한테 하고 싶은 말은 그런 게 아니에요."

말과 동시에 이레나가 자신보다 훨씬 커다란 칼라일의 손을 맞잡았다. 오랫동안 검을 잡았기에 그의 손은 딱딱하고 굳은살이 박여 있었지만, 이레나에겐 무엇보다 든든하고 다정한 손이었다.

그렇게 서로의 따뜻한 온기를 느끼며 이레나가 말을 이어 나갔다.

"저는 이 편지 안에 어떤 내용이 들어 있든, 앞으로 최선을 다해 황실의 저주를 풀어 볼 생각이에요. 하지만 오해하지 말아요. 그건 당신과 아이를 위해서 하는 일이지, 결코 당신의 모습이 싫다는 뜻은 아니에요. 그러니 마지막까지 저주를 끊을 방법을 찾지 못한다고 해도…… 저는 상관없어요."

칼라일이 복잡한 감정이 뒤섞인 눈동자로 이레나를 쳐다보았다. 그의 불안하게 흔들리는 시선을 이레나가 똑바로 마주하며 말했다.

"사랑해요. 당신이 어떤 존재라고 해도요."

이레나가 천천히 손을 들어 올려 칼라일의 조각 같은 얼굴을 쓰다듬었다.

"이제 내 눈엔 당신의 비늘조차 멋있는걸요."

칼라일은 한동안 말이 없었다. 하지만 방금 전처럼 복잡한 표정이 아니라 한결 마음의 짐을 내려놓은 듯한 얼굴이었다.

그가 다정하게 이레나를 바라보며 웃었다. 칼라일의 이런 미소는 이 세상에서 오로지 이레나만 볼 수 있는 것이었다.

"부인은 참 신기한 여자야. 여기서 더 행복할 수 없을 것 같다고 생각했는데, 이제 보니 그것도 끝이 아니었어."

칼라일이 자신의 얼굴을 매만지는 이레나의 손을 붙잡고, 입가로 가져가 입맞춤을 하며 동시에 그녀를 쳐다보았다.

"부인을 만나서 다행이야. 내가 사랑에 빠진 여자가 그대라서…… 정말 다행이야."

칼라일의 말에 이레나의 얼굴에도 절로 옅은 미소가 지어졌다.

"저도 마찬가지예요. 그리고 제가 납치를 당하고 난 뒤에 당신이 드래곤의 피를 이었다는 사실이 얼마나 감사했는지 몰라요."

이레나는 임신 초기에 납치를 당해서 온갖 고생을 했을뿐더러, 그 후에도 장기간 말을 타고 끝내 파벨루크와의 전투까지 벌였다. 만약 아이가 약했다면 절대로 버텨주지 못했을 고된 여정이었다.

"아마 보통 아이였다면 견디기 힘들었을 거예요. 당신을 닮은 건강한 아이라 끝까지 제 곁을 떠나지 않은 것 같아요. 덕분에 저도 포기하지 않을 수 있었고요."

파벨루크를 처치하고 전쟁을 끝냈다 하더라도 결국 아이가 잘못됐다면 이레나는 지금처럼 웃지 못했을 것이다. 지금도 배 속의 아이가 무사하다는 사실에 얼마나 감사하고 있는지 모른다.

칼라일이 피식 웃으며 말했다.

"쪼끄만 게 벌써부터 엄마한테 효도를 한 모양이군."

그 말에 이레나도 작게 웃음을 토해 내며, 손에 들고 있던 두 개의 편지 봉투를 흔들었다.

"그럼 한번 볼까요?"

"그러지."

이레나가 먼저 크라우스 인장이 찍혀 있는 편지 봉투를 뜯고 안에 있는 내용물을 꺼내 들었다.

두 사람의 눈동자가 동시에 편지지에 적힌 내용을 읽어 나갔다.

거기에는 이렇게 적혀 있었다.

[친애하는 황후 폐하께.

문의하신 부족에 대해 알아보았습니다.

그들은 부랑족이라 한곳에 오래 머무르지 않고, 한번 거처를 바꾸면 어디로 떠날지 알 수가 없어서 접촉하기가 굉장히 힘들답니다.

하지만 운이 좋게도 현재 그들은 루퍼드 제국과 근접한 지역에 머무르고 있다고 하니, 만약 접촉하기를 원하시면 답장을 보내 주십시오.

최대한 힘써 보도록 하겠습니다.]

그 뒤로도 내용은 더 이어졌지만, 생각한 것 이상으로 좋은 소식이었다.

이레나의 얼굴에 눈에 띄게 밝아졌다. 그들의 소재 파악이 어렵다거나 접촉이 불가능하다는 최악의 상황까지 염두에 두었는데, 그런 각오와 달리 초반부터 굉장히 일이 잘 풀리고 있었다.

칼라일 역시 기분 좋은 표정으로 이레나에게 말을 건넸다.

"그럼 이제 아스타 상단의 편지도 읽어 보지."

"네, 그래요."

이레나가 서둘러 아스타 상단의 편지지도 펼쳐 보았다. 그러자 거기에는 크라우스 상단에서 보내온 내용과 또 다른 정보가 기재되어 있었다.

[황후 폐하께서 문의하신 부족은 지난해 거주하던 왕국에서 극심한 가뭄을 겪고 생활이 상당히 어려운 상태입니다.

마침 저희 아스타 상단은 그들이 원하는 식료품과 약품을 알고 있으니, 원하신다면 저희 측에서 물건을 준비해 접촉을 시도해 보겠습니다.]

한마디로 크라우스 상단은 이 부족의 위치를 알아 왔고, 아스타 상단은 그들을 움직일 수 있는 방법을 알려 준 셈이었다. 역시 제국을 아우르는 가장 큰 상단들다웠다.

이레나의 입가에 감출 수 없는 미소가 지어졌다.

"먼저 정보를 알려 주는 상단에게 큰 포상을 내리겠다고 했는데, 일이 이렇게 되었으니 두 곳 모두에게 상을 줘야겠어요."

"그러도록 해. 아스타 상단엔 그들이 원하는 물품을 준비시키도록 하고, 크라우스 상단에는 우리가 만날 수 있도록 다리를 놔 달라고 하지."

"네. 좋은 생각이에요."

이레나가 고개를 크게 끄덕거렸다. 칼라일은 그녀가 기뻐하는 모습을 바라보다 다시금 편지의 내용을 눈으로 훑었다.

"부랑족이라 자주 머무는 지역을 바꾼다고 하니, 이왕 여기까지 나온 김에 그들부터 만나고 황궁으로 돌아갈까?"

"아, 듣고 보니 그러네요. 황궁에 들렀다가 다시 나오려면 그만큼 시간이 소모될 거예요."

가뜩이나 이 편지들은 황궁을 한 번 거쳤다가 이레나에게 전달된 거라, 그 과정에서 이미 시간을 잡아먹은 상태였다.

무엇보다 지금 이레나의 배 속의 아이가 더 자란다면 거동하는 것 자체가 불편해질지도 모른다. 가능한 그 전에 이레나는 그들과 직접 만나서 드래곤이 남긴 저주에 대해 이야기를 나눠 보고 싶었다.

가만히 이레나를 바라보던 칼라일이 나지막이 말했다.

"부인이 원하는 일이라면, 이제부터 나도 돕도록 하지."

"정말요?"

"말했잖아, 그대가 원하는 걸 이뤄 주는 게 내겐 큰 기쁨이라고 말이야."

"고마워요. 카릴이 나서 준다니 정말 든든한데요?"

그 말에 칼라일이 픽 하고 웃었다.

"그렇다면 부인의 기대에 부응해야겠군. 이번 기회에 그대의 남편이 얼마나 유능한지 보여 주지."

사실 칼라일은 지금껏 딱히 저주를 풀어야겠다는 생각을 하지 않았었다. 굳이 그래야 할 이유가 없었으니까.

전대 황제들은 그것이 아무리 저주라고 해도 뛰어난 능력을 얻을 수 있었기에 내버려 두었지만, 칼라일은 아니었다.

한 번도 드래곤의 피를 이었다는 사실이 좋았던 적은 없었지만, 그럼에도 굳이 나서지 않았던 건 이제 와서 저주를 풀어 봤자 자신에게 달라지는 게 아무것도 없었기 때문이다.

하지만 이레나가 임신을 하고, 아이를 갖게 되자 생각이 바뀌었다. 자신의 아이만큼은 이런 능력이 이어지지 않길 바랐다. 물론 이레나가 원하는 일이라는 게 가장 크게 차지했지만 말이다.

"미리 말해 두지만 애초부터 저주를 푸는 게 불가능하다면 몰라도, 내가 나선 이상 뭐라도 방법이 있다면 그걸 모르고 지나칠 리는 없어. 그러니 그런 부분은 염려 마."

어찌 보면 굉장히 오만한 말이었다. 하지만 이런 말을 하는 게 칼라일이었기에 지극히 당연하게 느껴졌다. 그는 바로 루퍼드 제국의 황제였으니까.

설령 오랜 시간이 걸린다고 해도 그가 결정한 이상 분명 드래곤의 저주에 대해 낱낱이 파헤치고 말 것이다.

이레나가 행복한 웃음을 머금으며 고개를 끄덕거렸다.

"네, 믿어요. 하지만 말했다시피 불가능하다고 해도 상관없어요. 그저 우리가 할 수 있는 데까지만 해 봐요."

"그래."

대답과 동시에 칼라일은 자연스럽게 이레나의 이마에 입을 맞췄다. 그리곤 마음먹은 김에 해결해야겠다는 듯 침대에서 몸을 일으키며 말을 이었다.

"임신한 상태에서 괜히 답장 쓸 생각하지 마. 손목 아플라."

"아, 그럼……."

"내가 제너드한테 말해서 두 상단 측으로 사람을 보내도록 하지. 부족이 머무르고 있다는 곳에 먼저 들릴 수 있도록 경로도 변경하고 말이야."

역시 철두철미한 성격답게 칼라일의 일 처리는 뛰어났다.

이레나가 빙긋 웃으면서 고개를 끄덕였다.

"알겠어요."

"지금부터 이번 일은 내게 맡기고, 부인은 침대에 누워서 좀 더 쉬고 있어."

"네, 그럴게요."

칼라일이 한순간 떨어지기 아쉽다는 눈빛으로 이레나를 쳐다보았지만, 곧이어 할 일을 마무리하기 위해 막사 바깥으로 나갔다.

그 뒷모습을 바라보며 이레나는 흡족한 미소를 지을 뿐이었다. 칼라일이 나서 주겠다고 했을 뿐인데, 마치 천군만마를 얻은 기분이었다.

*　　*　　*

부족에 관한 일은 무척이나 빠르게 진행되었다.

칼라일이 일하는 속도가 얼마나 빠르고 정확한지, 이레나는 이번 기회에 다시 한 번 느낄 수 있었다.

그는 실시간으로 두 상단과 정보를 교류하며, 부족민들이 원하는 물품들을 중간에 전달받고 곧장 그들이 머무르고 있다는 지역으로 향했다.

다행히 루퍼드 황궁으로 향하는 길에서 크게 벗어나지 않은 곳이라 시간을 많이 소모하진 않아도 되었다.

그렇게 이레나와 칼라일, 그리고 수천 명의 병사들이 천혜의 자연이 살아 있는 울창한 숲에 도착했다.

크라우스 상단을 통해 사전에 약속한 장소에는 기이한 복장의 남자들이 몇 명 나와 있었다. 그들 중에 가장 눈에 띄는 건 온통 새하얀 머리를 지닌 백발의 노인이었다.

스윽, 말을 타고 있던 칼라일이 손을 들어 올리자 수천의 병사들이 마치 한 몸처럼 제자리에 멈춰 섰다. 루퍼드 제국의 병사들이 얼마나 잘 훈련이 됐는지 보여 주는 단편적인 모습이었다.

따각, 따각.

칼라일이 말을 타고 직접 부족민들을 향해 다가가며 입을 열었다.

"너희가 드래곤을 신으로 모신다는 부족인가?"

부족민들은 이미 오늘 루퍼드 제국의 황제가 나온다는 것을 알고 있었기에 양손을 모아 합장을 하며 그들만의 예를 표했다. 그리곤 백발의 노인이 한 발 앞으로 나서며 대답했다.

"처음 뵙겠습니다. 저는 족장 챠나타라고 합니다."

마차 안에서 칼라일과 족장 챠나타가 만나는 장면을 보고 있던 이레나가 바깥으로 모습을 드러냈다.

그녀가 마차 안에서 나오자, 칼라일이 그것을 귀신같이 알아차리고는 걱정스러운 표정으로 말했다.

"부인은 안에서 쉬고 있어."

"아니에요. 제가 직접 대화를 나눠 보고 싶은걸요."

그 말에 칼라일은 어쩔 수 없다는 듯, 타고 있던 말에서 내려 이레나를 부족민들이 있는 곳까지 에스코트해 주었다.

위압감을 풍기던 칼라일의 분위기가 그녀의 등장만으로 한결 부드럽게 변했다. 그 모습을 지켜보던 부족민들이 의외라는 듯 눈을 빛냈다.

샤나타가 말했다.

"이곳까지 직접 행차하신다는 얘기는 전해 들었습니다. 두 분이 루퍼드 제국의 황제 폐하와 황후 폐하 되십니까?"

샤나타는 정중하면서도 결코 비굴해 보이지 않는 태도에 신비한 분위기를 지닌 노인이었다. 마침 그들의 앞까지 도착한 이레나가 고개를 끄덕이며 대답했다.

"네, 맞아요. 제가 루퍼드 제국의 황후입니다."

"아주 귀한 손님이 오셨군요. 홑몸도 아니신데 먼 길까지 오시느라 고생하셨습니다."

샤나타는 다시 한 번 합장을 하며 이레나를 향해 깊게 예의를 표했다.

이레나의 눈에 순간 이채가 어렸다. 지금 그녀의 겉모습만으로는 절대로 임신한 티가 나지 않았기 때문이다.

"제가 임신했다는 사실을 어떻게 알았죠?"

"장님이라서일까요. 나이가 들다 보니 가끔 눈에 보이

지 않는 것들이 보이게 됐습니다."

이레나는 그제야 챠나타의 눈동자에 초점이 없다는 사실을 깨달았다. 앞조차 보이지 않는 상태에서 자신의 임신을 맞췄다는 게 꽤나 흥미롭게 느껴질 때였다.

챠나타가 다시 입을 열었다.

"귀한 두 분께서 저희 부족을 찾아오신 이유가 무엇인지 여쭤도 되겠습니까?"

그 말에 이레나는 자신들을 에워싸고 있는 루퍼드 제국의 병사들을 한 번 돌아보았다. 황실의 저주에 관한 이야기를 이토록 많은 사람들 앞에서 떠벌릴 순 없었다.

이레나가 조금 전보다 낮아진 목소리로 대답했다.

"따로 조용한 곳에서 대화를 나누고 싶군요."

챠나타가 이해했다는 듯 곧바로 고개를 끄덕거렸다. 루퍼드 제국의 황제와 황후가 직접 행차를 한 일이었다. 결코 가벼운 이야기일 리는 없었다.

챠나타가 몸을 돌려 숲 안쪽에 있는 움막을 가리키며 말했다.

"그럼 누추하지만 안으로 모시겠습니다."

"네."

이레나가 흔쾌히 대답하자, 옆에서 그들의 이야기를 가만히 듣고 있던 칼라일이 나지막한 목소리로 입을 열었다.

"제너드."

"네, 폐하."

칼라일의 부름을 받은 제너드가 즉각 달려왔다. 그리곤 기다렸다는 듯이 병사들 중에 가장 실력이 좋은 부대를 가리키며 명령했다.

"너희들만 폐하를 호위하고, 나머지는 전부 여기서 대기한다."

"넵!"

제너드에게 지목을 받은 부대는 우렁찬 대답과 함께 부리나케 움직였고, 나머지 인원은 석상처럼 그 자리에서 있었다.

그 일련의 움직임에 챠나타와 부족민들이 내심 놀랍다는 시선으로 쳐다볼 때였다.

칼라일이 다시 한 번 스윽, 이레나에게 손을 내밀며 말했다.

"넘어지지 않게 조심해."

칼라일의 눈엔 마치 이레나밖에 보이지 않는 것 같은 행동이었다. 누가 보아도 그의 모든 신경이 이레나를 향해 쏠려 있다는 걸 알 수밖에 없었다.

그래서 이레나는 이런 상황임에도 불구하고, 참 달콤했다. 언제부터였을까. 그녀에게 칼라일은 세상 어떤 초콜릿보다 더 달달한 남자였다.

"네, 고마워요."

이레나가 해사하게 웃으며 칼라일의 손을 맞잡았다.

자그만 움막 안에는 족장 샤나타와 이레나, 칼라일만 들어왔다. 나머지 병사들은 전부 움막 바깥을 경호하고 있었고, 그마저도 이야기가 새어 나가지 않도록 일정한 거리를 벌린 상태였다.

먼저 샤나타가 가장 깨끗한 자리를 이레나와 칼라일에게 권유하며 말했다.

"앉으시지요."

"네, 족장님도요."

그렇게 세 사람이 다 자리에 앉자, 족장 샤나타가 다시 한 번 입을 열었다.

"이제 어떤 일 때문에 저희 부족을 방문해 주셨는지 말씀해 주시겠습니까?"

"저희가 이곳까지 온 건…… 드래곤의 저주에 관해 알고 싶었기 때문이에요."

말을 하며 이레나가 저도 모르게 슬쩍 칼라일을 쳐다보았다. 하지만 칼라일은 본인의 이야기가 나오고 있음에도 별다른 반응이 없었다. 그저 고개를 미약하게 끄덕이는 거로 자신은 괜찮다는 의사를 밝힐 뿐이었다.

샤나타가 말했다.

"저주요? 위대한 드래곤의 저주는 어떤 것이냐에 따라 천차만별이라, 그렇게만 듣고는 뭐라 답변을 드리기가 어렵군요."

"음……."

이레나는 잠시 할 말을 골랐다. 어디서부터 이야기를 꺼내야 될지 고민이 되었다. 그리고 가능한 루퍼드 제국의 황실에 관한 이야기라는 건 숨기고 싶었다.

이레나가 잠시 망설이는 사이, 칼라일이 먼저 입을 열었다.

"한 인간이 살아 있는 드래곤의 심장을 파먹으며, 그들이 가진 능력을 욕심냈다. 덕분에 그 피를 이은 자는 모두 광기에 휩싸여 피를 갈망하게 될 거라는 저주를 받았지."

"그, 그런……!"

어지간한 일로는 눈 하나 깜짝하지 않을 것 같던 챠나타가 분노로 부르르 떨었다. 드래곤을 신처럼 모시는 그들 부족이 듣기엔 참을 수 없을 만큼 끔찍한 짓이었다.

칼라일은 개의치 않으며 말을 이었다.

"숨이 끊어져 가던 드래곤이 마지막으로 남긴 저주, 그것을 풀 수 있는 방법이 있겠나?"

잠시 마음을 가라앉힌 챠나타가 이내 고개를 절레절레 흔들었다.

"그런 내용이라면 절대 쉽사리 풀리지 않을 겁니다. 원한과 증오가 뒤섞인 만큼 저주라는 건 더욱 강해지는 법이니까요."

옆에서 조용히 이야기를 듣고 있던 이레나가 입을 열었다.

"뭐라도 좋으니 알고 있는 게 있다면 말해 주세요. 드래곤의 저주를 받긴 했지만 피를 이은 모든 아이에게 적용이 되는 건 아니고, 그 능력을 강하게 이어받은 아이에게만 해당되는 것 같아요."

"그 말씀은…… 한 인간이 드래곤의 능력을 가진 것과 동시에 저주를 받고 있다는 겁니까?"

"맞아요."

"……흥미롭군요."

샤나타가 잠시 자신의 턱을 쓰다듬으며 생각에 잠겼다. 그리곤 그가 궁금한 게 생겼다는 듯 이레나와 칼라일을 향해 물었다.

"그렇다면 그 능력을 깨우는 무언가 장치는 없습니까?"

"저주의 내용처럼 어렸을 때 드래곤의 능력이 발현되는 아이에게 인간의 피를 먹여야 한다고 들었어요. 제 생각이지만 혹시 피를 먹이지 않고 능력을 포기하면…… 저주도 사라질까요?"

샤나타는 단번에 고개를 저었다.

"그 말대로라면 능력과 저주는 양날의 검입니다. 한쪽을 무턱대고 포기했다간 살아남지 못할 수도 있습니다."

드래곤의 피를 이어서 능력이 강해지는 만큼, 저주도 더욱 강하게 찾아오는 현상이었다. 그렇다면 원래는 더욱 크게 작용했어야 하는 저주를 의도치 않게 드래곤의 능력이 막아 주고 있는 걸 수도 있었다.

그렇기에 무조건 능력을 억제한다고 해서 저주가 사라질 거라고 보장할 순 없었다. 서로 어떻게 뒤엉켜 있는지 모르는 상태에서 함부로 판단하고 행동하는 건 위험했다.

거기까지 들은 이레나의 표정이 어둡게 변했다.

비밀에 싸인 부족을 만나는 것까진 순탄하게 흘러갔지만, 대화를 하면 할수록 저주를 없애기가 쉽지 않다는 것을 느낄 수 있었다.

'……아가.'

이레나가 저도 모르게 자신의 아랫배를 쓰다듬었다.

가능한 앞으로 태어날 자신의 아이를 위해 저주를 풀어 주고 싶었다. 하지만 만약 그게 불가능하다고 해도…… 이레나가 사랑하는 아이라는 건 변하지 않았다.

'네가 어떤 존재든 엄마가 널 사랑하는 건 변하지 않아.'

이레나가 문득 옆자리에서 느껴지는 시선에 고개를 돌

려보니, 칼라일이 자신을 빤히 쳐다보고 있는 모습이 보였다.

이레나는 희미한 웃음을 머금고 반대편 손으로 칼라일의 손을 맞잡았다. 예전에는 아버지, 데릭 오라버니, 미라벨만이 가족이라고 부를 수 있었다. 하지만 이젠 달라졌다.

칼라일과 배 속의 있는 아이까지 이레나에겐 더없이 소중한 가족이었다. 고작 이 정도의 일로 흔들리지 않았다.

칼라일이 말했다.

"아직 포기하긴 일러. 어떻게든 방법을 찾아볼 테니 날 믿고 기다려."

그 말에 이레나는 행복한 웃음을 머금으며 고개를 끄덕거렸다.

챠나타는 아무것도 보이지 않는 눈으로 그들의 단란한 모습을 물끄러미 쳐다보았다. 언제나 어둠뿐인 챠나타의 눈에 비친 것은 무지개처럼 찬란한 빛무리였다.

이레나와 칼라일이 물어본 저주의 내용은 참혹하기 그지없었지만, 현재 챠나타가 그들을 보고 느끼는 감정은 전혀 달랐다.

칼라일에게선 칠흑 같은 어둠과 강함이, 이레나에게선 타인을 위해 희생할 줄 아는 선한 마음과 곧은 심지가 느껴졌다. 그리고 이레나의 배 속에 있는 아이 또한 범상치 않았다.

앞이 보이지 않는 챠나타에겐 그저 추상적인 느낌일 뿐이었지만, 지금껏 그가 들여다본 타인의 내면은 한 번도 틀린 적이 없었다.

'……설령 내가 무언가를 도와줄 수 있다고 해도, 그것을 이들에게 알려 주는 게 옳은 일인지 모르겠구나.'

다름 아닌 드래곤의 심장을 꺼내 저주를 받은 이들이다. 과연 챠나타가 그 저주를 푸는 것에 도움을 줘도 되는지 확신할 수 없었다.

이레나가 말했다.

"혹시 더 말해 주실 만한 내용은 없나요?"

"그게……."

챠나타가 고민되는 마음에 말꼬리를 흐릴 때였다.

불현듯 그의 눈에 반딧불처럼 떠다니는 푸른색의 영롱한 기운이 느껴졌다.

챠나타가 믿기지 않는다는 표정으로 재빨리 입을 열었다.

"지금 손에 무언가를 가지고 계십니까?"

"제 손에요?"

이레나가 의아한 표정으로 자신의 손을 내려다보았다. 그러자 칼라일이 어렸을 때 준 여의주 반지가 눈에 들어왔다.

"아, 이게 반지인데…… 여의주라고 해야 할까요?"

"여, 여의주요? 혹시 방금 저주를 받으셨다는 분에게서 나온 겁니까?"

"맞아요."

"한번 보여 주실 수 있겠습니까?"

이레나는 망설임 없이 손에 끼고 있던 푸른색의 여의주 반지를 빼서 챠나타에게 건넸다.

챠나타는 매우 경건한 동작으로 여의주 반지를 받아 들었다. 그리곤 거기서 느껴지는 희미하지만 순혈과도 같은 드래곤의 기운에 감탄하고 말았다.

'이걸 어떻게 한낱 인간이 만들 수 있단 말인가?'

절대로 불가능한 일이었다. 물론 완벽한 드래곤의 여의주라고 보기엔 무리가 있었지만, 이건 인간이 해낼 수 없는 미지의 능력이었다.

챠나타의 머릿속에 저주를 받은 인간이라는 생각이 점차 지워졌다. 분명 부정한 방법으로 드래곤의 힘을 탐한 건 사실이나, 확실한 그들의 피를 이은 후손이라고 보는 게 맞았다.

그들을 배척해야 할지, 아니면 드래곤처럼 받들어 모셔야 하는지 고민이 될 수밖에 없었다.

하지만 분명한 건……

더 이상 이레나와 칼라일에게 저주에 관한 이야기를 해 줘야 할지, 말아야 할지 고민할 필요가 없어졌다는 사실이다.

시작은 끔찍했지만, 어찌 됐든 드래곤의 후손이다. 그렇다면 챠나타가 자신이 알고 있는 걸 감출 이유는 없었다.

"잘 보았습니다. 여기 받으십시오."

챠나타는 떨리는 손으로 여의주 반지를 다시 이레나를 향해 내밀었다. 그러자 이레나가 그의 손바닥에 올려진 반지를 가지고 갔다.

진실을 밝히기로 마음을 굳힌 챠나타는 천천히 입을 열었다.

"사실 이걸로 저주를 풀 수 있다고 장담은 할 수 없습니다. 하지만 아주 오래 전부터 저희 부족에 내려오는 이야기가 있습니다."

생각지 못한 챠나타의 얘기에 이레나와 칼라일이 귀를 기울였다.

"드래곤과 인간이 사랑에 빠졌는데, 그 둘의 관계를 질투한 인간들이 모함을 하는 바람에 결국 드래곤은 자신의 반려가 바람을 피웠다는 오해를 하게 되었죠. 그래서 드래곤은 반려에게 지독한 저주를 남긴 채 떠났다고 합니다."

"어떤 저주를……?"

이레나의 질문에 챠나타가 착잡한 표정으로 대답했다.

“수명이 다할 때까지 온몸이 썩어 문드러지는 것이었지요.”

“아…….”

이레나는 끔찍한 저주 내용에 저도 모르게 입을 벌렸다.

챠나타가 계속 말을 이어 나갔다.

“하지만 나중에는 그것이 오해였다는 걸 알게 되고 드래곤은 자신이 건 저주를 풀고 싶어 했다고 합니다. 그래서 그가 구해 온 게 자미다라고 불리는 열매입니다.”

“자미다 열매요?”

이레나는 처음 들어 보는 것이었다. 하지만 조용히 이야기를 듣고 있던 칼라일은 한 번쯤 들어 본 적이 있다는 듯 입을 열었다.

“열대 지방에서 나오는 열매를 말하는 거군. 구하기가 꽤 어렵다던데.”

“네, 맞습니다. 자미다는 다른 말로 신이 주신 축복이라는 뜻이 있죠. 드래곤과 밀접한 관련이 있는 열매인데, 그것을 먹고 저주를 풀었다는 전설이 있습니다.”

챠나타의 말처럼 루퍼드 황실에 걸린 저주도 자미다 열매를 먹고 풀 수 있을지는 알 수 없었다. 하지만 엄청난 정보를 얻었다는 것만은 분명했다.

이레나가 밝은 표정으로 말했다.

"고마워요. 많은 도움이 될 것 같아요."

"아닙니다. 그런데 자미다 열매를 루퍼드 제국까지 가지고 오는 건 쉽지 않을 겁니다. 십 년에 한 번 열매가 맺힌다는 말이 있을 정도로 귀하기도 하지만 워낙 환경에 민감한 열매라……."

칼라일이 챠나타의 말을 자르며 대꾸했다.

"그건 염려하지 않아도 돼. 그대의 앞에 앉아 있는 게 누구라고 생각하는 거지?"

그 말에 챠나타도 납득했다는 듯 고개를 숙였다. 맞는 말이었다. 다른 누구도 아닌 루퍼드 제국의 황제인 칼라일이 원한다면 자미다 열매를 구하는 것도 불가능하지만은 않을 것이다.

이레나가 말했다.

"족장님을 만나기가 쉽지 않다는 걸 알고 있어요. 오늘 시간을 내줘서 정말 고마워요. 일단 자미다 열매를 구하고 난 뒤에 혹시라도 궁금한 점이 생기면 또 사람을 보내도 될까요?"

챠나타는 잠시 망설였지만 이내 고개를 끄덕이며 수락했다. 그 역시도 이 저주의 결말이 어떻게 끝날지 궁금해졌으니까.

"네. 하지만 어떤 효과가 있었는지 제게도 말씀해 주셔야 합니다."

"그럴게요. 그리고 저희 측에서 나름 성의를 준비했으니, 조금이라도 부족을 운영하는데 보탬이 되었으면 좋겠네요."

"그럼 염치없지만 거절하지 않고 받겠습니다. 사실 작년에 가뭄이 심해서 부족민들의 고생이 심했답니다."

"별말씀을요."

그렇게 할 말을 끝낸 세 사람은 작별 인사를 하기 위해 자리에서 일어났다.

이레나가 먼저 입을 열었다.

"오늘 정말 고마웠어요. 다음에 또 뵈어요."

"네, 건강한 아이를 순산하시길 바랍니다."

그렇게 칼라일과 이레나가 움막 바깥으로 나오자, 기다렸다는 듯이 하늘 위에서 따사로운 햇살이 내리쬈다. 날씨마저 지금 두 사람의 기분처럼 무척이나 맑았다.

오늘은 처음으로 저주를 풀 수 있을지도 모른다는 희망을 본 날이었다.

이레나가 무의식적으로 칼라일을 쳐다보자, 그 역시도 그녀를 바라보고 있었다. 두 사람은 약속이라도 한 것처럼 서로를 마주 보며 행복한 웃음을 머금었다.

57

따뜻한 봄날만

칼라일과 이레나가 있는 군사 행렬은 챠나타 족장과 만난 이후, 원래 예정대로 루퍼드 제국의 황궁으로 향했다.

수도에는 그들의 귀환을 환영하기 위해 몰려든 제국민들로 가득했다.

"황제 폐하 만세! 황후 폐하 만세!"

파벨루크와의 전쟁을 승리로 이끌고 돌아온 두 사람에게 열렬한 환호가 쏟아졌다.

처음엔 루퍼드 제국민들 중 일부는 파벨루크의 편을 들기도 했지만, 시간이 지나 그가 켈트 왕국을 끌어들였다는 사실을 알자 분노할 수밖에 없었다.

황위 다툼에 타 왕국이 개입되면 나중에 그에 대한 보상으로 자연스레 토지와 노예들이 공물로 바쳐지게 되어 있었다. 그리고 그 피해는 고스란히 제국민들의 몫이었기에 더 이상 그들의 눈에 파벨루크가 좋게 보일 리 없었다.

그런데 그런 불상사를 칼라일과 이레나가 전쟁을 승리로 이끌면서 막아 낸 것이다. 제국민들의 입장에서는 기쁘지 않을 수가 없었다.

덜그럭, 덜그럭.

끼익!

드디어 칼라일과 이레나가 타고 있던 휘황찬란한 마차가 황궁의 입구에 멈춰 섰다.

마차의 문이 열리자 칼라일이 먼저 내렸고, 뒤이어 이레나가 그의 에스코트를 받으며 바깥으로 나왔다. 두 사람이 모습을 드러내자 제국민들 사이에서 커다란 함성이 터져 나왔다.

"와아아아아―"

칼라일은 이동 내내 그랬던 것처럼 주변의 시선을 의식하지 않은 채, 마차 밖으로 나온 이레나를 양팔로 안아 들고 황제궁으로 걸어갔다.

다정한 두 사람의 뒤로 여전히 제국민들의 뜨거운 환호가 따랐다.

칼라일이 앞을 향해 뚜벅뚜벅 나아가며 나직하게 말했다.

"이제 황궁에 도착했으니 편히 쉬도록 해."

"네, 그럴게요."

"그리고 앞으로 저주에 관한 부분은 내가 책임지고 조사할 테니, 부인은 더 신경 쓰지 말고 우선은 몸을 회복하는 데에만 집중해."

샤나타와의 만남으로 저주를 풀 수 있는 방법에 대해 큰 실마리를 얻었지만, 그게 끝은 아니었다.

자미다 열매도 구해야 했고 그게 전설처럼 황실의 저주에도 효과가 있는지 확인해 봐야 했다. 그랬기에 저주에 관한 부분은 앞으로도 계속 시간을 두고 알아 나가야 하는 게 많았다.

"하지만……."

"부인에겐 주기적으로 일이 얼마나 진척되었는지 보고하도록 하지. 지금은 임신한 상태이니 그 정도로 만족해 줘."

칼라일은 이레나가 임신 초기에 겪은 고생 때문에 혹시라도 몸이 상하진 않을까 진심으로 걱정하고 있었다.

이레나도 그가 자신의 건강 상태를 얼마나 염려하는지 알기에 결국 고개를 끄덕거릴 수밖에 없었다.

"알겠어요. 어차피 단시간 안에 해결할 수 없는 문제이니 당신이 뜻에 따르도록 할게요."

칼라일이 내심 안심했다는 표정으로 자신의 팔에 안겨 있는 이레나를 향해 고개를 숙였다. 그리곤 그녀의 이마에 부드럽게 입술을 대었다.

"내 마음을 알아줘서 고맙군."

"뭘요. 당연히 절 걱정해서 하는 말인 거 알아요."

두 사람은 이동하는 내내 이런 모습이었기에 동행한 이들 대부분은 적응이 되어 있었지만, 황궁에서 칼라일이 이레나를 안고 걸어가는 모습을 처음 본 사람들은 경악할 수밖에 없었다. 지금까지 그 어떤 황제도 하지 않은 행동이었기 때문이다.

"화, 황제 폐하와 황후 폐하를 뵙습니다. 루퍼드 제국에 무한한 영광을."

그들과 마주치는 황궁의 고용인들마다 서둘러 예를 표하며, 양옆으로 쭈욱 갈라져 두 사람이 걸어가는 길을 터줬다.

이레나는 이런 상황이 조금 민망하긴 했지만, 자신을 쳐다보는 칼라일의 따스한 푸른 눈동자를 들여다보며 그저 웃고 말았다. 지금은 쑥스럽다는 감정보다 그가 자신을 위해 주는 마음이 느껴져서 행복했으니까.

평상시였으면 내려 달라고 말을 했을 이레나가 가만히 안겨 있자, 칼라일도 약간 의외라는 눈빛으로 그녀를 쳐다보았다.

"그러고 보니 오늘은 내려 달라는 말을 하지 않는군. 부인은 이렇게 남들의 이목을 끄는 상황을 꺼리는 줄 알았는데."

"꼭 그렇지만은 않아요. 당신의 권위가 실추될까 봐 걱정한 건 사실이지만, 카릴의 품에 안겨 있는 게 싫을 리 없잖아요. 그저……."

이레나가 말꼬리를 흐리자, 자연히 칼라일이 궁금하다는 듯 쳐다보았다. 그녀가 뺨을 붉게 물들이며 조금 전보다 작아진 목소리로 말을 이었다.

"제 행복한 얼굴을 남들이 보는 게 조금 부끄러워서 그렇죠. 평상시와 너무 다르면 창피하잖아요. 제가 당신을 좋아하는 감정이 표정에 대놓고 드러나면……."

하나하나 이유를 설명하려던 이레나가 어느 순간 말을 멈췄다. 자신을 강하게 끌어안는 칼라일의 손길이 느껴졌기 때문이다.

그가 못 참겠다는 듯 얼굴을 찡그리며 환한 웃음을 지었다.

"뭐야, 그런 귀여운 이유였어?"

"아무래도 당신의 앞에만 서면 표정 관리가 안 되니까 신경이 쓰일 수밖에요."

이레나가 이런 말을 하는 게 쑥스럽다는 듯 얼굴을 붉히면서 웃었나. 그러자 칼라일이 고개를 끄덕이며 대꾸했다.

"맞는 말이야. 나 이외의 남자들에게 이런 얼굴을 보여 줄 순 없지."

칼라일이 이레나의 상체를 더욱 강하게 끌어안으며 자신의 어깨에 그녀의 얼굴이 가려지도록 자세를 고쳤다.

"나만 볼 거야, 그대의 사랑스러운 눈빛, 시선, 얼굴…… 전부 다."

그 말에 이레나의 얼굴에 지어진 웃음이 더욱 짙어졌다.

이 평범한 나날들이 더할 나위 없이 행복했다. 지금 가슴속에 불어오는 듯한 이 따뜻한 봄바람을 뭐라고 표현해야 할지, 알맞은 단어를 찾지 못할 정도로 말이다.

그렇게 칼라일과 이레나가 서로를 바라보며 애정이 가득한 시선을 주고받고 있을 때였다.

그들의 앞에서 이레나를 부르는 목소리가 들려왔다.

"흐윽, 황후 폐하."

울먹이는 목소리에 칼라일의 품 안에 안겨 있던 이레나가 고개를 들어서 소리가 들려온 방향을 쳐다보았다. 그러자 감격에 겨운 표정으로 눈물을 뚝뚝 흘리고 있는 메리와 유모의 얼굴이 보였다.

가뜩이나 메리는 지금까지 자신 때문에 이레나가 위험에 처한 것 같아 스스로를 굉장히 자책하고 있던 상태였다.

자신이 괴한들과 마주쳤을 때 나뭇가지를 밟지 않았다면, 그래서 숨어 있는 위치를 들키지 않았다면 이레나가 납치당하는 일은 없지 않았을까 마음속으로 수도 없이 후회했다.

그런 메리에게 이레나의 생존 소식은 너무나도 감사한 일이었다.

이레나는 여태껏 얼마나 울었는지 두 눈이 퉁퉁 부어 있는 메리와 유모를 바라보며 칼라일에게 나지막이 말했다.

"여기서 내려 주세요, 카릴."

칼라일은 약간 내키지 않는 듯한 표정이었지만, 그럼에도 군말 없이 이레나를 바닥에 조심스럽게 내려 주었다.

이레나는 곧장 칼라일을 뒤로 한 채 메리와 유모에게 다가갔다. 그러자 메리가 먼저 입을 열었다.

"무사히 돌아오셔서, 흑, 얼마나 다행인지 몰라요. 매일 밤 폐하를 무사하게 해 달라고 기도했어요. 정말…… 죄송해요."

이레나가 희미하게 웃으며 메리의 어깨를 가볍게 끌어안았다.

"뭐가 죄송해. 너도 무사해서 다행이야. 그때 혹시 도망치다가 붙잡히진 않았을까 걱정했었어."

"흐으윽, 폐하."

메리가 참지 못한 울음을 터뜨렸다. 옆에서 그 모습을 지켜보고 있던 유모도 눈가에 흐르는 눈물을 소매로 닦으며 울먹이는 목소리로 입을 열었다.

"임신까지 하신 상태에서 변고를 당하셨다는 소식을 듣고 얼마나 걱정했는지…… 어디 다치신 데는 없는지 좀 봐요."

걱정이 가득한 유모의 말에 이레나는 메리를 안고 있던 한 팔을 풀어서 옆자리에 서 있던 유모까지 끌어안았다. 어쩌다 보니 셋이서 부둥켜안고 있는 자세가 되었다.

이레나는 자신을 바라보며 하염없이 눈물을 흘리는 메리와 유모를 진정시키듯 미약하게 등을 토닥거려 주며 입을 열었다.

"내가 돌아왔으니, 둘 다 그만 울어."

하지만 이레나의 말에 메리와 유모의 울음소리는 더욱 커졌다.

이레나가 조금은 난처한 얼굴로 힐끔 뒤편에 서 있는 칼라일을 돌아보았다. 그러자 칼라일이 내심 못마땅한 표정으로 이쪽을 쳐다보고 있는 모습이 보였다.

아무리 여자들끼리라고는 하나 칼라일은 이레나가 누군가를 끌어안고 있다는 게 무척이나 싫은 듯했다. 그런 그의 불만 어린 마음이 너무나도 잘 드러나서 이레나는 저도 모르게 웃음을 짓고 말았다.

이레나는 왠지 이제야 집에 돌아왔다는 게 실감이 되었다.

처음 칼라일과 결혼해서 황궁에 발을 들여놓았을 땐 무척이나 어색한 공간이었는데…….

이제는 이곳이 가장 마음 놓고 쉴 수 있는 장소였다.

이레나는 자신을 반겨 주는 사람들을 바라보며 저도 모르게 스르르 눈을 감았다. 무척이나 편안한 기분이었다.

*　　*　　*

어느새 파벨루크와의 전쟁이 끝나고 몇 개월이 지났다.

임신 초기가 지나자 이레나의 아랫배가 눈에 띄게 볼록해졌고, 배 속에서 아이가 움직이는 태동이 가끔 느껴지기 시작했다.

지금까지는 임신이란 걸 막연히 추상적으로만 생각했는데……

이레나가 직접 겪어 보니 다른 여자들은 다 어떻게 아이를 낳았나 싶을 정도로 힘들고 신기한 일들투성이였다.

그리고 그 괴롭고 어려운 모든 순간들을, 칼라일이 옆에서 함께해 주었다. 원래부터 사랑스러운 남자였지만 이레나는 다시 한 번 자신의 남편이 칼라일이라는 사실에 감사하게 되는 나날들이었다.

샤라라라락—

이레나가 오묘한 푸른색의 드레스를 입고 피팅룸에서 나왔다.

이 드레스의 색감은 시중에서 쉽게 볼 수 없는 독특한 색상이었다. 마치 바다색처럼 진하고 하늘처럼 푸르다고 해야 할까.

뿐만 아니라 드레스의 디테일한 장식들도 하나같이 우아한 기품이 느껴져서, 누가 봐도 이레나를 위해 디자인된 드레스라는 걸 알 수 있었다.

이레나의 볼록한 배만 아니었다면 임신한 사실을 전혀 눈치채지 못할 만큼 눈부시게 아름다운 모습이었다.

메리가 옆에서 감탄한 표정으로 말했다.

"와, 정말 너무 잘 어울리세요. 이 드레스가 미라벨 아가씨가 임신 축하 선물로 보내 주신 건가요?"

"그래. 아무리 치수를 재어서 보내 줬다지만, 이렇게까지 완벽하게 제작해서 보내 줄 줄은 몰랐는데……."

이레나는 무엇보다 미라벨이 자신을 위해 직접 만들어 준 드레스라는 사실에 기뻐서 이리저리 거울로 둘러보았다.

황궁으로 돌아오고 난 후 미라벨과는 하루가 멀다고 편지로 서로의 소식을 전하고 있는 중이었다. 얼굴을 못 본 지는 꽤 되었지만, 이 드레스를 받아 보니 그동안 솜씨가 얼마나 늘었는지 말하지 않아도 알 것 같았다.

이레나가 흐뭇한 미소를 짓고 있을 때였다.

메리가 누군가를 발견하고 다급히 고개를 숙이며 말했다.

"화, 황제 폐하 오셨습니까?"

그 말에 이레나의 시선도 자연스레 피팅룸의 입구 쪽으로 향했다. 그러자 언제 도착했는지 칼라일이 비스듬히 벽에 기대어 서 있는 모습에 눈에 들어왔다.

검은색의 턱시도를 입고 있는 그는 누구라고 해도 시선을 빼앗기고 말 만큼, 압도적으로 잘생긴 외모를 뽐내고 있었다.

이레나가 빙긋 웃으며 말했다.

"언제 왔어요?"

"방금."

메리는 눈치 빠르게 두 사람에게 예를 표하곤 서둘러 피팅룸의 바깥으로 총총히 사라져 갔다. 자연히 이곳엔 칼라일과 이레나만 남게 되었다.

이레나는 재차 거울을 들여다보며 칼라일을 향해 물었다.

"저 어때요? 오랜만에 공식 석상에 서려니까 조금 긴장되네요."

이레나가 임신 안정기에 들어서자, 오늘은 드디어 미루고 미뤄 왔던 그녀의 임신 축하 파티가 황궁에서 성대하게 열리는 날이었다.

칼라일이 이레나가 있는 곳으로 천천히 다가오며 말했다.

"예뻐. 너무 당연한 질문을 하는군."

"그러게요. 당신은 언제나 제게 예쁘다는 대답만 하니 신빙성이 떨어지네요."

그 말에 칼라일이 눈가를 접어 웃으며 이레나의 한 손을 잡아챘다. 그리곤 그녀의 손등에다 가벼운 입맞춤을 남기며 답했다.

"그게 사실이니까. 난 내 부인보다 아름다운 여성을 본 적이 없는걸."

생각지도 못한 칼라일의 말에 이레나의 뺨이 조금 붉어졌다. 사실 이레나는 이게 진실이 아니라고 해도 좋았다. 설령 지금 그가 한 말이 거짓말이라고 해도 행복했으니까.

그런 이레나의 불신을 눈치챘는지 칼라일이 다시 한 번 입을 열었다.

"진심이야."

이레나가 어쩔 수 없다는 표정으로 웃으며 고개를 끄덕였다.

"그래요, 알겠어요."

"몸은 좀 어때? 파티에 참석할 수 있겠어?"

"네. 괜찮아요."

"힘들면 말해. 파티는 다음으로 미뤄도 되고, 아예 안 해도 상관없어."

"아니에요, 지금까지 제 몸 상태를 염려해서 계속 미룬 거잖아요. 여기서 더 미뤘다간 아예 출산을 하고 난 뒤에나 축하받을 수 있겠어요."

현재 루퍼드 제국의 황후인 이레나의 임신을 축하하려는 자들은 많았다. 당연한 일이었다. 칼라일의 피를 이은 유일한 아이였기에 성별에 관계없이 후계자가 될 가능성이 컸으니까.

칼라일이 말했다.

"부인의 임신 축하 파티라기에 그냥 내버려 두긴 했지만, 혹시라도 자리가 불편하거나 힘들면 언제라도 내게 말해."

"알겠어요. 조금이라도 힘들면 말할 테니 걱정 말아요."

"약속이야."

"네."

그 대답을 듣고서야 칼라일은 조금 마음이 놓인 듯했다.

그가 근사한 자세로 서서 이레나를 향해 손을 내밀었다.

"그럼 갈까?"

이레나는 그 모습을 바라보며 저도 모르게 옅은 미소를 지었다. 지금 칼라일이 가자고 하는 곳이 파티장이 아니라, 설령 지옥이라고 해도 기꺼이 손을 잡고 싶은 마음이었다. 그곳이 어디든 그와 함께한다면 행복할 것이기에.

"카릴……."

이레나의 부름에 칼라일이 왜 그러냐는 듯 쳐다보았다. 그 다정한 빛을 품은 푸른색의 눈동자를 바라보며 이레나가 나지막이 입을 열었다.

"사랑해요."

갑작스러운 이레나의 고백에 칼라일이 놀란 듯 눈을 치켜떴다. 사실 이레나의 사랑 고백은 새삼스러운 것이 아니었다. 서로의 마음이 통하고 난 뒤에 몇 번이나 했던 말이니까.

하지만 칼라일은 언제나 이레나에게 사랑한다는 말을 들으면 마치 온 세상이 멈춘 것처럼 굳은 모습을 보였다. 그리곤 단 한 번도 빠짐없이 행복해 죽겠다는 표정으로 미소를 지었다.

시간이 흘렀음에도 그는 매번, 매 순간 감동을 받고 있는 것이다.

그건 이번에도 마찬가지였다. 칼라일이 못 참겠다는 듯 눈썹을 찌푸리며 환하게 웃었다.

"참 문제야."

"왜요?"

"시간이 갈수록 부인에게 빠져서 도무지 헤어 나올 수가 없을 것 같거든."

그 말에 이레나가 설핏 웃으며 대꾸했다.

"그런 말이 어디 있어요."

"오늘 부인을 위해 준비한 선물이 있어. 기대해도 좋아."

언제나 칼라일의 선물은 상상을 초월하는 것이었기에 이레나는 깜짝 놀란 표정으로 입을 열었다.

"또 뭘 준비한 거예요?"

"가 보면 알아."

"……아!"

이레나가 갑자기 움찔하면서 배를 움켜쥐자, 칼라일이 재빨리 걸음을 멈추고 걱정스러운 기색으로 물었다.

"왜 그래? 괜찮아?"

"네. 아이가 발로 찼어요."

"이런, 나중에 태어나면 엄마를 괴롭힌 벌을 줘야겠어."

"됐어요. 아이가 뭘 안다고요."

그렇게 두 사람이 도란도란 이야기를 하며 황궁의 연회장으로 걸어갔다.

그 둘의 뒷모습이 무척이나 오붓해 보였다.

이레나의 임신을 축하하는 파티장 안에는 수많은 사람들이 참석해 있었다.

안 그래도 파벨루크와의 전쟁 이후 루퍼드 제국은 대륙에서 가장 강한 강대국으로 자리매김하고 있는 중이었다. 그 위세를 과시하듯 각국에서 파견된 사신들과 루퍼드 제국 각지에서 올라온 귀족들의 수가 엄청났다.

그렇게 파티장 안에 사람들의 웃고 떠드는 목소리가 가득할 때였다.

"루퍼드 제국의 황제 폐하와 황후 폐하 드십니다!"

입구에서 우렁찬 목소리가 들리며, 곧이어 파티장의 거대한 문이 열렸다. 그리고 거기에서 칼라일과 이레나가 함께 모습을 드러냈다.

훤칠한 키에 검은 턱시도를 차려입은 칼라일의 모습은 무척이나 근사했으며, 이레나도 볼록한 배가 아니라면 임산부라고는 믿기지 않을 만큼 아름다운 자태를 뽐내고 있었다.

그 둘의 등장에 파티장 안에 있던 수많은 사람들이 모

두 입을 모아 소리쳤다.

"황제 폐하와 황후 폐하를 뵙습니다. 루퍼드 제국에 무한한 영광을."

칼라일과 이레나가 걸어가는 속도에 맞춰 모두가 고개를 수그리며 예를 표하는 모습은 장관이나 다름없었다. 두 사람은 당당히 파티장을 가로질러 가장 상석에 앉았다.

칼라일이 나지막이 말했다.

"오늘은 황후의 임신을 축하하는 기쁜 날이니, 모두 마음껏 즐겨라."

"네. 폐하!"

지금까지 칼라일이 이레나에게 해 온 일들이 소문으로 퍼져, 이제는 그가 얼마나 애처가인지 대륙에 모르는 사람이 없을 정도였다.

칼라일은 자리에 앉자마자 가장 먼저 자신의 옆자리에 있는 이레나의 안색을 살폈다.

"혹시라도 파티가 버거워지면 언제든 말해."

"괜찮아요. 여기까지 몇 걸음이나 걸었다고 벌써 피곤하겠어요."

이레나가 염려하지 말라는 듯 빙긋 웃자, 칼라일이 그녀의 뺨을 쓰다듬으며 마주 미소 지었다.

그녀가 오랫동안 공식 석상에 모습을 보이지 않았기에

파티장 안에는 칼라일의 이런 웃음을 처음 접하는 사람들이 많았다. 예상치 못한 칼라일의 미소에 주변에서 '헉' 하고 숨을 들이마시는 소리가 여기까지 들려왔다.

어찌 됐든 이레나는 칼라일의 걱정과 달리 오랜만에 참석한 화려한 파티에 굉장히 마음이 들뜨는 기분이었다.

시종장이 칼라일과 이레나에게 다가와 조용히 말을 건넸다.

"폐하, 많은 분들이 임신을 축하하는 선물을 가지고 오셨습니다. 이제 선물을 받는 예식을 시작해도 되겠습니까?"

"그럼요."

이레나가 흔쾌히 고개를 끄덕이며 대답했다. 어떻게 보면 오늘 파티에서 메인이라고 할 수 있는 순서가 찾아온 것이다.

시종장의 진두지휘 아래 본격적으로 선물을 가지고 온 이들의 순서대로 이름이 호명되었다. 가장 먼저 이레나와 칼라일의 앞으로 다가온 사람은 켈트 왕국에서 온 사신이었다.

"황후 폐하, 진심으로 임신을 축하드립니다. 이것은 산삼으로 저희 켈트 왕국에서 준비한 선물입니다. 부디 몸 건강히 순산하시기를 바랍니다."

사실 루넨 공국에서 파벨루크가 죽은 이후, 가장 루퍼드 제국의 눈치를 많이 보는 이가 바로 켈트 왕국이었다.

켈트 왕국의 값진 선물에 이레나가 예의 바른 표정으로 대답했다.

"귀한 선물이군요. 잘 받겠습니다."

이레나의 태도는 친절했으나 그렇다고 그들을 다정하게 대하진 않았다. 분명 미묘한 차이이긴 했으나 확연히 느껴지는 거리감이 있었다.

켈트 왕국의 사신은 비굴한 미소를 지으며 이레나에게 몇 마디를 더 건네려고 했으나, 옆자리에 앉아 있는 칼라일의 표정이 굳어지는 것을 보고 서둘러 자리를 떠났다.

그렇게 뒤이어 이레나에게 다가온 이는 바로 마리사였다.

마리사는 블레이즈 백작 가문이 있는 남부 지방의 실세로 이레나에게 몇 번이나 친절을 베풀어 준 사람이었다.

"오랜만에 뵙습니다, 황후 폐하. 임신하셨다는 소식을 듣고 얼마나 기뻤는지 모른답니다. 제가 준비한 선물은 남부 지방의 특산물인 레몬입니다. 혹시 신 과일이 먹고 싶으실까 하여……."

황궁에 레몬이 없는 건 아니었지만, 남부 지방에서 자라난 레몬은 유달리 과즙이 풍부하고 신맛이 강했다. 어렸을 때부터 그것을 먹어 온 이레나에겐 다른 레몬은 별로 맛이 없다고 느껴질 정도로 말이다.

이레나가 밝은 표정으로 대답했다.

“고맙습니다. 안 그래도 남부 지방에서 난 레몬이 먹고 싶었던 참이었어요. 후작 부인의 선물이 무척이나 마음에 듭니다.”

이레나의 칭찬에 마리사의 얼굴에도 화색이 감돌았다.

“폐하의 마음에 든다니 정말 다행입니다.”

“그러고 보니 오늘 후작 부인이 입은 드레스는 제가 결혼식 피로연 때 드렸던 원단으로 만든 것이군요.”

“어머, 알아봐 주시니 영광입니다. 오늘 같은 날이야말로 폐하께 받은 선물을 선보이기 좋은 날 같아서요.”

“무척이나 잘 어울립니다.”

그렇게 서로 몇 마디의 덕담을 주고받고 마리사가 다시 제자리로 돌아갔다.

이들뿐만이 아니었다. 오늘 이레나에게 값비싼 선물을 보내며 한 번이라도 눈도장을 찍고 싶어 하는 귀족들은 셀 수도 없이 많았다.

수십 개의 선물을 더 받은 이레나의 앞으로 드디어 황궁 시녀인 마가렛이 다가왔다.

“황후 폐하, 임신을 축하드립니다.”

이레나는 마가렛이 다가오자 처음으로 자리에서 벌떡

일어나, 그녀의 손을 맞잡으며 반겨 주었다.

"콜먼 후작과 결혼 준비하느라 바쁘다는 소식 들었어요. 나도 축하해요. 가끔 황후궁에서만 보다가 여기서 만나니 더욱 반갑네요."

"감사합니다, 폐하. 저도 오랜만에 폐하를 뵈니 너무 기쁘네요."

"결혼식 때는 저도 꼭 참석하도록 할게요."

"폐, 폐하……."

마가렛이 결혼식을 치르는 시기는 이레나가 만삭일 때였다. 그런데 선뜻 참석해 주겠다고 말을 하는 그녀에게 고맙지 않을 수가 없었다.

마가렛이 감격에 젖은 눈동자로 이레나를 쳐다볼 때였다.

마가렛의 뒤편으로 두 명의 여성이 더 다가왔다. 바로 수도권 사교계의 실세인 스텔라와 사교계의 꽃인 율리아였다.

지금 여기에 모인 마가렛, 스텔라, 율리아는 모두 이레나의 황궁 시녀로 임명이 된 상태였다.

스텔라가 내심 질투 난다는 듯이 말했다.

"폐하, 로렌스 영애만 너무 예뻐하시는 거 아닌가요?"

"그러게나 말입니다."

옆에서 율리아가 장난스러운 표정으로 맞장구를 쳤다.

예전의 냉소적인 모습과는 많이 달라진 밝은 표정이었다.

이 셋이 바로 황후 이레나의 최측근이자, 황궁에서 이레나가 가장 가까이에 두고 마음을 터놓는 사람들이었다.

이레나가 환하게 웃으며 새롭게 등장한 스텔라와 율리아를 반겨 주었다.

"그대들도 왔군요."

"네. 폐하의 임신 축하 파티에 저희들이 빠질 수야 있나요."

스텔라가 말과 동시에 선물로 가지고 온 보석함을 이레나에게 바쳤다.

"이건 제가 결혼할 때 친정에서부터 가지고 온 무척이나 귀한 보석이에요. 모쪼록 폐하의 마음에 꼭 들었으면 좋겠습니다."

그에 질세라 옆에 서 있던 율리아도 곱게 포장되어 있는 모자를 내밀었다.

"폐하께서 외출하실 때 착용하실 수 있는 모자를 만들어 봤습니다. 햇볕에 폐하의 하얀 피부가 그을릴까 걱정되오니 바깥에 외출하실 때 사용해 주세요."

수도권 사교계에서 패션을 주도하는 율리아가 만든 모자라면, 평범한 의상실에서 파는 모자와는 비교도 할 수 없을 정도로 귀한 물건이었다.

이레나가 두 사람의 선물을 모두 받으며 환한 미소를 지었다.

"고마워요. 모두 소중히 할게요."

그들 때문에 타이밍을 놓친 마가렛도 서둘러 옆에 있는 시종에게 눈짓을 줬다.

"폐하, 이건 제가 준비한 것인데……."

마가렛의 말과 함께 시종이 기다렸다는 듯 이레나의 앞으로 가지고 온 것은 바로 아이가 입는 두터운 모피였다. 태어날 이레나의 아이가 한겨울에 입을 수 있도록 미리 제작한 것이다.

마가렛의 센스 있는 선물에 이레나의 얼굴에 맺힌 미소가 더욱 짙어졌다.

"정말 상상도 못 한 선물이네요. 다시 한 번 고마워요."

"아니에요. 폐하께서 기뻐해 주시니 저도 무척이나 기쁩니다."

마가렛이 순수한 얼굴로 살짝 코를 긁적거렸다.

그렇게 이레나가 한 무리와 오랫동안 시간을 지체하자, 옆에서 눈치를 보고 있던 시종장이 조심스럽게 물었다.

"폐하, 다음 손님 모시는 걸 더 늦추라고 할까요?"

"아……."

그 말에 퍼뜩 정신을 차린 이레나가 뭐라고 대꾸를 하려던 찰나였다.

지금까지 조용히 지켜보고 있던 칼라일이 먼저 입을 열었다.

"그만 됐다. 잠시 쉬도록 하지. 오늘 다 받지 못한 선물들은 그냥 두고 가라 전해라."

칼라일의 명령에 시종장이 고개를 수그리며 대답했다.

"네, 황제 폐하."

애초에 지금 이레나의 앞으로 온 선물의 양은 너무나도 많았다. 임신한 이레나가 무리를 할 수는 없는 노릇이었기에 모두를 직접 대면하며 선물을 받아 주는 건 불가능했다.

칼라일이 말했다.

"부인과 황궁 시녀들이 모두 한자리에 모인 건 오랜만인 것 같으니, 조금 더 편하게 담소를 나누도록 해."

칼라일의 세심한 배려에 당사자인 이레나보다 먼저 마가렛, 율리아, 스텔라의 표정이 부럽다는 듯 변했다. 곧이어 세 사람이 동시에 입을 모아 대답했다.

"감사합니다. 폐하."

하지만 칼라일의 시선은 여전히 이레나에게만 집중되어 있었다. 그가 이레나의 뺨을 가볍게 쓰다듬으며 말했다.

"그렇다고 날 너무 혼자 두지는 말고, 부인."

"알겠어요."

칼라일과 이레나가 풍기는 달달한 분위기에 오히려 그 모습을 지켜보고 있던 세 사람이 어쩔 줄 몰라 하며 호들갑을 떨었다.

그렇게 이레나와 세 사람은 그들끼리 조용히 이야기를 나눌 수 있는 장소로 이동했다. 그러던 중 마가렛이 마침 생각났다는 듯 입을 열었다.

"참 황후 폐하, 그 소식 들으셨어요?"

"어떤 소식이요?"

"아, 생각해 보니 임신한 폐하가 들으시기에 그리 좋은 이야기는 아니긴 한데……."

"괜찮으니 말해 보세요."

"제너 영애 기억나시죠?"

그 말에 이레나가 살짝 고개를 끄덕거렸다. 엘렌의 옆에 찰싹 붙어서 이레나를 괴롭히던 사라를 기억에서 지웠을 리가 없었다.

그래도 엘렌의 악행을 증언해 준 보상으로 사라에게는 딱히 제재를 가하지 않고 풀어 주었던 게 마지막 기억이었다.

"이번에 제너 자작 가문이 쫄딱 망했다더라고요."

"무슨 일이 있었나요?"

제너 자작 가문은 그리 부유하지 않았기에 사라가 이리저리 권세가의 영애들과 어울렸던 것을 알고 있었다.

하지만 하루아침에 멸문할 정도로 형편없는 가문은 아니었다.

"그게 제너 영애가 결혼을 빙자한 사기를 당했다고 해요."

"사기요?"

이레나가 믿지 못하겠다는 듯이 반문했다. 그녀의 기억 속에 있는 사라는 얄미울 정도로 손익 계산이 빠른 영애였다. 그런 사라가 누군가에게 사기를 당했다는 사실이 쉽게 믿기지 않았다.

마가렛도 그 생각에 동감한다는 듯 말을 이었다.

"소문으로는 어느 왕국의 왕자님이라고 신분을 속여서 제너 영애한테 청혼을 했다나 봐요. 사기꾼인 줄도 모르고 제너 가문에선 결혼을 성사시키기 위해 그나마 가지고 있던 전 재산을 쏟아붓고, 이제는 이름뿐인 귀족으로 전락했다고 하네요."

"그렇군요. 결국…… 그렇게 되었네요."

이레나가 기억하는 사라는 간사한 타입이었다. 언젠가 제 꾀에 제가 넘어가지 않을까 생각하긴 했지만 설마 그런 사기를 당할 줄은 몰랐다.

이레나는 마지막으로 보았던 사라를 떠올리며 잠시 생각에 잠겼다.

그때 하녀들이 음식을 나르는 모습을 가만히 쳐다보고

있던 율리아가 입을 열었다.

"폐하, 식사는 하셨어요?"

"아뇨. 아직……."

"역시 그럴 줄 알았어요. 제가 하녀들을 불러서 폐하께서 가볍게 드실 만한 음식을 가지고 올 테니, 여기서 잠시만 기다리세요."

"아니에요. 괜히 그럴 필요 없어요."

이레나는 한사코 사양했지만, 율리아는 괜찮다는 듯 빙긋 웃으며 자리에서 일어났다.

"저야말로 괜찮아요. 다른 분들과 잠시 담소를 나누고 계세요."

"아! 저도 도울게요."

마가렛이 서둘러 율리아의 뒤를 따라가며 파티장의 인파 사이로 사라져 갔다.

자연스럽게 이레나와 스텔라 단둘이서만 남게 되자, 지금까지 조용히 침묵을 지켰던 스텔라가 먼저 입을 열었다.

"사실 그동안 폐하께 드리고 싶은 말씀이 있었는데…… 아무래도 이번 기회에 하는 게 좋을 것 같네요."

"무슨 일 있나요?"

심각한 스텔라의 분위기에 이레나가 의아한 시선을 보냈나. 그러자 스텔라가 나지막한 목소리로 말을 이었다.

“이번 파티가 끝나면 남편에게 그동안 숨긴 아이에 대해 솔직하게 털어놓을 생각이에요.”

“……!”

생각지 못한 스텔라의 고백에 이레나의 눈동자가 크게 떠졌다.

지금까지 스텔라는 자신의 치부를 밝히는 걸 극도로 꺼려 하고 있었다. 그런데 어느새 마음의 결정을 내린 건지, 스텔라가 결연한 표정으로 말했다.

“저번에 황후 폐하와 이야기를 나눈 후로 많은 생각을 했어요. 지금도 두렵긴 하지만…… 아무래도 이렇게 하는 게 더 맞는 것 같아서요.”

미래를 경험한 이레나는 저번 생에 스텔라의 최후가 좋지 않았다는 걸 알고 있었기에 지금 그녀의 선택이 누구보다 반가울 수밖에 없었다.

이레나가 크게 고개를 끄덕이며 동조했다.

“잘 생각했어요. 분명 비비아나 백작은 이해해 줄 거예요.”

“과연 그럴까요?”

“그럼요. 두 분은 사교계에 소문난 잉꼬부부잖아요.”

이레나의 말에 스텔라가 시원한 웃음을 터뜨렸다.

“폐하, 언제 적 얘기하시는 거예요. 지금 루퍼드 제국을 강타하는 잉꼬부부가 누군지 몰라서 하는 말씀이세요?”

"……!"

스텔라의 말을 듣고서야 이레나는 최근에 가장 유명세를 떨치고 있는 부부가 자신과 칼라일일지도 모른다는 사실을 깨달았다.

순간 이레나의 얼굴이 붉게 달아오르자, 스텔라의 얼굴에 웃음기가 더욱 짙어졌다.

그때 마침 음식을 가지러 갔던 율리아와 마가렛이 돌아왔다.

그 둘과 함께 온 하녀가 끌고 있는 트레이에는 온갖 음식이 한가득 담겨 있었다. 그것을 본 이레나가 깜짝 놀란 표정으로 말했다.

"뭘 이렇게 많이 가져왔어요."

"황후 폐하께서 드실 건데 당연히 이 정도는 돼야죠. 많이 드세요. 그래야 건강하시죠."

율리아의 말에 이레나는 못 말리겠다는 듯 웃음을 지었다. 그리곤 문득 자신의 곁에 서 있는 스텔라, 율리아, 마가렛, 세 사람을 쳐다보았다.

저번 생에서는 딱히 친구라고 부를 만한 이들이 없었는데, 이제는 아니었다.

언제나 화려한 파티장 안에 있어도 혼자라는 외로움을 느꼈던 그 시절과 달리, 지금 이레나의 곁에는 이렇듯 마음을 터놓을 수 있는 사람들이 존재했다.

저번 생과 전혀 다른 따뜻함을 느끼며, 이레나가 행복한 표정으로 말했다.

"고마워요. 잘 먹을게요."

이레나는 잠시 즐거운 시간을 보낸 후, 황후석으로 다시 돌아왔다.

약속했던 대로 최대한 빨리 돌아왔음에도 칼라일의 표정에서 미약한 지루함이 느껴져 이레나가 걱정스럽게 물었다.

"저 기다렸어요?"

"아니야. 난 체질적으로 파티와는 맞지 않아서."

그 말처럼 칼라일은 이레나를 보고 나서야 흐릿한 웃음을 지었다. 그는 이렇게나 이레나가 있을 때와 없을 때의 온도 차가 극심한 남자였다.

이레나는 고생했다는 듯 칼라일을 바라보며 입을 열었다.

"그럼 최대한 빨리 마무리 짓고 이만 돌아갈까요?"

"아니. 지금껏 다른 자들의 선물을 실컷 보았으니, 이제는 내가 준비한 걸 볼 차례야."

그 말에 이레나는 잠시 잊고 있었던 칼라일의 선물을 떠올렸다. 생각해 보니 칼라일이 어떤 선물을 준비했을까 내심 걱정하던 참이었다.

"뭘 준비했기에……."

"뭐긴 뭐겠어. 내가 그대의 임신을 진심으로 축하하는 선물이지."

칼라일이 근사한 미소를 지으며 허공으로 가볍게 손을 들어 올리자, 기다렸다는 듯이 근처에 대기하고 있던 제너드가 다가왔다.

이레나가 걱정 반, 호기심 반으로 쳐다보고 있을 때였다.

잠시 목소리를 가다듬은 제너드가 큰 목소리로 외쳤다.

"모두 주목해 주십시오!"

그의 목소리에 시끌벅적하던 파티장이 순간 적막에 휩싸였다. 단번에 수많은 이들의 시선을 집중시킨 제너드가 천천히 뒷말을 이었다.

"여기서 공식적으로 선언하겠습니다. 오늘부로 루넨 공국의 이름은 이 대륙에서 완전히 사라질 것입니다. 그리고 새로 짓게 된 이름은…… 바로 이레나 공국입니다."

웅성웅성—

생각지도 못한 충격 발표에 사람들이 수군거리는 목소리가 들려왔다.

물론 그중에서 가장 놀란 것은 바로 이레나였다. 이레나가 붉은 눈동자를 크게 치켜뜨며 칼라일을 향해 떨리는 목소리로 말했다.

"카, 카릴, 이게 대체……."

"내가 부인에게 주는 선물이야. 이레나 공국, 앞으로 그대의 것이지."

이레나는 놀라서 벌어진 입을 다물 수가 없었다. 그가 스케일이 크다는 것은 알고 있었지만 정말로 상상을 초월하는 수준이었다.

이레나의 이름을 따서 공국을 새롭게 개편한다는 것은 정말로 많은 의미가 있는 것이었다. 돈, 권력, 그런 것을 다 떠나서 그녀의 존재가 오래도록 루퍼드 역사에 기록될 터였다.

칼라일이 놀라서 굳어 있는 이레나의 뺨에 입맞춤을 하며 나지막이 속삭였다.

"마음에 들어?"

"정말…… 못 말리겠어요."

이레나는 자신에게 다가온 칼라일의 어깨를 와락 끌어안았다. 너무 거대한 선물이라서 그렇지, 기쁘지가 않을 리 없었다.

이레나 공국.

그것은 역사에서 파벨루크와 루넨 공국을 지우고, 그들의 손에서 새롭게 태어난 미래였다.

*　　*　　*

이레나는 역사상 최초로 루퍼드 제국의 황후이자, 이레나 공국의 대공작으로 임명된 전무후무한 존재가 되었다.

그녀의 이름을 본떠서 이레나 공국이라는 명칭을 지었다는 건 엄청난 사건이었다. 덕분에 주변에서 이레나를 바라보는 시선도 완전히 달라졌다. 그녀는 명실공히 루퍼드 제국에서 칼라일 다음으로 가장 강력한 권력을 가진 사람이 되었으니까.

하지만 그렇다고 이레나의 일상이 크게 바뀌는 건 아니었다. 그녀는 공국의 운영과 관리를 대리인에게 맡기고, 여전히 앞으로 태어날 아이를 위해 태교에 힘쓰고 있는 중이었다.

이레나가 열심히 아기 옷을 만드는 것을 바라보며 유모가 말했다.

"그냥 제게 맡기셔도 된다니까요."

"아니야. 내 손으로 직접 하고 싶어. 그리고 어차피 유모가 만들 때 옆에서 조금 보태는 것밖에 되지 않는걸."

유모가 못 말리겠다는 듯 웃으며, 테이블 위에 이미 이레나가 완성해서 올려둔 아기 옷 하나를 쓰다듬었다.

"이러고 있으니까 왠지 마님 생각이 나네요."

"우리 어머니?"

"네. 예전에 마님도 꼭 지금의 황후 폐하처럼 태어날 아기를 위해 손수 준비하고 싶어 하셨거든요."

"……그랬어?"

이레나는 잠시 바느질하는 손을 멈추고 유모를 쳐다보았다. 이런 이야기는 처음이었다. 더구나 이레나의 어머니는 워낙 오래전에 돌아가셔서 그녀가 기억하는 건 한정적인 추억밖에 없었다.

"그리고 또 다른 건 없어? 어머니는 임신하셨을 때 어떠셨을지 궁금하네."

그 말에 유모가 기억을 더듬듯 회상하는 눈동자로 대답했다.

"음, 데릭 도련님을 임신하셨을 때 입덧이 너무 심해서 고생을 많이 하셨어요. 그런데 다행히 황후 폐하를 가지셨을 때는 음식도 잘 드시고 잠도 잘 주무셔서 참 순한 아이라며 좋아하셨던 게 기억이 나네요."

예전에 이 이야기를 들었다면 이레나는 그게 어떤 심정인지 잘 이해가 되지 않았을 것이다.

하지만 지금 이레나에겐 무척이나 공감이 되는 말이었다. 그래서 직접 보지 않았음에도 왠지 상상이 되는 것 같았다.

"난 어머니를 많이 힘들게 하지 않았다니 그나마 다행

이네.”

“후후, 말씀처럼 황후 폐하라도 순하셔서 다행이었죠. 마지막으로 미라벨 아가씨를 임신하셨을 때가 절정이셨어요. 침대 바깥으로 한 발자국도 나오기 힘들어하셨을 정도니까요.”

“미라벨이 그렇게나 어머니를 고생시켰단 말이야?”

이레나도 어렴풋이 미라벨을 임신했던 어머니의 기억이 있었지만, 당시에는 그런 자세한 사정까지 알지 못했었다.

유모는 그때 생각이 났는지 자그맣게 웃음을 터뜨리며 말했다.

“지금은 상상이 잘 안 되시겠지만, 그때 미라벨 아가씨는 그랬어요. 마님의 배 속에 계실 때 아주 말썽꾸러기셨죠.”

“몰랐는데 어머니가 고생이 많으셨네.”

이레나가 흐릿하게 웃으면서 불룩 튀어나온 자신의 배를 쓰다듬었다. 과연 이 안에는 어떤 아이가 자라고 있을지 궁금했다.

지금까지 이레나는 누군가의 딸이었는데, 이제는 한 아이의 부모가 된다는 사실이 아직 실감나질 않았다. 나중에 아이가 태어나서 자신과 눈을 마주치고, 말이라도 하는 날엔 너무나도 신기해서 기절할지도 모르겠다.

그리고 아마도 자신과 같은 감정을 느꼈을 어머니가 무척이나 그리워졌다. 지금 같은 시기에 어머니가 곁에 있었다면 더 많은 이야기를 나누고, 더 많은 의지가 되었을 텐데…….

이제는 괜찮아졌다고 생각한 어머니의 빈자리가 새삼 사무치게 허전했다.

"……보고 싶다, 어머니."

이레나의 나지막한 중얼거림에 유모는 따스한 미소를 지으며, 자글자글 주름이 잡힌 손으로 그녀의 손을 잡아 주었다.

"황후 폐하가 형제들 중에 가장 마님을 닮으셨어요. 오밀조밀한 외모나 당찬 성격이 아주 똑같으시죠. 지금 황후 폐하의 존재 자체가 마님의 사랑으로 이루어진 거란 걸 잊지 마세요."

"유모……."

"마님은 곁에 없지만 언제나 황후 폐하를 지켜보고 계실 거예요."

생각지 못한 유모의 위로에 괜히 이레나의 코끝이 시큰거렸다.

이레나가 지금 자신의 아이를 얼마나 사랑하는지 알기에, 과거 어머니가 어떤 마음으로 자신을 바라보셨을지 짐작이 갔다. 그래서 더 마음이 뭉클해졌다.

이레나가 자신의 손을 따뜻하게 잡아 주는 유모를 올려다보며 말했다.

"그래도 유모는 오랫동안 내 곁에 있어 줘. 어머니를 키웠고, 나를 돌봐 주었듯, 이제는 내 아이가 자라는 것도 지켜봐야지."

"그게 제 소원이기도 하답니다."

이레나와 유모는 서로를 쳐다보며 다정하게 웃었다.

이레나는 새삼 감사한 마음이 들었다. 유모가 지금처럼 자신의 곁에 있을 수 있는 것도 저번 생과는 확연하게 달라진 미래였기 때문이다.

지금까지 이레나가 목숨을 걸고서라도 지키고 싶었던 행복이, 이제는 정말 자신의 곁에 머물고 있다는 걸 다시 한 번 느낄 수 있었다.

유모가 말했다.

"말하다 보니 예전 기억이 많이 떠오르네요. 백작님이 마님께 첫눈에 반해서 얼마나 열렬하게 구애하셨는지 몰라요."

"아버지가?"

이레나가 믿기지 않는다는 듯이 되물었다. 무뚝뚝한 알포드의 성격으로 봤을 때 절대로 상상할 수 없는 일이었다.

유모도 왜 그런 반응인지 안다는 듯, 옅게 웃으면서 대답했다.

"백작님의 성격은 그때도 여전하셨지만, 마님 앞에서만큼은 한없이 다정하셨거든요."

"그래? 하긴 어렸을 때를 떠올려 보면 그랬던 것 같기도 해."

"그때 두 분의 모습이 참 보기 좋았는데…… 아마 마님을 먼저 보내시고 백작님의 상심이 크셨을 거예요."

이레나도 동감한다는 듯 고개를 끄덕였다. 아버지가 오랫동안 어머니를 잊지 못하고 그리워했다는 걸 잘 알고 있었으니까.

만약 입장을 바꿔 이레나가 칼라일을 먼저 떠나보냈다면, 그 상실감은 결코 무엇으로도 채우지 못했을 것이다.

이레나가 중얼거리듯 말했다.

"아버지는 몸이 좀 괜찮아지셨으려나?"

알포드는 아직까지도 파벨루크에게 당한 부상이 너무 심해서 루퍼드 제국으로 돌아오지 못한 상태였다.

한시라도 의사와 약이 떨어지면 안 될 만큼 상처가 위중했기에 이곳까지 알포드를 데리고 오는 건 불가능했다. 그래서 이레나는 황궁에 도착하자마자 실력이 좋은 의사와 구하기 어려운 약들을 직접 준비해 알포드가 있는 곳으로 보냈었다.

다행히 알포드의 소식을 알게 된 데릭이 그곳으로 내려가 간병하며 이레나에게 가끔씩 아버지의 상태를 편지로 적어 보내 주었지만, 직접 얼굴을 보지 못하니 걱정이 될 수밖에 없었다.

그때였다.

똑똑, 노크 소리와 함께 바깥에서 다급한 시종의 목소리가 들려왔다.

"황후 폐하, 급히 알려드릴 소식이 있습니다."

최근에 이렇게 긴급하게 전달받아 본 소식이 없었기에 이레나가 의아한 표정으로 방문을 바라보며 물었다.

"무슨 일이지?"

"블레이즈 백작님께서 수도에 돌아오셨다고 합니다."

"……뭐라고?"

전혀 예상치 못한 소식에 이레나는 깜짝 놀랄 수밖에 없었다.

이레나의 옆에 있던 유모조차도 이 소식을 듣고 놀랐는지, 두 사람의 커다랗게 뜨여진 눈동자가 허공에서 마주쳤다.

이레나는 알포드가 돌아왔다는 이야기를 듣자마자 서둘러 외출 준비를 하고 오랜만에 블레이즈 저택으로 향했다.

임신한 이레나를 호위하고 보살피는 인원은 엄청났기에 그녀의 마차를 뒤따르는 행렬은 정말이지 어마어마했다.

그렇게 이레나가 블레이즈 저택에 도착했을 때였다.

저택의 입구에는 이미 소식을 전해 들은 데릭이 먼저 마중을 나와 있는 모습이 보였다.

마차에서 내린 이레나는 오랜만에 보는 데릭에게 성큼 다가가며 말했다.

"오라버니."

"오셨습니까? 폐하."

"아버지와 함께 수도에 올라오실 예정이었으면 제게 미리 연락을 주시지 그러셨어요."

"그게…… 아버지가 임신한 폐하께 걱정을 끼쳐드리는 건 바람직하지 않다며, 한사코 소식을 전하는 걸 반대하셨습니다. 그래서 부득이하게 저택에 도착하고 난 다음에야 연락을 드린 것이니 이해해 주십시오."

알포드의 고집을 잘 알기에 이레나는 데릭이 어떤 상황에 처했었는지 눈으로 보지 않아도 대충 짐작이 되었다.

이레나가 고개를 끄덕이며 대답했다.

"무슨 말인지 알겠어요. 아버지는 어디 계시죠?"

"제가 직접 모시겠습니다."

데릭이 먼저 앞장서며 이레나를 알포드의 방으로 안내해 주었다. 어차피 블레이즈 저택에 도착한 이상 이레나를 위험하게 할 요소는 없었기에 그녀는 자신을 따라온 사람들을 입구에 두었다.

그렇게 데릭과 이레나만 둘이서 남게 됐을 때였다.

데릭이 잠시 발걸음을 늦추며 나지막한 목소리로 말했다.

"제가 황후 폐하의 소식을 잘못 전하는 바람에 자칫 잘못하면 황제 폐하께서 폭주하시는 큰 사고가 날 뻔했습니다. 다시 한 번…… 죄송합니다."

"아니에요. 그때는 오해를 할 수밖에 없는 상황이었어요. 폐하께서도 모두 이해하시고 괜찮다고 하신 일이니 더는 마음 쓰지 마세요."

이레나는 오히려 아직까지 그 일을 신경 쓰고 있는 데릭이 걱정이었다.

그건 누가 봐도 데릭의 잘못이 아니었다. 설령 그 자리에 있었던 게 이레나였다고 해도 충분히 그렇게밖에 생각할 수 없는 상황이었다.

이레나가 말을 이었다.

"중요한 건 누가 죽었어도 이상하지 않은 상황에서 아버지, 저, 데릭 오라버니 모두 무사하게 돌아왔다는 거예요. 그리고 결과적으로 전쟁도 승리로 이끌게 되었으니 더할 나위 없고요."

"그건 맞는 말씀이지만……."

"그 일 하나만 생각해서 판단하지 마세요. 오라버니 부대가 잘 움직여 준 덕분에 저와 아버지가 오랫동안 파벨루크의 추격을 피할 수 있었어요."

"……."

"늦었지만 저를 위해 목숨을 걸고 달려와 줘서…… 정말 고마워요. 오라버니."

이레나의 말에 결국 천천히 걸어가던 데릭의 발걸음을 완전히 멈췄다. 덩달아 한 발자국 뒤에서 따르던 이레나도 걸음을 멈추고 데릭을 쳐다보았다.

잠시 두 사람은 말없이 서로를 쳐다보았다.

신기하게도 그 시선만으로도 이레나가 얼마나 데릭을 생각하는지, 반대로 데릭이 얼마나 이레나를 위하는지 전해지는 것 같았다.

이레나가 흐릿한 웃음을 머금으며 말했다.

"오라버니는 모르실 거예요. 오라버니라는 존재가 제게 얼마나 든든한지."

그 말에 데릭은 망설임 없이 한쪽 무릎을 꿇고, 이레나를 향해 기사로서 할 수 있는 최대한의 예를 갖춰보였다.

"앞으로도 황후 폐하가 위험에 처하면 거기가 어디든 달려갈 것입니다. 그리고 그때는…… 꼭 소신이 구해 드리겠습니다."

지금까지 데릭이 혼자서 수도 없이 속으로 다짐한 말이었다.

그가 더 이상 말하지 않아도 이레나에게 그 마음이 그대로 전해져 왔기에, 그녀는 고개를 끄덕이며 더욱 환한 미소를 지어 보였다.

"저야말로 다시 한 번 고마워요, 오라버니."

끼이익, 데릭이 알포드가 있는 곳까지 데려다주자 이레나는 혼자 방 안으로 들어갔다.

그녀의 눈에 어두운 조명 아래에 알포드가 핼쑥한 안색으로 누워 있는 모습이 들어왔다. 살아 있는 것만으로도 기적인 상황이었지만, 지금까지도 완치되지 못해 붕대가 감겨 있는 모습을 보니 마음이 아팠다.

이레나가 잠시 제자리에서 서서 가만히 알포드를 쳐다보고 있을 때였다.

"거기 누구냐? 내게 물을 좀 다오."

알포드의 잔뜩 쉰 목소리에 이레나가 즉각 테이블 위에 놓여 있는 물을 따라서 그에게 다가갔다.

처음엔 얌전히 물컵을 받아 들던 알포드가 곧 자신에게 물을 건넨 사람이 이레나라는 걸 알아차리고 눈을 크게 떴다.

"폐, 폐하……."

"몸은 좀 괜찮으세요?"

알포드는 이레나의 질문에 대한 대답보다 먼저 다친 몸을 일으키려고 했다. 그의 행동에 깜짝 놀란 이레나가 서둘러 알포드의 어깨를 누르며 재차 말했다.

"인사 같은 건 생략하셔도 돼요. 지금 잘못 움직이시면 상처가 덧납니다."

"폐하가 왔는데 어찌 신하 된 자로서 누워 있겠습니까?"

여전히 고지식한 알포드의 모습에 이레나는 저도 모르게 쓴웃음을 삼켰다. 분명 알포드는 황실의 충실한 제 4 기사단장이었다. 하지만 이레나에게 다정한 아버지는 아니었다.

이레나는 이곳에 황후로서 온 것이 아니었다. 그녀는 오직 알포드의 딸로서 아버지가 걱정이 되어서 방문한 것이었다.

그런데 그녀를 황후로서만 대하는 알포드를 보고 있자면 저도 모르게 거리감이 느껴질 수밖에 없었다. 분명 전쟁터에서 둘 사이가 한층 더 가까워졌다고 생각했는데, 이상하게도 지금은 다시 처음으로 돌아간 느낌이었다.

예전이었다면 이레나는 이런 서운한 마음을 감추고 아무렇지 않은 척했을 것이다.

하지만 지금은…… 아니었다.

"그런 말씀 하시면 섭섭해요, 아버지. 루퍼드 제국의 황후가 블레이즈 가문의 여식이라는 건 온 세상 사람이 다 압니다. 저를 다친 아버지의 인사까지 받는 몰인정한 황후로 만드시겠습니까?"

"……!"

이레나의 말에 알포드의 진녹색 눈동자가 미미하게 흔들렸다. 차마 이런 부분까지는 생각하지 못한 듯했다.

어쩌다 보니 이레나는 오랫동안 알포드에게 진심을 감춰 왔다. 의도한 것은 아니었으나 그에게 미움받고 싶지 않아서 그렇게 한 것이었다.

여태까진 자신이 말을 잘 듣는 딸이 되면 사랑해 줄 거라고 믿었다. 하지만 그 덕분에 알포드는 무엇이 이레나를 서운하게 하는지 모르게 되었다. 두 사람 사이에 의사소통이 사라진 것이다.

이레나는 최근에야 그 사실을 깨달았다. 그래서 다음번에 알포드를 만나면 조금 더 솔직하게 자신의 감정을 표현하겠노라고 다짐했었다.

그리고 그게 바로 지금이었다.

"저를 너무 폐하라고 꼬박꼬박 존칭하지 않으셨으면 좋겠어요. 아버지도 아시겠지만 이제 저를 이레나라고 불러 줄 수 있는 사람이 많지 않습니다. 가끔은 황후가 아니라 그냥 이레나이고 싶어요."

"……."

"그러니 단둘이 있을 때는 그냥 편하게 불러 주시면 안 될까요?"

"……알겠습니다."

알포드는 존칭으로 대답하고는 순간 아차 하는 눈빛으로 이레나를 바라보았다.

이레나에겐 그런 알포드의 표정이 생소해서 저도 모르게 그를 뚫어지게 쳐다보고 말았다. 그 모습을 오해한 것인지 알포드가 나지막하게 다시 입을 열었다.

"……이레나, 네가 원한다면 가끔 그렇게 부르마."

그 말을 듣는 순간 이레나는 왠지 가슴 속 깊은 곳에서 무언가 울컥하고 치밀어 오르는 것 같았다.

어떻게 보면 아주 작은 변화였다. 그리고 동시에 아주 커다란 가능성이었다.

분명 이레나와 알포드 사이가 하루아침에 변하는 것은 아니었다. 알포드의 무뚝뚝한 성격이 여전하듯, 지금껏 마음을 숨겨 온 이레나 또한 순식간에 변할 리가 없었으니까.

하지만 조금씩, 아주 천천히 다가가다 보면 분명 예전과는 달라질 것이다.

이레나는 방금 전 움직임 때문에 침대에서 조금 내려온 이불을 다시 알포드에게 꼼꼼히 덮어 주며 말했다.

"얼른 나으세요, 아버지. 하고 싶은 말이 아주 많습니다."

이레나가 한 번의 생을 다시 돌아왔다는 이야기도, 그래서 뛰어난 검술 실력을 지니게 되었다는 이야기도 아직 하지 못했다.

알포드가 그 이야기를 모두 들으면 어떤 반응을 보일지 상상이 가지 않았지만, 언젠가는 솔직하게 밝힐 생각이었다.

알포드가 나지막이 말했다.

"언제든 제게 하시고 싶은 말씀이 있으면 하십시오. 기다리겠습니다."

그 말을 들은 이레나가 밝은 미소를 지었다.

"그럼 이 말부터 전해야겠네요."

말과 동시에 이레나가 자신의 손으로 알포드의 거친 손을 맞잡았다. 생각지 못한 스킨십에 알포드가 살짝 당황한 표정을 지을 때였다.

"제 곁을 떠나지 않아 주어서 너무 고마워요. 지금부턴 오래오래 무병장수하셔야 돼요. 이제 곧 태어날 첫 손주도 안아 보셔야죠."

"아……."

그제야 알포드의 시선이 이레나의 불룩한 배로 향했다. 그리곤 순간 그의 얼굴에 감출 수 없는 미소가 지어졌다.

이레나가 임신했다는 사실은 진즉에 알고 있었지만, 이렇듯 눈으로 직접 아이의 존재를 확인한 것은 알포드도 처음이었다.

그가 기뻐하는 모습을 바라보며 이레나도 행복한 웃음을 머금었다. 왠지 이제는 정말 따뜻한 봄날만 남아 있을 것 같은 기분이었다.

EPILOGUE

만삭이 된 이레나는 수시로 숨이 차고 가슴이 쓰렸다. 뿐만 아니라 두통과 현기증이 종종 나타나기도 해서 이레나의 주변에는 혹시 모를 상황을 대비해 늘 사람들이 대기하고 있었다. 그만큼 칼라일이 그녀를 걱정하는 마음도 늘었다.

칼라일은 오늘도 최소한의 업무만 끝내고 이레나를 찾은 상태였다.

“어때? 몸은 좀 괜찮아?”

푹신한 침대에 누워 있던 이레나가 흐릿하게 웃으며 대답했다.

“네, 걱정하지 말아요. 최근에 배가 뭉치는 증상이 잦아서 의사를 불렀는데 괜찮다고 했어요."

"어떻게 걱정을 안 해. 부인이 이렇게 고생하는데…… 아이를 낳는 게 이렇게 힘든 일인 줄 알았다면 임신을 반대했을 거야."

"쉿, 아이가 들어요."

이레나의 지적에도 칼라일은 내심 못마땅한 눈빛으로 불룩 튀어나온 그녀의 배를 쳐다보았다.

요즘 들어 배 속의 아이는 이레나를 너무도 괴롭히고 있었다. 출산하다가 병이 생기거나 죽는 경우도 많다던데, 만약 그런 일이 벌어진다고 생각하면 끔찍하기 짝이 없었다.

칼라일은 천천히 침대에 누워 있는 이레나의 옆에 앉았다. 그리곤 힘겨워 보이는 그녀의 얼굴을 쓰다듬으며 나지막이 말했다.

"난 부인이 이렇게 고생하는 꼴을 두 번은 못 봐. 그러니 성별이 뭐든 이 아이는 내 후계자가 될 거야."

어느 왕국이든 황제는 의례적으로 자식을 많이 낳아서 그중에 출중한 아이를 후계자로 삼았다. 하지만 칼라일은 이레나가 아닌 여자를 맞이할 생각도 없었고, 더 이상 그녀가 임신으로 고생하기를 바라지도 않았다. 그러니 딸이든 아들이든, 지금 태어나는 아이가 차기 황제였다.

루퍼드 제국은 여성의 사회적인 진출이 낮아 여왕이 탄생하기가 어려운 조건이었지만, 칼라일에게 그런 건 조금도 중요하지 않았다. 이레나가 이렇게 고생하는 모습을 또 볼 바에야 차라리 국법을 바꾸는 게 나았다.

그런 칼라일을 바라보며 이레나가 못 말리겠다는 표정으로 웃었다. 그러다가 갑자기 찾아온 배가 뭉치는 증상에 이레나가 얼굴을 잔뜩 찌푸리며 양손으로 불룩 튀어나온 배를 움켜쥐었다.

"윽."

"기다려."

그 모습을 본 칼라일이 곧바로 자리에서 일어나며 의사를 부르려 할 때였다.

이레나가 그의 소맷자락을 한 손으로 꾸욱 움켜쥐며 고개를 흔들었다.

"괜찮아요. 배 뭉침은 자연스러운 증상이라고 아직은 걱정할 단계가 아니라고 했어요."

"하지만……."

"어차피 조금 있으면 가라앉을 거예요. 카릴도 아시잖아요."

그 말대로 칼라일은 지금까지 몇 번이나 이레나가 배 뭉침으로 인해 고통스러워하는 모습을 봐 왔었다.

하지만 그때마다 시간이 지나면 자연스럽게 고통이 사라졌기에, 특별한 이상이 생겨서 그런 게 아니라면 의사를 부른다고 해 봤자 소용없었다.

칼라일은 자신이 더 고통스러운 표정으로 다시 이레나의 곁에 앉았다. 그리곤 조금이라도 나아졌으면 하는 마음에 그녀의 손과 발을 부드럽게 주물러 주었다.

다행히도 이레나는 오래 지나지 않아 다시 편안한 표정을 지었다.

"고마워요."

"……내가 대신 낳을 수 있었다면 좋았을 텐데."

칼라일의 진심 어린 말에 이레나는 작게 웃음을 터뜨리고 말았다. 그의 이런 말이 이레나에게 얼마나 큰 힘이 되는지 모를 것이다.

칼라일은 정말이지 사랑스러운 남자였다. 이런 그가 곁에 있었기에 이레나는 힘든 것도 참아 낼 수 있었다.

이레나가 말했다.

"태어날 아이 이름은 생각해 봤어요?"

"부인이 저번에 물어봐서 하나 생각해 둔 게 있긴 해."

"뭔데요?"

"세레나."

"그건 여자아이 이름이네요?"

"맞아. 부인을 닮은 아주 예쁜 아이이기를 바라는 마음에 지은 거야."

말과 동시에 칼라일의 푸른 눈동자가 다정한 빛을 품으며 가늘어졌다.

그의 근사한 웃음에 이레나의 얼굴에도 절로 웃음이 번졌다.

"하지만 남자아이 이름도 생각해 두셔야죠. 아들 이름으로 짓기에는 너무 여성스럽잖아요."

"아들이면 그때 가서 생각해 보지. 사내아이 이름은 대충 지어도 돼."

딸과 아들을 대하는 칼라일의 극명하게 다른 태도에 이레나는 고개를 절레절레 젓고 말았다. 칼라일은 처음부터 그녀를 닮은 딸을 원하고 있었고, 이레나는 반대로 그를 닮은 아들을 갖고 싶어 하는 상황이었다.

잠시 곰곰이 생각해 보던 이레나가 나지막한 목소리로 말했다.

"그럼 아들이면…… 크로우라고 이름 짓는 게 어때요?"

"크로우?"

"네. 루퍼드 제국 전설에 죽지 않는 검은 새가 있다고 하잖아요. 이 아이가 아들이라면…… 제 배 속에서 어려운 고난들도 잘 버텨 주었으니 왠지 어울릴 듯해서요."

칼라일은 일말의 망설임도 없이 고개를 끄덕였다.

"뜻이 좋군. 그렇게 해."

"아들 이름이라고 대답이 너무 빠른 거 아니에요?"

이레나의 핀잔 어린 말에 칼라일이 픽 하고 웃으면서 그녀의 뺨에 입을 맞췄다.

"아니야. 부인이 하는 건 다 마음에 들어서 그래."

이레나가 하는 수 없다는 듯 옅은 웃음을 지었다. 그리곤 몰려드는 피곤함에 저도 모르게 작게 하품을 했다.

칼라일은 그런 이레나의 상태를 빠르게 눈치채고 그녀의 몸을 더욱 편안하게 눕혀 주었다.

"피곤하면 자. 어젯밤에도 제대로 못 잤잖아."

"네, 그래야겠어요. 왠지 갑자기 졸음이 쏟아지네요."

이레나가 침대에 누워 몽롱한 눈동자로 칼라일을 올려다보자, 그가 이번엔 그녀의 이마 위에다 굿나잇 키스를 해 주었다. 그리곤 사랑이 가득 담긴 시선으로 이레나를 바라보며 말했다.

"부인이 일어날 때까지 옆에 있을게. 푹 자고 일어나면 그대가 먹고 싶은 음식으로 같이 저녁을 먹지."

"네, 그래요."

"잘 자, 부인."

칼라일의 인사를 들으며 이레나는 오랜만에 편안한 잠에 빠져들었다. 마치 구름 위를 거니는 것처럼 무척이나 푸근하고 행복한 기분이었다.

* * *

한 달이란 시간은 눈 깜짝할 사이에 지나갔다.

몇 번의 가진통을 느낀 이레나에게 드디어 진짜 출산일이 찾아왔다.

"아아아악!"

이레나의 입에서 절로 고통에 찬 비명 소리가 터져 나왔다. 여태껏 독에도 당해 보고, 화살도 맞아 보고, 검에도 찔려 봤지만 이만큼이나 아픈 적은 정말이지 처음이었다. 온 세상이 눈앞에서 빙글빙글 도는 것 같았다.

이레나의 출산을 총 책임지고 있는 산파가 옆에서 큰 목소리로 외쳤다.

"폐하, 정신을 잃으시면 안 됩니다. 더 힘을 주세요!"

"으으으윽!"

이레나도 산파의 말을 따르고 싶었지만 너무 아파서 그게 마음처럼 쉽지 않았다.

그렇게 그녀의 진통 시간이 길어질수록 방 안에 있는 유모와 메리의 얼굴에도 걱정이 가득해졌다. 하지만 바깥에서 이레나의 출산을 기다리고 있는 칼라일과 비교할 수는 없었다.

뚜벅뚜벅, 칼라일은 한자리에 가만히 앉아 있지도 못해서 제자리를 계속 서성거리고 있는 중이었다.

그에게서 뿜어져 나오는 무시무시한 기운에 제너드는 혹시라도 그가 폭주하지는 않을까 마음을 졸이고 있는 상태였다.

콰앙, 결국 참다못한 칼라일이 주먹으로 테이블을 내리치며 말했다.

"벌써 한 시간째다. 대체 아이는 언제 나오는 거지?"

그의 분노에 제너드가 진정하라는 듯 서둘러 입을 열었다.

"산모에 따라 다르지만 시간이 오래 걸리는 분도 있다고 합니다. 조금만 더 기다려 보심이……."

하지만 제너드의 말이 채 끝나기도 전이었다. 다시 한 번 방 안에서 이레나의 비명 소리가 들려왔다.

"으아아아!"

그 비명을 들은 칼라일의 얼굴에 조급함이 어렸다. 이러다가 정말 이레나가 잘못될 것만 같았기 때문이다.

칼라일이 자신의 목을 조이는 크라바트를 거칠게 풀며 말했다.

"안에 전해. 아이는 잘못되어도 좋다. 하지만 부인은 절대로 다쳐선 안 돼."

"아, 알겠습니다."

여기서 조금만 더 머뭇거렸다간 칼라일이 당장이라도 방 안에 쳐들어갈 기세였기에, 제너드는 재빨리 하녀를 불러서 산파에게 말을 전하게 했다. 만약 아이와 산모 둘 중에 누군가를 선택해야 한다면 무조건 이레나를 살리라고 말이다.

언제나 오만하다고 느껴질 정도로 여유로운 칼라일의 얼굴이 지금 이 순간만큼은 긴장으로 딱딱하게 굳어 있었다. 이곳에 모인 모두가 칼라일이 이렇게나 조급해하는 모습을 보는 건 처음이었다.

칼라일은 지금 이레나의 비명 소리를 들을 때마다 자신의 인내심이 바닥으로 치닫는 것을 느끼고 있는 중이었다. 정말이지 더 이상은 초조해서 기다리지 못할 것 같았다.

그렇게 칼라일이 이제는 한계라고 느낀 바로 그 순간이었다.

"으아아앙!"

드디어 기다리고 기다리던 아이의 우렁찬 울음소리가 터져 나왔다.

그 소리를 들은 칼라일이 더는 참지 못하고, 곧바로 이레나가 출산하고 있는 방문을 열고 들어갔다.

방 안에는 수많은 하녀들이 부지런히 움직이고 있었으며, 출산에 필요한 여러 가지 물품이 널브러져 어지럽기 그지없었다.

하지만 그 복잡한 와중에도 칼라일의 눈엔 오롯이 단 한 사람만 들어왔다. 바로 온통 땀에 젖어서 힘겨운 얼굴로 누워 있는 이레나의 모습이었다.

칼라일은 재빨리 이레나에게 다가갔다. 그리곤 그녀의 이마에 흐르는 땀을 닦아 주며 잔뜩 쉰 목소리로 말했다.

"고생했어."

이레나가 자신은 괜찮다는 마음을 담아 흐릿한 미소를 지어 보였다.

그때였다. 유모가 하얀 강보에 둘러싸인 아이를 안고 다가왔다.

"축하드립니다, 폐하. 건강한 아드님이십니다."

갓난아이는 벌써 검은색의 머리카락이 듬성듬성 자라 있었다. 누가 봐도 칼라일과 똑같은 외모를 지니고 있는 아이였다.

유모는 칼라일을 향해 한번 안아 보라는 듯 아이를 내밀었지만, 그는 그 자리에서 꼼짝도 하지 않은 채 아이를 내려다볼 뿐이었다.

순간 의아함을 느낀 이레나가 나지막한 목소리로 말했다.

"……카릴?"

이레나는 그 찰나의 순간 칼라일의 푸른 눈동자에 맺힌 두려움을 읽을 수 있었다.

칼라일은 평생 자신의 몸속에 흐르는 드래곤의 피를 괴물이라고 생각하며 살아왔다. 그런데 자신과 똑같이 생긴 아이를 보자 덜컥 겁이 난 듯했다.

바로 그 순간.

두 눈을 꼭 감고 있던 아이가 천천히 눈꺼풀을 들어 올리기 시작했다. 그러자 한쪽은 칼라일을 쏙 빼닮은 파란색의 눈동자였고, 다른 한쪽은 이레나와 똑같은 붉은색의 눈동자였다.

갓난아이는 신기하게도 두 사람의 눈동자 색을 모두 닮은 오드아이를 지니고 있었다. 아이마다 눈을 뜨는 시기가 다르긴 하지만 태어난 지 얼마 안 되어서 눈을 뜬다는 건 상당히 빠른 편이었다.

그것을 보고 나서야 딱딱하게 굳어 있던 칼라일의 표정이 거짓말처럼 풀렸다.

아이의 눈동자를 보고 깨달은 것이다. 자신을 닮은 존재였으나, 그럼에도 이레나의 아이라는 사실을 말이다.

칼라일이 홀린 듯이 천천히 유모의 품에서 아이를 건네받았다. 그리곤 넋을 잃은 표정으로 자신을 바라보는 아이를 쳐다보았다.

이레나는 빠르게 진정된 칼라일을 바라보며 안도했다.

칼라일은 곧이어 자신의 품에 안긴 아이를 이레나에게 잘 보이도록 보여 주며 한껏 상기된 목소리로 입을 열었다.

"보여? 우리의 아이야."

그의 말에 이레나는 옅은 웃음을 머금으며 고개를 끄덕거렸다.

아주 잘 보였다. 이레나가 세상에서 가장 사랑하는 남편과 그를 꼭 닮은 2세가 함께 있는 모습이 말이다.

그녀에겐 말로 표현할 수 없을 정도로 감동스러운 장면이었다.

그리고 바로 오늘이 오래도록 루퍼드 제국의 성군으로 기록될 크로우 월터 벤 루퍼드가 태어난 날이었다.

* * *

크로우의 성장은 빨랐다.

태어난 지 3개월밖에 되지 않았는데도 침대에서 몸을 뒤집는 바람에 이레나를 정말이지 깜짝 놀라게 만들었다.

뿐만 아니라 뭐든지 다른 아이보다 조금 빠른 것 같아서 이레나는 기쁘기도 하고, 조금 걱정이 되기도 한 그런 마음이었다.

"크로우, 오늘 유모랑 잘 놀았어요?"

이레나는 앙증맞은 작은 손을 흔들며 방긋방긋 웃고 있는 크로우를 품에 안고 행복한 미소를 지어 보였다. 크로우는 크면 클수록 칼라일과 정말 판박이라 신기할 지경이었다.

그녀는 요즘 크로우를 보며 눈에 넣어도 아프지 않을 것 같다는 말이 어떤 뜻인지 새삼 마음으로 느끼고 있는 중이었다.

그렇게 이레나가 크로우를 돌보고 있을 때 누군가 이쪽으로 다가오는 발걸음 소리가 들렸다.

뚜벅뚜벅, 그녀가 무심코 소리가 나는 방향으로 고개를 돌리자 이쪽으로 걸어오는 칼라일의 모습을 발견할 수 있었다.

"카릴, 왔어요?"

"왜 또 크로우를 부인이 보고 있어. 다른 이들에게 맡기라니까."

이레나는 몸조리를 끝내고 난 후 가능한 크로우를 자신이 돌보고 싶어 했다. 하지만 칼라일은 여전히 그녀의 몸이 상할까 걱정을 하고 있는 중이었다.

이레나가 빙긋 웃으면서 대답했다.

"방금까지 유모한테 맡겼다가 막 안은 거예요."

"그래도 함부로 아이를 안지 마. 제대로 몸조리를 하지 않으면 평생 손목이 아프다잖아."

칼라일은 서둘러 이레나의 품 안에 있는 크로우를 데려갔다. 순식간에 크로우를 뺏긴 이레나가 못 말리겠다는 듯 웃었다.

"다른 사람이 보면 유난이라고 해요. 아이를 낳은 지 3개월이나 지났는데 이젠 충분히 제가 안아 줄 수 있어요."

"안 돼. 더 쉬어. 그대는 남들보다 몸이 약해서 더 쉬어야 해."

사실 이레나처럼 검술이 뛰어난 여성에게 몸이 약하다는 말은 맞지 않았다. 하지만 칼라일이 자신을 그렇게 생각한다는 게 싫지 않았다. 오히려 간지러운 기분이 들었다.

"하여간 말이라도 못하면……."

이레나가 어쩔 수 없다는 듯 투덜거리며 웃음 짓자, 칼라일이 크로우를 안은 채 그녀에게 다가와서 눈가에 입을 맞췄다.

"그리고 너무 크로우만 돌보지 마. 그대의 사랑을 간절히 원하는 남자가 여기 한 명 더 있잖아."

"아이 앞에서 과도한 스킨십은 자제하세요, 폐하."

이레나가 장난스럽게 말투를 바꾸자 칼라일이 픽 하고 웃었다.

"쪼끄만 게 뭘 알겠어. 그리고 엄마가 누구의 여자인지 알아야지. 내가 우리의 아이가 아니었다면 그대 품에 안겨 있는 걸 허락이라도 했을 것 같아?"

"질투하는 거예요?"

"……조금."

칼라일이 근사하게 웃으며 이레나의 얼굴에 키스를 퍼부었다. 그의 가볍지만 뜨거운 입맞춤이 이레나의 얼굴 전체를 간지럽혔다.

이레나가 낮게 웃음을 터뜨리며 말했다.

"간지러워요."

"방금 내게 과도한 스킨십은 피하라고 했던 게 누구더라?"

칼라일이 이레나의 귓가에 나지막이 속삭이며, 행복하게 웃고 있는 그녀의 얼굴을 사랑스럽게 내려다보았다.

그때였다. 칼라일의 단단한 팔 안에 안겨 있던 크로우가 옹알거렸다.

"오아—"

처음 듣는 크로우의 옹알이에 칼라일도 이레나도 깜짝 놀라고 말았다.

이레나가 먼저 커다랗게 뜬 눈으로 말했다.

"방금 들었어요?"

"들었어."

"맙소사, 우리 크로우가 옹알이를 했어요!"

이레나가 서둘러 그의 품에 안겨 있는 크로우에게 얼굴을 가까이 기울이며 말을 걸었다.

"크로우, 다시 한 번 해 보렴. 응?"

칼라일은 순식간에 관심을 빼앗긴 것이 조금 못마땅했지만, 이내 어쩔 수 없다는 듯 희미하게 웃었다. 사랑하는 이레나와 마찬가지로 그녀의 눈동자를 꼭 닮은 이 아이가 칼라일에게도 세상 무엇보다 소중했으니까.

그렇게 평범한 어느 하루가 또 저물어 갔다.

이제 두 사람에게 행복은 멀리 있는 것이 아니었다. 지금처럼 세 식구가 함께 있다면 언제까지 행복한 하루일 테니까.

* * *

루퍼드 제국이 완전히 안정되자, 파벨루크와의 전쟁에서 큰 공을 세운 자들에게 순차적으로 포상이 내려졌다. 이미 보상을 내릴 명단은 확정이 된 상태였으나 최근에서야 모든 지급을 끝낸 것이다.

우선 이레나를 구하러 루넨 공국에 침투했던 알포드와 데릭, 그리고 정예병들은 모두 직위가 상승되었으며 봉급도 올랐다.

뿐만 아니라 전쟁 중에 사망한 이들도 전부 루퍼드 제국의 애국인 묘지에 안장되었다. 그들의 명예로운 죽음에 경의를 표한 것이다.

제너드 또한 이제는 명실상부하게 칼라일의 오른팔로 자리를 굳혔다. 하지만 이 중에 가장 파격적으로 신분 상승을 한 것은 바로 쿤이었다.

쿤은 칼라일의 최측근 수하로 많은 공을 세웠지만, 언제나 비천한 노예 출신이라는 것과 암살자라는 사실에 주변의 따가운 눈총을 받았었다.

칼라일은 이 기회에 쿤에게 정식으로 남작이라는 작위와 적지 않은 영토를 내려서, 그런 시선에서 완전히 벗어날 수 있도록 했다.

사실 호칭만 남작이었을 뿐, 그에게 내린 토지가 어느 백작가 못지않아서 앞으로 쿤이 하기에 따라 작위는 더 올라갈 가능성도 컸다. 한 번에 너무 높은 작위를 수여하면 다른 귀족들이 반발할 것은 당연했기에 칼라일이 교묘하게 머리를 쓴 부분이었다.

덕분에 칼라일의 군사 체계 안에서는 높은 지위였지만 늘 음지에서만 활동하던 쿤이 이제는 당당히 귀족으로서 자리매김하게 되었다.

그렇게 모든 보상 처리가 끝났다는 보고서를 확인한 칼라일이 말했다.

"최대한 부인의 뜻을 반영해서 처리했는데 어때? 마음에 드나?"

그 물음에 옆에 있던 이레나가 빙긋 웃으면서 고개를 끄덕였다.

"네, 아주 흡족하네요."

"그렇다면 다행이군. 그대가 쿤에게 작위를 줬으면 좋겠다고 한 건 좀 의외였어."

사실 이레나가 요구하지 않았더라도 칼라일이 먼저 고민하고 있던 부분이었지만, 그걸 그녀도 원하고 있을 줄은 정말 몰랐었다.

이레나는 쿤이 남작이 되었다는 보고서의 마지막 줄을 바라보며 나지막한 목소리로 대답했다.

"……저도 가능하면 참견하고 싶지 않았지만, 아무래도 제가 두 사람의 짐을 좀 덜어 줘야 할 것 같아서요."

이레나도 쿤과 미라벨 사이에서 벌어진 일을 전부 알지는 못했다. 하지만 미라벨은 여전히 쿤을 좋아하는 것 같았고, 쿤 역시 마음이 없는 것 같지는 않은데 둘 다 움직일 생각을 하지 않고 있었다.

그래서 이레나는 최소한 두 사람 사이를 가로막는 신분의 장벽이라도 허물어 주고 싶었다. 혹시라도 그 둘이 서로를 원한다면 조금 더 가벼운 마음으로 다가갈 수 있도록 말이다.

물론 여기서 어떤 엔딩을 맞이하게 될지는 순전히 두 사람의 몫이었다.

이레나의 의미를 알 수 없는 말에 칼라일이 의아한 표정으로 물었다.

"그게 무슨 말이지?"

"있어요. 다른 사람들의 연애 이야기요. 어떤 내용인지 궁금해요?"

그 말에 칼라일이 단번에 고개를 저으며 대답했다.

"아니, 난 내 연애만으로도 바빠서."

말과 동시에 칼라일이 의자에 앉아 있는 상태로 손을 뻗어서 옆에 서 있는 이레나의 가는 허리를 끌어안았다. 아이를 낳은 몸매라고는 믿을 수 없을 만큼 여전히 그녀의 허리는 한 줌밖에 되지 않았다.

이레나가 자신의 품을 파고드는 칼라일을 못 말리겠다는 표정으로 바라보며 웃었다.

“아직 업무도 다 안 끝나셨잖아요.”

“급한 건 다 끝냈어. 그리고 요즘 크로우가 보채는 통에 단둘이 있을 시간이 모자라잖아. 이럴 때라도 만끽해야지.”

이레나는 크로우의 육아를 온전히 다른 사람의 손에만 맡겨 둘 생각이 없었기 때문에 칼라일은 수시로 그녀를 빼앗기고 있었다.

이레나도 최근에 칼라일과의 시간이 줄어들고 있다는 것을 알기에 희미한 웃음을 머금으며 그의 어깨를 마주 끌어안았다. 그는 이렇듯 생각지도 못한 순간에도 자신이 사랑받고 있다는 걸 깨닫게 해 주는 남자였다.

절로 생각이 들 수밖에 없었다. 그의 곁에 있는 지금이…… 너무나도 행복하다고 말이다.

그렇게 두 사람이 서로를 끌어안은 채 잠깐의 휴식을 맛보고 있을 때였다.

기다렸다는 듯이 집무실을 향해 다가오는 다급한 발소리와 함께 크로우의 거센 울음소리가 들려왔다.

"으아앙앙!"

칼라일과 이레나 둘 다 워낙 청각이 민감했기에 눈치를 못 챌 수가 없었다.

칼라일이 어쩔 수 없다는 듯이 이레나를 놔주자, 그때 맞춰 집무실 바깥에서 하녀 메리의 목소리가 들려왔다.

"폐하, 황자님께서 황후 폐하를 너무 찾으서서……."

그 말이 끝나기도 전에 이레나가 재빨리 집무실의 문을 열고 나갔다. 평상시엔 얌전한 크로우가 가끔은 이렇게 이레나가 보고 싶다며 울어대는 통에 이런 일이 한두 번은 아니었다.

이레나는 뭐가 그리 심통이 났는지 목 놓아 울고 있는 크로우를 서둘러 품 안에 안으며 다정한 목소리로 물었다.

"우리 크로우, 왜 이렇게 울고 있어요?"

"흐으, 흐, 헤에."

서럽게 울고 있던 크로우가 거짓말처럼 이레나의 얼굴을 보고 눈물이 맺힌 눈동자로 방긋 웃음을 지었다. 파란색과 붉은색의 눈동자가 공존하는 오드아이가 무척이나 신비로웠다.

메리가 민망하다는 표정으로 입을 열었다.

"죄송합니다. 제가 폐하의 쉬는 시간을 방해 드린 건 아닌지 모르겠어요."

"아니야. 크로우가 날 찾으면 언제든 데려오라고 했잖아. 크로우는 이제 내가 재울 테니 너는 가서 일 보도록 해."

"네, 폐하."

메리가 꾸벅 인사하며 다시 집무실에서 멀어져갔다.

어느새 다가왔는지 칼라일이 뒤편에서 이레나의 품에 안겨 있는 크로우를 번쩍 안아 데리고 갔다.

"쪼끄만 게 벌써부터 네 엄마를 좋아하는 것까지 나를 닮아 큰일이구나."

"어쩔 수 없잖아요. 아직 어린아이인데."

"그러니까 봐주는 거야. 조금 더 컸는데도 이렇게 부인을 독차지하는 건 반칙이지."

크로우가 자신을 안아 주는 칼라일의 모습을 발견하고 반갑게 손을 흔들었다.

"바바, 바바—"

마치 칼라일이 아빠인 것을 알아보는 듯한 행동이었다. 칼라일이 절로 희미한 웃음을 머금으며 애정 어린 시선으로 크로우를 쳐다보았다.

그 판박이처럼 똑같은 아빠와 아들의 모습을 이레나가 옆에서 행복한 표정으로 지켜보며 웃고 있었다.

이제는 한 아이의 엄마와 아빠가 된 두 사람에게 무척이나 익숙한 풍경이었다.

* * *

그러던 어느 날이었다.

칼라일이 불현듯 이레나에게 황궁 바깥에서 만나자는 말을 전해 왔다. 더구나 약속 시간도 꽤 늦은 시각이었다.

이레나는 약간 의아해하면서도 크로우를 먼저 재운 후, 오랜만에 호위 기사들과 함께 황궁 바깥으로 향했다.

그렇게 전령이 말해 준 약속 장소에 도착하자, 칼라일이 먼저 와서 이레나를 기다리고 있는 모습이 눈에 들어왔다. 새카만 말 위에 올라탄 채로 희미한 달빛을 받고 있는 칼라일의 모습은 예나 지금이나 변함없이 근사했다.

이레나가 희미한 미소를 머금으며 가까이 다가갔다.

"이 늦은 시간에 어쩐 일로 바깥에서 보자고 한 거예요?"

칼라일은 이쪽으로 걸어오는 이레나를 다정한 눈빛으로 바라보며, 오로지 그녀에게만 들려주는 부드러운 목소리로 대답했다.

"왔어? 오랜만에 부인과 같이 바람이나 쐴 겸 해서 불렀지. 요즘 크로우를 돌보느라 황궁을 나온 적이 없잖아."

말과 동시에 칼라일이 가볍게 손짓하자, 근처에서 대기하고 있던 수하가 이레나의 앞으로 새하얀 백마 한 마리를 끌고 왔다. 한눈에 봐도 굉장한 명마였다.

"예전에 부인이 말 타는 걸 좋아했었지. 간만에 같이 달려 볼까?"

"저야 좋죠."

생각지도 못한 칼라일의 제안에 이레나의 표정이 밝아졌다. 칼라일의 말대로 최근 이레나는 어린 크로우를 돌보느라 황궁에만 있었기 때문에 이렇게 바깥바람을 쐬는 게 무척이나 좋았다.

이레나는 곧바로 칼라일이 준비해 준 말 위로 몸을 실었다. 그러자 칼라일이 한 방향을 손가락으로 가리키며 나지막이 말했다.

"이쪽으로 가지. 그냥 달리면 재미가 없을 테니, 누가 더 빠른지 시합할까?"

"음, 아무리 카릴이라고 해도 저한테 안 될 텐데요."

이레나의 자신만만한 대답에 칼라일이 낮게 웃으며 대꾸했다.

"글쎄, 부인도 날 이기는 게 쉽지는 않을 거야."

"이긴 사람한테 뭔가 보상이 있어야 하는데 어떤 걸로 할까요?"

"뭐든, 그대가 원하는 걸 말해 봐."

"좋아요. 서로 이긴 사람의 소원 들어주기로 하죠."

그렇게 두 사람은 서로를 바라보며 장난스럽게 웃었다.

칼라일이 먼저 말했다.

"그럼 가 볼까?"

"네!"

그것을 신호로 두 사람이 타고 있던 말이 동시에 출발했다. 이레나와 칼라일의 말들은 엄청난 속도를 자랑하며 앞으로 쏘아져 나갔다.

타타타타탁!

이레나는 자신의 온몸을 관통하는 듯한 시원한 바람을 느끼며 절로 희미한 웃음을 머금었다. 말로 표현할 수 없을 만큼 기분이 상쾌했다.

칼라일과 함께 말을 타고 달리는 게 처음은 아니었지만, 이것은 언제나 기분 좋은 일이었다.

그때였다.

갑자기 이레나의 눈앞에 생각지도 못한 광경이 펼쳐졌다.

"이건……."

어느 순간부터 그들이 달리는 길목을 따라 마치 레드 카펫처럼 수많은 촛불들이 자그맣게 빛을 밝히며 장식되어 있었다. 어두운 한밤중에 켜져 있는 촛불들이 무척이나 아름다웠다.

덕분에 거침없이 말을 몰던 이레나는 천천히 속도를 늦췄다.

“카릴, 이게 대체 뭐예요?”

그녀의 놀란 얼굴을 바라보며 옆에서 나란히 달리던 칼라일도 천천히 말을 멈췄다.

“잠깐 걸을까?”

“아, 네.”

이레나는 약간 얼떨떨한 표정으로 고개를 끄덕였다. 설마 칼라일이 이런 이벤트를 준비했을 거라고는 상상도 하지 못했다.

이레나가 서둘러 말에서 내리자, 끝없이 펼쳐진 꽃밭 옆으로 인공 호수가 운치 있게 자리하고 있는 모습이 눈에 들어왔다. 굉장히 아름다운 장소였다.

그렇게 주변을 살펴보던 이레나의 머릿속에 불현듯 떠오르는 기억이 있었다.

—어느 날 전하와 만나기로 한 약속 장소에 가 봤더니, 저 모르게 이벤트를 준비하셨는지 사방이 온통 촛불로 장식이 되어 있더라고요.

그건 다른 사람이 아닌, 이레나가 직접 내뱉은 말이었다.

—한쪽은 인공 호수가 있고, 다른 한쪽은 아름다운 꽃으로 꾸며진 정원이 있는 아주 운치 있는 장소였어요.

그리고 이레나는 곧 자신이 어디서 이런 말을 했었는지 떠올릴 수 있었다.

바로 결혼식 피로연장에서 해리가 그녀에게 프러포즈를 받았냐고 묻자, 당시에 이레나가 임시방편으로 지어낸 거짓말이었다.

이레나는 그때 자신이 했던 거짓말과 똑같은 장소를 눈으로 확인하고, 너무 놀라서 입을 벌릴 수밖에 없었다.

칼라일이 희미하게 웃으며 슬쩍 손가락으로 밤하늘을 가리켰다.

"오늘은 날씨가 좋아서, 밤하늘의 별들도 잘 보여."

그 말에 이레나의 머릿속에서 연이어 자신이 했던 거짓말들이 떠올랐다.

—거기서 전하와 같이 밤길을 거닐며 하늘에 떠 있는 수많은 별들을 구경하는데…… 어느 순간 제게 반지를 내미시더라고요.

당연히 프러포즈에 사랑의 증표가 빠질 수 없었기에 아무렇게나 둘러댄 내용이었다.

—그러면서 제게…… 오래 전부터 전하의 반려는 저 하나뿐이었다며, 청혼을 하셨지요. 아이참, 이런 걸 말로 설명하려고 하니 부끄럽네요.

거기까지 기억하자 괜스레 이레나의 얼굴이 뜨겁게 달아올랐다. 자신조차 가물가물할 정도로 아주 오래된 거짓말을 그대로 현실로 실현시켜 준 칼라일에게 놀랄 수밖에 없었다.

이레나가 떨리는 목소리로 말했다.

"이걸 어떻게 다…… 기억하고 있었어요?"

"난 부인이 말한 건 아무리 작은 거라도 잊어버리지 않아."

칼라일이 손으로 달빛을 받아 반짝이는 인공 호수를 가리키며 말을 이었다.

"다만 인공 호수를 만드느라 시간이 좀 걸렸어. 그대가 말한 것과 똑같은 장소가 루퍼드 제국 안에 없었거든."

당연했다. 그건 이레나가 생각나는 대로 내뱉은 거짓말이었으니까.

천천히 걷던 칼라일이 걸음을 완전히 멈춰 서더니, 품 안에서 자그만 반지 케이스 하나를 꺼내 들었다.

달칵, 작은 소리와 함께 열린 반지 케이스 안에는 오래 전 이레나가 칼라일에게 선물해 주었던 반지와 똑같은 모양으로 디자인된 여성용 반지가 들어있었다.

그것을 본 이레나가 너무 놀라서 딱딱하게 굳어 있을 때, 다시 한 번 칼라일의 허스키한 목소리가 흘러나왔다.

"앞으로도 지금처럼, 나와 평생을 함께해 주겠어?"

두근두근, 이레나는 미친 듯이 뛰는 자신의 심장 소리를 느끼며 애써 아무렇지 않은 척 태연한 목소리로 대답했다.

"이게 무슨 프러포즈도 아니고 그런 질문이 어디 있어요. 이미 결혼해서 크로우도 있는데요."

"프러포즈는 결혼해 달라는 거고, 이건 평생을 함께하자는 거니까 이게 더 중요하지."

칼라일이 근사한 미소를 지으며 나지막이 말을 이어나갔다.

"그리고 내가 부인의 마음을 얻는데 결혼과 크로우는 전혀 상관없잖아. 그런 게 부인이 나를 사랑하게 만들어 주는 건 아니니까."

사랑은 결혼을 했다고 해서 당연하게 주어지는 것이 아니었다. 더구나 자식이 생겼다고 자연히 남편을 사랑하게 되는 것도 아니었다.

그렇기에 칼라일은 이레나와 결혼식을 올렸음에도, 크로우가 생겼음에도 여전히 그녀의 사랑을 얻기 위해 노력하고 있었다.

"카릴, 당신은 정말……."

너무나도 달콤한 말에 저절로 이레나의 눈시울이 붉어졌다.

지금까지 이레나가 태어나서 들었던 말 중, 그녀를 이렇게나 감동스럽게 만든 것은 없었다. 그가 주는 사랑이 너무 고마워서 눈물이 쏟아질 것 같았다.

칼라일이 금방이라도 눈물을 떨어트릴 것 같은 이레나의 붉은 눈가를 커다란 손으로 쓸어내리며, 어쩔 수 없다는 듯이 흐릿하게 웃었다.

"울지 마. 부인이 기뻐하는 모습을 보고 싶어서 준비한 건데 울면 어떡해."

"하지만…… 너무 기쁘니까 눈물이 나오려는 걸 어떻게 해요."

"그래도 가능하면 웃어 줬으면 좋겠는데, 나는 세상에서 부인이 웃는 얼굴이 제일 좋거든."

"으, 정말……."

이레나가 의도한 건 아니었지만 그 말을 듣자마자 바로 그녀의 입가에 행복한 미소가 떠올랐다. 그만큼 마음이 꽉 찰 정도로 행복했기 때문이다.

칼라일이 천천히 이레나의 왼손 네 번째 손가락에 자신이 받은 것과 똑같은 반지를 끼워 주며, 그 위에 입맞춤을 남겼다.

이레나가 더는 참지 못하고 그대로 칼라일을 덥석 끌어안았다.

"제 숨이 다할 때까지 당신의 곁에 있을게요. 이번 생뿐만 아니라 다음이란 게 있다면, 그때도 당신을 사랑할 거예요."

이레나에게 지금은 두 번째 삶이었다. 하지만 만약 그녀에게 또 다시 생이 주어진다면, 이레나는 그때도 망설임 없이 칼라일을 사랑할 것이었다.

그 대답에 그녀의 작은 품에 안겨 있던 칼라일의 얼굴에도 더없이 행복한 미소가 지어졌다.

이대로 이 순간이 영원했으면 좋겠다. 하지만 멈추지 않고 흘러간대도 좋았다. 앞으로 그들에게 남은 날들은 더 행복할 거라고 믿어 의심치 않았으니까.

이레나가 촉촉해진 눈가를 문지르며 문득 떠오른 생각을 말했다.

"아, 그러고 보니 우리 시합은 누가 이겼는지 알 수가 없게 되었네요."

"그런 게 아니더라도 부인이 원하는 건 뭐든지 들어줄 테니 말만 해."

"치, 그런 게 어디 있어요."

이레나가 작게 미소 지으며 칼라일을 안고 있던 팔을 풀곤, 잠시 그가 준비한 주변의 아름다운 풍경을 둘러보왔다. 자그마한 촛불들이 끝없이 펼쳐진 두 사람의 앞길을 환히 비추고 있었다.

역시 여기서 돌아가기엔 아쉬웠다. 아직 두 사람에게 남아 있는 밤은 무척이나 길었으니까.

이레나가 빙긋 웃으면서 말했다.

"시합을 재개해 볼까요?"

그러자 칼라일도 고개를 끄덕이며 흐릿하게 미소 지었다.

"부인이 원한다면."

그렇게 의견을 일치한 두 사람이 다시 말 위로 올라탔다. 약속이라도 한 것처럼 다정한 시선을 주고받던 이레나와 칼라일이 동시에 빠른 속도로 앞을 향해 달려갔다.

시원하게 나부끼는 바람을 자유롭게 맞으며 두 사람은 서로를 향해 진한 미소를 지어 보였다.

어둠이 짙게 깔린 밤임에도 그들이 달려가는 길은 밝았다. 마치 이레나와 칼라일의 행복한 미래처럼.

〈완결〉

외전. 곰 인형과 아가씨

"……으으."

침대에 누워 잠을 자던 미라벨이 식은땀을 흘리며 눈을 번쩍 떴다. 단순히 꿈을 꾸었을 뿐인데도 거친 숨소리가 입 밖으로 새어 나왔다.

"하아, 하."

미라벨이 한 손으로 이마에 맺힌 땀방울을 훔치며 주변을 둘러보았다. 아직까지 방 안에 짙은 어둠이 깔려 있는 걸 보니 여전히 한밤중인 듯했다.

루퍼드 제국을 떠나 프리그랑 왕국에서 유학을 하면서 이렇듯 악몽을 꾸고 잠에서 깨어나는 날은 셀 수도 없이 많았다.

그녀는 익숙하게 머리맡에 올려놓은 곰 인형에게 시선을 돌렸다. 털이 블루블랙으로 이루어진 특이한 곰 인형은 사람이 입는 커다란 외투를 걸치고 언제나처럼 그곳에 앉아 있었다.

이 곰 인형은 오래전에 돌아가신 어머니가 미라벨에게 마지막으로 남겨 주신 선물이었지만, 이제는 다른 이를 떠올리게 하는 물건이기도 했다. 누군가의 머리카락과 꼭 같은 색상에, 그가 남기고 간 외투였으니까.

'……쿤.'

미라벨은 차마 입 밖으로 내뱉을 수 없는 이름을 속으로 되뇌어보았다.

오늘도 여전히 눈만 감으면 그와의 마지막이 선명하게 떠올랐다. 자신이 그에게 남긴 말까지도 말이다.

—이젠 놓아줄게요. 끝까지 돌아오지 않는다 해도 원망하지 않아요. 어느 곳에서든…… 쿤이 진심으로 행복하길 빌어요.

그 날을 기점으로 쿤을 보내 준 건 사실이지만, 이 말은 분명히 거짓말이었다. 자신은 단 한 순간도 그를 놓지 못했으니까.

칼라일이 루퍼드 제국의 황제가 되고, 반역을 꾀한 파벨루크가 죽고 크로우가 태어난 지 벌써 3년이라는 시간이 지났다.

그렇게 쿤과 헤어진 지 3년이 훨씬 더 지났음에도 미라벨은 한결같이 그가 그리웠다. 시간이 이만큼이나 흘렀음에도 불구하고 그가 이렇게 꿈에 나타나는 날은 제대로 밤잠조차 이루지도 못할 정도로 말이다.

그동안 그를 향한 그리움이 조금씩 사라져 가기를 바랐지만, 우습게도 그 마음은 매일 조금씩 깊어져만 갔다.

스르륵, 미라벨이 덮고 있던 이불을 걷고 침대에서 상체를 일으켰다. 그러자 가녀린 소녀 같았던 그녀의 모습은 온데간데없고, 완연히 성장한 여인의 굴곡이 얇은 잠옷을 통해 드러났다.

미라벨은 그대로 무릎을 끌어안은 채 앉아서 물끄러미 곰 인형을 쳐다보았다.

자신이 그에게 남긴 마지막 인사처럼 쿤이 행복하길 바란다.

진심이었다. 하지만 가끔은…… 그가 불행하기를 바라기도 했다. 그렇게라도 자신에게 돌아왔으면 좋겠다고 생각했으니까.

그리고 매번 잠시라도 그런 못된 생각을 한 자기 자신을 꾸짖으며, 다시 원점으로 돌아가 쿤의 행복을 기원했다.

아직까지도 그랬다. 3년이 지난 지금도 미라벨은 쿤의 행복과 불행을 번갈아 바라며, 그에 대한 감정을 정리하지 못한 상태였다.

미라벨이 나지막이 혼잣말을 중얼거렸다.

"오늘은…… 당신이 저를 완전히 잊어버리고, 우리가 모르는 사람처럼 스쳐 지나가는 꿈을 꿨어요."

이 감정이 다 사그라질 때까지 기다리겠다고 말은 했지만, 어쩌면 쿤은 그 말을 벌써 잊어버렸을지도 모른다. 하지만 그렇다고 해서 그녀가 할 수 있는 일은 없었다.

미라벨이 곰 인형을 바라보며 서글픈 미소를 지어 보였다.

"기다리면 올까요……?"

우습게도 꿈에서조차 그런 일은 벌어지지 않았다.

미라벨도 잘 알고 있었다. 부질없는 희망이었다. 그런데도 자신이 할 수 있는 게 이것밖에 없었다.

* * *

현재 미라벨은 프리그랑 왕국에서 주목받는 의상 디자이너였다.

처음엔 견습생이었지만 곧 두각을 드러냈고, 지금은 그녀가 만든 의상마다 엄청난 히트를 치며 유행을 선도하고 있었다.

드드드드드드—

재봉틀을 돌리고 있는 미라벨에게 하녀가 다가와 말을 건넸다.

"아가씨, 크라우스 상단의 해리 도련님이 찾아오셨습니다."

"그래? 어서 안으로 모셔라."

미라벨은 서둘러 만들고 있던 드레스를 한쪽으로 치우며 자리에서 일어났다.

크라우스 상단과는 프리그랑 왕국으로 유학을 온 후부터 계속 의상과 관련한 일로 거래를 하고 있는 중이었다. 그러다 보니 자연스레 나이대가 비슷한 해리와도 꽤나 친해진 상태였다.

끼익, 곧이어 방문이 열리며 훤칠한 키의 해리가 안으로 들어왔다.

해리 역시 과거의 소년 같은 모습은 조금도 남아 있지 않았다. 날렵한 얼굴선은 젖살이 완전히 빠져서 남성미가 물씬 풍겼다.

실제로 해리는 가문이든, 능력이든, 인물이든, 무엇 하나 빠지는 게 없었기에 사교계에서 아주 인기가 많았다.

해리가 특유의 장난스러운 미소를 지으며 입을 열었다.

"잘 지냈어?"

"당연하지. 상단의 일로 먼 곳까지 간다더니, 이렇게 직접 찾아올 줄은 몰랐네."

"어쩌다 보니 시기가 잘 맞아떨어졌어. 그래서 얼굴도 볼 겸 들렀지."

"일단 앉아. 차라도 줄까?"

"됐어. 난 네 얼굴만 봐도 충분하거든."

"……?"

생각지도 못한 해리의 대답에 미라벨이 잠시 할 말을 잃고 말았다. 하지만 해리는 그런 그녀와 달리 태연하게 테이블로 가서 앉으며 재차 입을 열었다.

"네가 우리 쪽에 의뢰한 드레스들은 전부 예상 가격보다 높은 금액에 판매가 됐어. 뭐, 프리그랑 왕국에서 유행한 드레스들이니 당연한 결과지."

말과 동시에 해리가 가지고 온 금화 주머니를 꺼내 테이블 위에 올려놓았다.

투욱, 하고 묵직하게 울리는 소리를 들으며 미라벨이 뒤늦게 해리의 맞은편으로 다가갔다. 그리곤 그가 준 금화 주머니를 확인했다.

그 안에 생각보다 더 많은 금액이 담겨 있는 것을 본 미라벨이 깜짝 놀란 표정으로 해리를 쳐다보며 말했다.

"아무리 그래도…… 이렇게나 많은 이득을 남겼다고?"

"네가 디자인한 드레스를 입고 싶어 하는 귀부인들이 많아서 부르는 게 값이었어."

해리는 겸손하게 말했지만 아무리 드레스를 원하는 사

람이 많았대도, 그의 장사 실력이 아니었다면 절대로 이렇게나 많은 이윤을 남기지 못했을 것이다.

미라벨의 얼굴에 감출 수 없는 기쁨이 어렸다.

"고마워. 덕분에 다음 시즌 의상들은 아무런 걱정 없이 편하게 준비할 수 있겠어."

"말은 고맙다면서 딱히 돌아오는 게 없단 말이지."

"말해 봐, 원하는 게 뭔데?"

"정 고마우면 오늘에야말로 내 데이트 신청을 받아 주는 게 어때?"

"아, 농담하지 말고."

미라벨이 장난스럽게 넘기려고 하자, 순간 해리의 눈동자가 진지하게 변했다.

"내가 농담이 아니라고 하면, 진지하게 받아들일 건가?"

일순 미라벨의 얼굴에 난처한 기색이 어렸다. 사실 다른 여성이 해리에게 이런 제안을 받았다면 기뻐서 춤을 췄을지도 모르는 일이었다. 그만큼 그가 가진 조건은 훌륭했으니까.

하지만 미라벨은 아니었다. 아직…… 잊지 못한 사람이 있었으니까.

미라벨이 일부러 아무렇지 않은 척 태연하게 말을 돌렸다.

"크라우스 상단의 후계자인 데다, 사교계에서 끊임없이 러브콜을 받고 있는 네가? 뭐가 아쉬워서 나한테 그런 소릴 해."

"너도 남 말할 처지는 아니지. 무소불위 권력을 지닌 루퍼드 황제의 하나뿐인 처제이자, 황후 폐하가 무척이나 아끼는 여동생이잖아."

"쉬잇! 누가 들어."

미라벨이 재빨리 주변을 경계하며 혹시라도 엿듣는 사람이 없는지 살폈다. 사실 미라벨은 프리그랑 왕국에서 자신의 정체를 숨긴 채, 오로지 '벨'이라는 가명의 디자이너로 활동을 하고 있었다.

그렇지 않았다면 벌써 수많은 프리그랑의 귀족들이 미라벨의 집 앞으로 찾아와 그녀를 귀찮게 만들었을 것이다.

어렸을 때부터 병약한 몸 때문에 사교계 활동을 하지 않았고, 지금은 오랜 유학 생활로 인해 미라벨의 얼굴을 아는 자는 극히 드물었다. 하지만 그럼에도 불구하고 매일같이 그녀에게 들어오는 청혼은 셀 수도 없을 지경이었다.

해리가 나지막이 말했다.

"네 배경이 마음에 든다는 건 부정하지 않겠어. 하지만 꼭 그것 때문에 널 만나고 싶은 건 아니야. 너를 이루고 있는 모든 게 다 좋을 뿐이지."

미라벨은 이미 그녀 자체만으로 충분히 매력적인 여성이었다. 맑고 깨끗한 이미지의 그녀는 이미 뭇 사내의 시선을 한 몸에 받을 만큼 아름답게 성장한 상태였다.

뿐만 아니라 그녀가 가진 디자이너로서의 재능은 단순히 돈으로 가치를 환산할 수 없을 만큼 뛰어났다.

해리는 그 모든 것이 좋은 것이다. 미라벨의 성격, 외모, 재능, 배경까지 전부 다.

하지만 해리의 진지한 고백에도 미라벨의 표정은 흔들림이 없었다.

"난 아직…… 일하는 게 좋아."

"언제까지 이곳에서 네가 좋아하는 디자인만 할 수 없다는 거 알잖아."

해리나 미라벨, 둘 다 귀족으로 태어난 이상 결혼이라는 의무를 피할 수는 없었다. 그건 굳이 말하지 않아도 두 사람 모두 알고 있는 사실이었다.

그렇다면 가문이 정해 주는 상대를 만나는 것보다 해리와 미라벨이 먼저 연애를 시작하는 것도 나쁘지 않았다. 현실적으로 두 사람은 어느 모로 보나 무척이나 잘 어울리는 짝이었으니까.

하지만 미라벨은 그 제안을 받아들일 수 없었다. 이미 그녀에겐 마음속을 꽉 채운 상대가 있었으니까.

"……미안."

미라벨의 완곡한 거절에 해리는 결국 물러설 수밖에 없었다. 여기서 더 이상 나아간다면 그녀를 곤란하게만 할 뿐이었으니까.

해리가 일부러 가벼운 목소리로 대답했다.

"그래, 혹시라도 마음이 바뀌면 말해. 내 입으로 이런 말 하긴 그렇지만, 나 꽤 괜찮은 놈이거든."

"……."

"이제 가 봐야겠다. 곧바로 들러야 하는 곳이 있어서."

굳이 이런 상황이 아니더라도 해리는 늘 바빴기 때문에 미라벨은 말없이 고개를 끄덕였다. 더구나 이런 분위기에선 둘이 무슨 대화를 나눠도 어색할 뿐이었다.

해리가 먼저 자리에서 일어서자, 미라벨도 그를 배웅하기 위해 몸을 일으켰다.

"내가 의뢰한 드레스들 잘 판매해 줘서 고마워. 바쁠 텐데 이곳까지 직접 와 준 것도 고맙고."

"별말씀을."

그렇게 인사를 마친 해리가 픽 웃으며 성큼성큼 저택을 걸어 나갔다.

미라벨은 점점 멀어지는 해리의 뒷모습을 물끄러미 바라보다가 이내 몸을 돌렸다. 그리곤 다시 방 안으로 돌아와 재봉틀 앞에 앉았다.

무심코 방금 전 해리가 한 말이 떠올랐다.

해리는 분명 무엇 하나 부족할 것 없이 완벽한 남자였다. 그와 결혼한다면 미라벨은 안정된 미래를 보장받을 수 있었다. 부귀영화뿐만 아니라 정실부인으로서 평생 존중받을 것이다.

하지만…….

해리는 자신의 심장을 뛰게 하는 남자가 아니었다.

미라벨은 알고 있었다. 해리를 선택한다면 겉보기엔 그럴싸해 보일지 모르나 마음속은 채울 수 없는 공허함만 가득할 거라는 걸.

'……여자는 나쁜 남자를 좋아한다더니.'

미라벨은 문득 떠오른 생각에 허탈한 웃음을 지었다. 그리곤 언제나처럼 쿤에 대한 그리움을 잊기 위해 바쁘게 움직였다.

*　　*　　*

유학 생활 동안 선천적으로 허약한 미라벨의 체질이 바뀐 것은 아니었다. 하루는 아파서 앓아눕고, 또 하루는 업무에 몰두하는, 그런 쳇바퀴 같은 나날들을 반복하고 있을 뿐이었다.

그러던 어느 날이었다.

평상시처럼 머릿속에 떠오른 드레스의 디자인들을 정

신없이 종이에 옮기고 있는 미라벨에게 하녀가 다가왔다.

"아가씨, 루퍼드 제국에서 사람이 오셨습니다."

"사람? 아!"

그동안 바빠서 깜빡 잊고 있었던 일이 미라벨의 머릿속에 떠올랐다. 지난 3년 동안 이레나는 해마다 미라벨에게 주기적으로 생필품을 보냈다.

미라벨은 괜찮다며 한사코 사양했지만, 이레나는 연례행사처럼 겨울이 오기 전에 꼭 모피와 프리그랑에서는 구하기 어려운 약재들을 챙겨 주었다.

'벌써 시기가 그렇게 됐나?'

생각해 보면 최근 날씨가 상당히 추워진 듯도 했다. 머지않아 첫눈이 내릴지도 몰랐다.

미라벨은 대수롭지 않게 고개를 끄덕이며 하녀를 향해 말했다.

"내게 온 짐들은 방 안에 정리해 두고, 이곳까지 오느라 수고해 주신 분들에겐 따뜻한 음식을 마련해 드려. 총 책임자분은 내가 직접 인사를 드리게 이곳으로 모시고."

"네, 아가씨."

하녀 역시도 매해 반복했던 일이기에 익숙하게 움직였다.

그렇게 미라벨은 여전히 책상 앞에 앉아서 드레스의 디자인들을 그리는 것에 전념했다.

사각사각, 펜이 움직이는 소리만 방 안을 가득 메울 때였다.

어느덧 똑똑, 하고 문을 두드리는 소리가 들려왔다.

미라벨은 방금 전 소식을 가져온 하녀가 아니면, 당연히 여기로 모시라고 한 일행의 책임자라고 생각했다.

"네, 들어오세요."

그러자 문이 열리며 곧 누군가가 미라벨의 방 안으로 들어왔다.

미라벨도 막 하고 있던 작업을 멈추고 손에 들고 있던 펜을 내려놓으려던 찰나였다. 상대가 누구인지 확인하기도 전에 그리운 목소리가 먼저 귓가에 들려왔다.

"오랜만입니다."

쿵, 거짓말처럼 미라벨의 심장이 떨어졌다.

옆에서 누가 말해 주지 않아도 이 목소리의 주인이 누구인지 심장이 먼저 알아봤다.

미라벨이 믿기지 않는다는 표정으로 천천히 고개를 돌려 그 목소리가 들린 곳을 쳐다봤다. 그러자 그곳엔 자신의 방과 어울리지 않는 이질적인 남자 한 명이 우두커니 서서 그녀를 지켜보고 있었다.

그의 독특한 블루블랙의 머리카락과 새하얀 피부가 한눈에 들어왔다.

쿵쿵쿵, 미라벨이 심장이 방금 전보다 더 세차게 뛰기

시작했다. 그녀도 모르는 사이 방금 전까지 손에 쥐고 있던 펜은 이미 바닥에 굴러떨어져 있었다.

미라벨이 힘겹게 입을 열었다.

"……쿤?"

"그동안 평안하셨습니까?"

너무나도 아무렇지 않게 물어오는 쿤의 인사말에 미라벨은 순간 이게 꿈은 아닌지 의심이 들 정도였다.

마치 3년이라는 시간 동안 단 한 번도 꾸지 못한 꿈을 이제야 꾸는 것 같았다. 쿤이 자신에게 찾아오는…… 그런 행복한 내용의 꿈을 말이다.

미라벨이 아무런 말도 못 한 채 딱딱하게 굳어 있자, 쿤이 그녀가 있는 책상을 향해 성큼성큼 걸어오기 시작했다.

쿵쿵쿵쿵쿵쿵, 그 모습에 미라벨의 심장이 미친 듯이 요동쳤다.

쿤을 보지 않은 3년이란 시간 동안 그래도 조금은 그가 자신의 마음속에서 잊히지 않았을까 생각했었다.

하지만 쿤의 얼굴을 보는 순간, 미라벨을 깨달을 수 있었다. 그 기나긴 시간이 무색할 정도로 자신의 마음은 그때와 조금도 변하지 않았음을.

미라벨을 향해 다가오던 쿤이 마침내 그녀가 손을 뻗으면 닿을 정도로 가까운 거리에 다다랐을 때였다.

그 모습을 넋을 잃은 표정으로 바라보던 미라벨이 순간 자신의 허벅지를 온 힘을 다해 세게 꼬집었다. 그리고 곧 이어 느껴지는 아픔에 얼굴을 찡그리며 신음을 흘렸다.

"으윽!"

갑작스러운 그녀의 행동에 쿤이 영문을 모르겠다는 표정으로 물었다.

"괜찮으십니까?"

"아, 네! 괘, 괜찮아요."

그제야 미라벨은 뒤늦게 자신이 무슨 짓을 한 것인지 깨달았다. 뜬금없이 허벅지를 꼬집으며 자해를 하다니 쿤의 입장에선 정신 나간 여자처럼 보였을지도 모르는 일이었다.

어쩌면 이 역사적인 순간을 자신의 손으로 망쳐 버린 걸지도 모르겠다는 생각이 들었다. 하지만 어쩔 수 없었다. 이런 상황이 너무나도 현실 같지 않았으니까.

자신의 방에 있는 쿤이라니…… 금방이라도 사라져 버릴 환상 같아서 미라벨은 확인을 하지 않을 수가 없었다.

문제는 막상 이것이 현실이라는 걸 깨닫자, 방금 한 행동이 너무 창피해서 당장 이 자리에서 사라지고 싶을 지경이란 것이다.

'어쩌지? 날 이상한 여자라고 생각하진 않았을까? 무슨 표정을 지어야 할지 모르겠어.'

하지만 차마 사실대로 말할 수는 없었다. 쿤에 대한 꿈을 너무 많이 꿔서 이게 현실 같이 느껴지지 않았다고 말이다.

미라벨의 얼굴이 창피함으로 붉게 달아올랐다. 순식간에 목까지 시뻘게진 얼굴로 그녀는 작게 헛기침을 하며 아무렇지 않은 척 말을 이어 나갔다.

"여기까진…… 어쩐 일이에요?"

그저 인사치레처럼 물어본 질문이었다. 사실 진짜로 묻고 싶은 말은 따로 있었다.

내가 보고 싶어서 온 거죠?

이제 드디어 내 손을 잡을 용기가 난 건가요?

이미 그녀의 머릿속은 온통 자신의 기다림을 끝내기 위해 쿤이 이곳에 왔을 거라는 기대로 가득 찼다. 정말로 쿤이 그렇게만 대답해 준다면 미라벨은 이 자리에서 죽어도 여한이 없을 것 같았다.

그녀의 질문에 드디어 쿤의 얇은 입술이 움직였다.

"제가 프리그랑 왕국에 업무차 들리게 되면서, 황후 폐하께서 아가씨께 보내는 물품들을 전달받게 되었습니다. 이것은 황후 폐하가 전해 달라고 하신 편지입니다."

미라벨은 곧이어 쿤이 사무적으로 꺼내 든 새하얀 편지 봉투를 잠시 쳐다보다가, 이내 아무런 말 없이 받아들었다.

머리에 찬물을 끼얹은 느낌이었다. 저도 모르게 부풀었던 기대가 한순간에 차갑게 식었다.

미라벨의 생각과 현실은 완전히 달랐다. 쿤은 그녀를 보러 자발적으로 온 것이 아니라 그저 명령 때문에 들른 것이었다.

결코 그의 목적에 미라벨을 보고 싶다는 마음은 없는 것이다.

미라벨은 조금 전 이 방으로 짐을 운반한 책임자를 불렀고, 그 책임자가 지금 눈앞에 있는 쿤이었던 것뿐이다.

그저…… 그뿐이다.

잠시 딱딱하게 굳어 있던 미라벨이 최대한 씁쓸한 표정을 감추며 태연하게 말했다.

"그렇군요. 아, 늦었지만 축하해요."

"……?"

"남작이 되었다고 들었어요. 그동안 만날 기회가 없어서 전하지 못했는데, 이제야 축하 인사를 드리네요."

"감사합니다."

미라벨은 이미 오래전 쿤이 남작이 됐다는 소식을 들었다. 낮은 작위였지만 그래도 그가 귀족이 되었다는 사실은 변함없었다.

그래서 혹시나, 하고 기대를 한 적도 있었다. 신분의 차이 때문에 자신을 밀어낸 거라면, 그렇다면 자신에게 올지도 모른다고 말이다.

하지만 그 후로 꽤 오랜 시간이 흘렀다.

그때 당시 쿤은 신분의 차이를 핑계로 미라벨을 거절했지만, 그게 전부가 아닐지도 모른다는 걸 나중에서야 깨달았다.

미라벨이 쿤을 좋아하는데 이유가 없듯이, 그 또한 그녀가 아니라는 것에 이유가 없을 수도 있었다. 어렸던 그녀가 최대한 상처받지 않게 고백을 거절하는 방법은 다양했으니까.

그런 생각을 하면서도 미라벨은 아무렇지 않은 척 웃었다. 이제는 속마음을 다 밖으로 꺼내 보이는 어린 소녀가 아니었으니까.

"참 해마다 짐을 운반해 주신 분들께 손님방을 내드렸어요. 쿤도 루퍼드 제국으로 돌아가기 전까지 잠시 이곳에 머물러도 좋아요. 혹시 여기가 불편하다면 하녀를 통해 다른 숙소를 알아봐 드리고요."

"아닙니다. 어차피 내일 바로 루퍼드 제국으로 돌아가야 하니, 오늘 하룻밤만 신세를 지도록 하겠습니다."

"그래요. 필요한 것이 있으면 하녀에게 말씀하시고요."

"네. 그럼 이만."

쿤은 늘 그랬던 것처럼 절도 있는 동작으로 미라벨에게 인사를 하곤 이곳을 걸어 나갔다.

그가 몸을 돌리면서 힐끔 책상 위에 놓인 디자인들을 쳐다본 것 같았지만, 미라벨은 이내 자신의 착각이라고 여겼다. 그가 자신에게 관심을 가지고 있을 리 없었으니까.

제정신이라면 이런 상황에서 그런 망상을 할 수는 없었다.

끼이익, 달칵!

그렇게 방문이 완전히 닫히는 소리가 들리자마자, 미라벨은 온몸에 힘을 잃고 의자에 쓰러졌다.

아주 짧은 만남이었지만 미라벨은 그사이에 많은 걸 깨달았다. 쿤은 정말로 자신에게 일말의 감정도 없다는 것과 그렇기에 이 기다림은 끝날 가망성이 없다는 사실 말이다.

그게 무척이나 가슴 아팠지만……

'그래도…… 얼굴을 봐서 좋았어.'

아무런 희망도 없다는 걸 알면서도, 3년 만에 처음 본 그의 얼굴이 좋았다.

쿤에 대한 모든 마지막 문장이 그렇게 끝났다. 그래도 좋았어, 라고.

이 사랑에 해피엔딩은 없겠지만 그래도 좋았다.

혼자서만 하는 짝사랑이었지만 그럼에도 미치도록 좋았다.

'……다행이야.'

이 미련 가득한 자신의 마음을 들키지 않아서 진심으로 다행이었다. 그래서 쿤을 하룻밤은 더 볼 수 있게 되었으니까.

쿤이 간다고 하면 무엇으로도 붙잡을 수 없었겠지만, 이렇게 잠시라도 머물러준다고 하니 그것만으로도 좋았다.

이 하룻밤 뒤에 기나긴 고통이 따르더라도……

그 사실만으로도 설레는 마음을 멈출 수는 없었다.

* * *

그날 밤, 쿤과 미라벨은 자연스럽게 같이 저녁 식사를 하게 되었다. 이제 귀족이 된 쿤에게 일꾼들과 함께 식사를 하게 하는 건 예의에 맞지 않기 때문이다.

미라벨은 언제나 혼자 앉아 있던 식당의 맞은편에 자리한 쿤의 모습을 저도 모르게 빤히 쳐다보았다.

한 번도 상상하지 못했던 광경이었다. 설마 이 저택에서 쿤과 함께 식사를 하게 될 줄은 정말 꿈에도 몰랐다.

예전에도 한 번 이런 적이 있었다. 쿤이 블레이즈 저택의 하인으로 있던 시기에 미라벨이 억지로 그를 불러서 닭으로 만든 보양식을 대접했었다.

당시에 쿤은 이렇게 말했었다.

—아가씨, 하인과 겸상을 하는 건 좋지 않습니다.

나중에야 그때 그가 얼마나 불편했는지 이해하고, 다시는 그를 억지로 식사 자리에 부르지 않겠다고 다짐했다. 그런데 이렇게 생각지도 못한 날이 찾아온 것이다.

미라벨은 그때처럼 뚫어지게 쳐다보면 쿤이 싫어할 수도 있다고 여겼기에 일부러 시선을 내리고 아무렇지 않은 척 평범하게 식사를 시작했다.

그렇게 간간이 식기가 부딪치는 소리만 들릴 정도로 적막할 때였다.

쿤이 먼저 말을 꺼냈다.

"왠지 닭 요리가 나올 거라고 생각했는데, 제 예상이 틀렸군요."

"아, 원하는 요리가 있으면 말씀하세요."

"아닙니다. 예전에 아가씨가 주셨던 게 생각나서 그랬나 봅니다."

그 말에 미라벨은 처음으로 쿤이 그때의 기억을 잊지 않고 있다는 걸 깨달았다.

하지만 착각은 하지 않았다. 곤란했던 일이라 더욱 기억에 남을 수도 있는 법이니까.

"그럼 그때의 추억도 살릴 겸 내일 식사에 닭 요리를 올리라고 할게요. 어차피 오랜만에 온 손님이라 주방장이 무엇을 만들까 고민하고 있을 거예요."

미라벨이 부드러운 미소와 함께 식탁 위에 놓여 있는

종을 울렸다. 그러자 바깥에서 대기하고 있던 하녀가 곧바로 안으로 들어오며 말했다.

"네, 아가씨."

"내일은 닭으로 만든 보양식을 준비해 달라고 주방장에게 전해 줘."

"닭이요? 아가씨는 닭 요리를 드시지 않으시잖아요."

하녀의 말에 쿤이 의아한 시선으로 미라벨을 쳐다보았다. 과거에 그녀가 좋아하는 음식 중 하나가 닭으로 만든 보양식이라고 했던 말까지 기억하고 있는 모양이다.

미라벨이 애써 아무렇지 않은 표정으로 대답했다.

"내 건 말고, 남작님 것만."

"아! 알겠습니다. 아가씨."

하녀가 이해했다는 듯 서둘러 공손히 인사하며 다시 바깥으로 나갔다.

그렇게 식당에 단둘만 남게 되자 쿤이 의문스러운 표정으로 물었다.

"이제는 닭 요리를 드시지 않으십니까?"

"네. 나이가 조금 들었다고 그새 입맛이 변했나 봐요. 신경 쓰실만한 일은 아니에요. 예전처럼 쿤이 맛있게 먹어 준다면 저도 기쁠 것 같네요. 그때…… 제가 곤란하게 만들었던 것도 사과하는 의미로요."

어렸던 미라벨은 확실히 세상을 순수하게 바라봤었다.

그래서 하인이었던 쿤을 다방면으로 신경 써 주지 못했다. 지금 다시 생각해 봐도 하인으로 위장한 쿤에겐 자신과의 식사가 꽤나 곤란했을 것이다.

쿤이 나지막이 말했다.

"괜찮습니다. 이미 지나간 일인걸요."

그 대답에 미라벨은 그저 옅은 웃음으로 화답할 뿐이었다. 자신은 아직도 그때의 추억 때문에 닭을 먹지 못한다는 말을 할 수는 없었으니까.

저녁 식사를 끝마친 쿤과 미라벨은 각자의 방으로 향했다. 하지만 공교롭게도 두 사람이 가는 방향이 같았기에 그들은 조금의 거리를 두고 나란히 걷고 있는 중이었다. 그리고 미라벨은…… 이 자그만 우연에 진심으로 감사했다.

저벅저벅, 둘의 발소리가 함께 울렸다.

미라벨은 그 소리에 귀를 기울이며 조금 더 천천히, 발걸음을 늦췄다. 지금은 그저 이 복도가 조금 더 길었으면 좋겠다고 바랄 뿐이었다.

그때였다.

툭, 툭, 툭.

창문에 무언가가 부딪히는 소리가 들려서 무심코 창가 쪽으로 고개를 돌렸다. 그러자 복도의 창밖으로 흰 눈이 떨어지는 모습이 보였다.

우연히 첫눈이 내리는 장면을 목격한 미라벨이 저도 모르게 중얼거렸다.

"……눈이네요."

그 말에 옆에서 걸어가던 쿤도 잠시 걸음을 멈추고 창밖을 쳐다봤다. 어두운 밤하늘에서 꽃잎처럼 나풀거리며 떨어지는 눈을 보고 그가 대답했다.

"그러게요. 눈이군요."

어딘가 삭막하게 느껴지는 그의 대답에 미라벨은 저도 모르게 웃고 말았다. 왠지 그답다는 생각이 들었기 때문이다.

예전에 쿤은 함께 피크닉을 갔을 때도 그랬다. 이런 자연 풍경에 별다른 감흥을 보이지 않았었다.

하지만 미라벨은 그에게 조금 더 보여 주고 싶다는 욕심이 있었다. 자연이 만들어 내는 광경이 사람의 마음을 편안하게 해 준다고 믿었으니까.

무미건조한 쿤이 조금이라도 마음 편히 휴식을 취하기를 바라는 미라벨 나름의 애정 표현이었던 것이다.

물론 지금도 그를 위하는 마음은 변함없었다.

"이제 정말 겨울이 오려나 봐요. 날씨가 많이 추워졌네요."

미라벨이 으슬으슬한 어깨를 움츠리며 다시 앞으로 한 발자국 걸음을 옮길 때였다.

일정한 간격을 두고 걷고 있던 쿤이 말없이 입고 있던 외투를 벗어 미라벨의 가냘픈 어깨 위로 걸쳐 주었다.

스윽, 갑자기 느껴지는 온기에 미라벨은 저도 모르게 움직임을 멈췄다. 따뜻했다. 그 따스함이 몸뿐만 아니라 마음속 깊이 스며들 정도로…….

미라벨이 가까이 다가온 쿤을 물끄러미 올려다보자, 그가 특유의 감정 없는 목소리로 대답했다.

"감기 걸릴 수 있으니 조심하세요."

왜일까. 미라벨은 그 순간 눈물이 나올 것 같았다.

새삼스럽지만 다시 한 번 깨달을 수밖에 없었다. 쿤은 이렇게나 별거 아닌 순간까지 특별하게 만들 수 있는 남자라는 걸.

그의 별다른 의미 없는 친절에 미라벨은 세상을 다 가진 것처럼 행복해졌다. 이 순간이 너무나도 기쁘고, 또 한편으론 너무나도 서글퍼져서……

미라벨이 울 것 같이 찡그린 표정으로 웃었다.

"……고마워요."

그녀의 복잡한 표정에 순간 쿤의 잿빛 눈동자에도 묘한 감정이 일렁거렸다.

그 의미를 알 수 없는 시선에 미라벨은 의아한 마음이 들었지만, 이내 그가 다시 걸음을 옮기는 바람에 물어볼 기회를 놓쳤다.

그렇게 두 사람은 다시 말없이 걸었다.

평상시와 조금 다른 분위기에 휩싸인 두 사람이 마침내 쿤이 머물기로 한 손님방 앞에 다다랐을 때였다.

거기에는 험상궂게 생긴 남자가 조급한 표정으로 쿤을 기다리고 있는 듯한 모습이 보였다. 그가 쿤을 발견하고 재빨리 다가오며 입을 열었다.

"오셨습니까?"

갑작스러운 그의 등장에 쿤이 힐끔 미라벨의 눈치를 살피며 대답했다.

"무슨 일이지?"

"내일 떠나려던 일정을 조금 앞당겨야 할 것 같습니다. 갑자기 루퍼드 제국에서 급한 소식이 왔습니다."

남자는 그 말과 동시에 가지고 있던 종이를 쿤에게 내밀었다.

쿤은 말없이 종이에 적힌 내용들을 살펴보며 가볍게 고개를 끄덕였다.

"알겠다. 모두에게 짐 챙기라고 전해."

"……!"

생각지 못한 쿤의 결정에 미라벨의 눈동자가 크게 떠졌다.

최소한 하룻밤은 같이 있을 수 있다고 생각했다. 내일은 그가 닭 요리를 먹는 모습을 볼 수 있을 거라고, 다른 방이지만 오늘은 한 저택에서 잠들 수 있다고 그렇게 여겼다.

그런데 그 욕심이 산산조각 난 것이다.

미라벨이 허망한 표정으로 입을 열었다.

"설마 바로 떠나셔야 하는 건가요?"

"네. 최대한 빨리 돌아가 보는 게 좋을 것 같아서 지금 당장 출발해야겠습니다."

"아……."

그사이 쿤에게 명령을 받은 험상궂은 남자는 이미 사람들에게 짐을 챙기라는 말을 전하기 위해 사라진 상태였다.

쿤이 본인이 머물기로 한 손님방의 문을 열자, 그 안에는 아직 짐조차 풀지 않은 그의 가방이 보였다. 그에겐 다른 이들처럼 짐을 꾸릴 약간의 시간조차 필요 없는 것이다.

쿤은 곧장 자신의 짐 가방을 들고 나오며, 멍한 표정으로 문 앞에 서 있는 미라벨을 향해 나지막이 말했다.

"제가 아가씨의 방까지 모셔다드리겠습니다."

지금 미라벨의 입 안에서는 많은 말들이 맴돌았다. 마음 같아선 조금이라도 더 그를 보고 싶었다. 할 수만 있다면 아주 잠시라도 그를 이곳에 붙잡아 놓고 싶었다.

하지만 결국 미라벨의 입 밖으로 나온 말은 짧디짧은 한마디였다.

"……네."

그렇게 미라벨이 영원히 끝나지 않았으면 좋겠다고 바란 길이 끝나 버렸다. 식당에서 쿤의 방으로 갔던 거리, 또 거기서 미라벨의 방까지 가는 거리를 모두 합쳐 봐도 무척이나 짧았다.

정말이지 너무 짧아서 화가 날 지경이었다.

미라벨의 방문 앞에 도착하자 쿤이 정중하게 인사를 건넸다.

"오늘 여러 가지로 감사했습니다. 늘 지금처럼 건강하시기를 바랍니다."

"네. 쿤도…… 항상 몸조심하세요."

"그럼 좋은 꿈 꾸십시오, 아가씨."

미라벨은 아직 그와 어떠한 말로 작별 인사를 하면 좋을지 마음을 정하지 못한 상태였다. 갑자기 들이닥친 이별에 그녀가 어쩔 줄 몰라 하는 사이, 쿤은 이미 냉철하게 몸을 돌리고 미라벨에게서 멀어져 갔다.

그 차가운 뒷모습을 보면서 미라벨은 왈칵 눈물이 쏟아질 것 같아서 서둘러 입을 틀어막았다.

'우리 언제 또 볼 수 있어요?'

사실은 말하고 싶었다.

'제가 기다린다고 했던 말을 잊어버린 건 아니죠? 제가 당신한테 한 고백을 없었던 일로 만든 건 아니죠?'

아직도 쿤을 사랑하고 있다고, 지금도 여전히 쿤을 기다리고 있다고 말이다.

너무나도 많은 말들이 입 안을 맴돌았는데, 결국 제대로 된 말은 단 한마디도 꺼내지 못했다. 혹시라도 그에게 짐이 될까 봐서…….

예전처럼 자신도 모르는 사이에 그의 앞길을 방해하게 될까 봐 차마 그를 붙잡을 수조차 없었다. 그가 어떤 일 때문에 돌아가는지도 모르면서 막무가내로 고집을 피운다면 과거의 자신과 조금도 달라진 게 없는 셈이었으니까.

쿤에게 사랑받는 여자는 못 되더라도 최소한 민폐만큼은 끼치고 싶지 않았다.

그렇지만…… 그를 보고 싶은 마음을 억누를 수는 없었다.

"……흑."

결국 참지 못한 울음이 터져 나왔다. 미라벨은 쿤의 뒷모습이 완전히 사라지고 난 뒤에야 차가운 바닥에 주저앉아서 마음껏 소리 내어 울 수 있었다.

예나 지금이나 가슴이 무너져 내리는 감각은 똑같았다. 세월이 이만큼이나 흘렀는데도 정말이지 조금도 변함없이 아파서 억울할 정도였다.

"으흑, 정말 나빠아."

누구를 향한 원망인지도 모를 말을 쏟아 내며, 하염없이 흐르는 눈물을 차마 닦아 낼 생각도 하지 못하고 있을 때였다.

스윽, 흐릿한 시야로 누군가의 손수건이 보였다.

미라벨이 무의식적으로 고개를 들어 보니, 누군가가 자신의 앞으로 단정한 손수건을 내민 모습이 눈에 들어왔다.

그리고 그 상대가 누구인지 확인하는 순간, 미라벨은 방금 전까지 자신이 엉엉 울고 있었다는 사실조차 까맣게 잊어버릴 정도로 놀랐다.

짙은 블루블랙 머리에 새하얀 피부를 지닌 남자.

눈앞에 있는 남자는 방금 전 자신을 두고 돌아선 쿤이었다.

분명 시야에서 완전히 사라지는 모습까지 확인을 했는데, 미라벨은 이게 어떻게 된 영문인지 이해할 수 없었다.

"하나만 묻겠습니다."

쿤이 그답지 않게 감정이 복잡하리만치 뒤엉켜 있는 시선으로 그녀를 바라보며 말을 이었다.

"저 때문에 우시는 겁니까?"

놀라서 커다랗게 뜨여진 미라벨의 눈동자에서 마지막으로 눈물 한 방울이 툭 떨어졌다.

뭐, 뭐지?

이게 어떻게 된 일인지 미라벨은 도무지 알 수가 없었다.

"여긴 어떻게……."

미라벨의 의아한 질문에도 쿤은 다시 한 번 똑같은 말을 반복할 뿐이었다.

"대답해 보십시오. 저 때문에 울고 있는 거냐고 물었습니다."

당연히 쿤 때문이었다.

그가 떠나가는 게 너무 슬퍼서 울었다.

하지만 미라벨은 차마 솔직하게 대답할 수 없었다. 그녀의 감정이 이만큼이나 지독한 건 줄 안다면, 쿤이 자신에게 질려 할 수도 있을 거라고 생각했다.

그렇게 되면 쿤은 지금보다 더 미라벨에게서 멀어지려 할지도 몰랐다. 그래서 미라벨은 서둘러 고개를 절레절레 흔들며 부정했다.

"아, 아니에요. 제가 쿤 때문에 울 일이 뭐가 있겠어요. 이건 그냥 눈에 먼지가 들어가서……."

"방금 나쁘다고 욕도 하시던데요."

"머, 먼지한테 한 말이었어요."

"저보고 그 말을 믿으라는 겁니까?"

"정말이에요. 그러니까 쿤은 신경 쓰지 않아도 괜찮아요."

미라벨 스스로도 말도 안 되는 핑계를 대고 있다고 생각했지만 그래도 여기서 물러설 수는 없었다. 쿤에게 자신이 가지고 있는 미련을 들키면, 정말로 그를 다시는 볼 수 없을지도 모른다고 겁이 났으니까.

슬퍼도 좋았다. 무엇도 그를 다시 볼 수 없게 되는 것보다 아픈 건 없었으니까.

가슴이 천 갈래, 만 갈래 찢어지더라도…… 그를 보고 싶었다.

가만히 미라벨을 내려다보던 쿤이 나지막이 한숨을 내쉬었다.

"후—"

그리곤 조금 전에 내민 손수건으로 그가 직접 미라벨의 볼을 타고 흐르는 눈물을 닦아 주었다.

그런 쿤의 손길이 마치 위로하는 것처럼 느껴져서 미라벨은 다시금 눈물이 차올랐지만, 이내 어금니를 꽉 깨물며 뜨거운 울음을 삼켰다. 무슨 일이 있어도 이 자리에서 다시 눈물을 보일 순 없었다.

피가 배어 나올 정도로 꽉 다물린 미라벨의 입술을 바라보며 쿤이 나지막한 목소리로 말했다.

"예전에는 조금 더 솔직하셨던 것 같은데, 언제부터 이렇게 감정을 감추게 되신 겁니까?"

"그런 거 아니에요."

"알겠습니다. 아가씨가 대답하기 싫으시다면 속아 드리겠습니다."

그 말은 마치 지금보다 과거의 미라벨이 더 나았다는 것처럼 들렸다.

그래서일까. 미라벨은 갑자기 억울한 마음이 물밀 듯 밀려왔다. 어차피 마음 한 자락 주지 않을 거면서, 비겁하게 자신의 속마음만 알아내려고 하는 그가 조금은 야속하게 느껴졌다.

"제가 만약…… 쿤 때문에 울었다고 대답하면요. 그럼 쿤은 저한테 뭐라고 말해 주실 생각이었나요?"

미라벨의 단도직입적인 질문에 그녀의 눈물을 닦아 주던 쿤의 손길이 멈췄다. 그 모습이 마치 미라벨의 눈에는 곤란해하는 것처럼 보여서 그녀는 흐릿하게 웃으며 재차 말을 이어나갔다.

"거봐요. 그러니까 애초에 곤란할 만한 질문은 하지 말아요."

그렇게 미라벨이 혼자서 결론을 지어 버리자, 쿤이 잿빛 눈동자로 그녀를 물끄러미 바라보며 입을 열었다.

"아가씨는…… 지금 뭔가 착각을 하시는 것 같습니다."

"걱정하지 말아요. 쿤이 저를 좋아하고 있다는 생각은 하고 있지 않으니까요."

"그러니 그게, 문제라는 겁니다."

"……?"

미라벨이 의아한 표정으로 쿤을 쳐다봤다. 도무지 이해가 되지 않는 말이었다. 그래서 그 말뜻을 잠시 되짚어 보았는데…….

생각이 깊어질수록 미라벨의 눈동자가 마구 흔들리기 시작했다.

무언가 이상했다. 그 말은 마치 미라벨에게 마음이 있다는 소리처럼 들렸으니까.

하지만 그럴 리가 없었다. 쿤은 그녀와 헤어지고 단 한 번도 먼저 연락을 하거나 그녀를 보기 위해 찾아온 적이 없었다.

오랜만에 만나게 된 오늘 역시도 그는 냉정하기만 할 뿐이었다.

'아니, 잠깐만…….'

그러고 보니 그가 차갑기만 했었나?

저녁 식사 중에는 먼저 과거의 추억이 담긴 요리를 언급하기도 했었고, 그녀가 추워하는 것처럼 보이자 조금의 망설임도 없이 자신이 입고 있던 겉옷을 벗어 주었다.

더구나 지금도……

미라벨을 위해 다시 돌아온 상태였다.

생각이 거기까지 미치자 미라벨의 미간이 와락 찌푸려졌다. 예상치 못한 그녀의 반응에 쿤이 영문을 모르겠다는 표정으로 물었다.

"그런 표정을 지으시면 제가 어떻게 해석해야 하는 합니까?"

"쿤이 날 좋아할 리가 없잖아요. 나를 더 이상…… 착각하게 하지 말아요. 희망 고문이 얼마나 힘든 건지 알아요?"

미라벨은 정말로 억울해서 그에게 쏘아붙인 것이었다. 하지만 그 말을 들은 쿤의 얼굴에 처음으로 옅은 웃음이 맺혔다.

남들에겐 아주 작은 미소일지라도 그게 쿤이라고 하면 달랐다. 언제나 무표정한 그가 웃는다는 건 쉽게 볼 수 있는 일이 아니었으니까. 더구나 그를 사랑하는 미라벨에겐 더더욱 특별한 일이었다.

"쿤……?"

미라벨이 놀란 표정으로 쿤의 입가에 지어진 미소를 뚫어지게 쳐다보고 있을 때였다.

"헤어진 지 얼마나 됐다고 벌써 이렇게나 자라신 겁니까? 이젠 정말 성숙한 아가씨 같으셔서 볼 때마다 놀라고 있습니다."

"그게 무슨……."

미라벨은 자기 생각과 전혀 다른 방향으로 흘러가는 상황에 결국 할 말을 잃고 말았다. 아니, 무슨 말을 해야 할지 모르겠다고 하는 게 더 정확한 표현이었다.

생각해 보면 자신에게 쿤은 예전 그대로였지만, 그의 입장에서 보기에 미라벨은 놀라울 정도로 많이 변한 상태일지도 몰랐다. 과거에는 미숙한 소녀였다면, 지금은 누가 봐도 성숙한 아가씨가 되었으니까.

미라벨이 떨리는 목소리로 간신히 말을 이었다.

"자꾸 이러면…… 저 정말로 착각할지도 몰라요."

"아직도 모르시겠습니까? 제가 왜 여기까지 왔다고 생각하시는 겁니까?"

"그건 업무차 방문했다고……."

"그랬죠. 프리그랑 왕국으로 가야 할 일이 있다기에 제가 자진해서 임무를 맡겠다고 지원했습니다. 그리고 황후 폐하가 보내시는 물품들도 넘겨받았죠."

"설마……."

"네. 이 모든 게 우연일 리가 없지 않습니까."

그의 고백과도 같은 말에 미라벨의 눈동자가 크게 뜨여졌다. 너무 자신이 좋은 쪽으로 해석을 하는 게 아닌지 의심스러울 정도로 의미심장한 말이었다.

아무리 생각해 봐도 정답은 하나뿐이었으니까.

"그 말은 쿤이 절 보고 싶어서 여기까지 온 거라고 받아들여도 되나요?"

"그게 사실입니다. 저는 아가씨가 보고 싶어서 이곳까지 왔으니까요."

"……!"

미라벨이 놀라서 벌어진 입가를 두 손으로 가렸다.

금방이라도 눈물을 쏟아 낼 것 같은 그녀를 바라보며 쿤이 나지막한 목소리로 말을 이었다.

"다시 울리려고 한 말은 아닌데……."

하지만 지금 미라벨의 귀에는 아무런 말도 들리지 않았다. 지금껏 자신의 사랑은 절대로 보답받지 못할 거라고 생각했다. 결코 해피엔딩은 찾아오지 않을 거라고, 그렇게 여겼다.

그런데…… 아니었다.

미라벨이 커다란 눈망울을 깜빡이자 눈물이 후드득 떨어졌다. 하지만 조금 전처럼 슬픔의 눈물이 아니었다. 이건 너무 기뻐서 흐르는 눈물이었다.

"왜 처음부터 솔직하게 말하지 않았어요?"

"아가씨가 절 기다리지 않으실 수도 있으니까요."

"그럼 제가 마음을 정리한 상태라면 포기하려고 했단 말이에요?"

"네. 가능하다면 그게 아가씨가 더 행복해지는 길이라고 생각했습니다."

"그런 게 어디 있어요. 제가…… 쿤 없이 행복할 리 없잖아요."

쿤과 헤어진 지 3년이란 시간 동안 미라벨은 많은 것을 깨우쳤다. 사랑이 끝났다고 해서 사람은 죽지 않는다. 하지만 말 그대로 죽지만 않을 뿐이었다. 그저 숨만 쉴 뿐, 살아도 사는 것 같지 않던 시간이었다.

그를 만난 이후부터 세상에서 가장 원하는 것이 무엇이냐는 질문에, 미라벨은 언제나 망설임 없이 대답할 수 있었다.

바로 쿤이었다.

미라벨이 세상에서 가장 간절히 원하는 단 한 사람은 언제나 쿤이었다.

그리고 지금, 그 간절한 바람이 이루어졌다. 자신에겐 죽을 때까지 절대로 찾아오지 않을 거라고 생각한 행복이었다.

미라벨이 하염없이 눈물을 흘리며 말했다.

"이거…… 꿈 아니죠?"

쿤은 흘러내리는 미라벨의 눈물을 묵묵히 닦아주며 대답했다.

"아닙니다. 꿈같은 거."

"이게 꿈이라고 하면 나 너무 억울할 거 같아요. 내일 아침에 눈을 떴는데 이 모든 게 다 환상이었다고 하면, 나 정말로 신을 원망할 것 같아."

"그런 일 없을 테니 걱정하지 마세요."

그 대답을 듣자마자 미라벨은 곧바로 상체를 일으켜서

바로 앞에 앉아 있는 쿤을 있는 힘껏 끌어안았다.

갑자기 달려든 그녀로 인해 쿤은 뒤로 밀려나며 바닥에 주저앉았다. 하지만 그렇다고 해서 자신의 품 안을 파고든 미라벨을 밀어내는 일은 없었다.

그저 어찌할 바를 모른 채 허공을 방황하던 쿤의 손이 이내 미라벨의 어깨 위로 살포시 내려앉았다.

그 미약한 감촉에 미라벨은 조금 전보다 더 크게 엉엉 울고 말았다.

말로 표현할 수 없을 정도로……

행복한 순간이었다.

* * *

3년 전, 쿤은 예기치 못하게 남작이란 귀족 작위를 받았다. 노예 출신이었던 그의 태생을 생각하면 엄청난 신분 상승이었다.

대외적으로는 황후인 이레나를 구한 일과 지금까지의 공로를 치하하는 상이었지만, 쿤은 단번에 이것이 칼라일과 이레나의 배려라는 걸 깨달았다. 자신이 미라벨에게 갈 수 있는 발판을 마련해 준 것이다.

'……아가씨.'

그리고 욕망이란 놈은 그만큼 충실했다.

귀족이 되자마자 그동안 억눌러 놓았던 감정이 터져 나왔다.

이제는 자신도 미라벨의 옆자리에 당당하게 설 수 있는 게 아닐까?

더 이상은 진심을 감출 필요가 없지 않나?

지금까지 가슴속 깊은 곳에 감춰 두었던 욕심이 순식간에 몸집을 키우며 비대해졌다.

쿤은 당장이라도 미라벨이 있는 프리그랑 왕국으로 달려가서 자신의 마음을 솔직하게 전할 생각이었다. 사실은 자신 역시도 그녀를 좋아하고 있었다고.

언젠가부터 그녀가 눈에 들어오기 시작했고, 머릿속에서 잊히지 않았다고. 그저 똑바로 손을 마주 잡기가 겁이 났을 뿐이라고 말이다.

하지만 쿤의 그런 허황된 생각은 오래가지 않았다. 어느 날 우연히 귀족 남성들이 나누는 대화를 듣게 되었기 때문이다.

—그 얘기 들었어? 블레이즈가에 아직 시집을 가지 않은 아가씨가 한 명 있대.

—정말? 황후 폐하와 자매라니 엄청난 배경이네.

—그렇지. 듣기론 그냥 자매도 아니고 황후 폐하가 엄청 아끼는 여동생이래. 황제 폐하와 연이 닿을 수 있는 자리니 많은

귀족들이 노리고 있다더라.

—예전이면 몰라도 지금 블레이즈 가문이라면 위세가 대단하니, 어지간한 가문은 그 아가씨한테 이름도 못 내밀겠네.

—당연하지. 지금 그 집 아가씨와 결혼하고 싶어서 줄을 선 귀족들이 어마어마하다고.

—젠장, 나도 그 대열에 합류해 봐?

—네 주제에? 하하하, 꿈 깨라.

귀족 남성들이 우스갯소리처럼 나눈 대화였지만, 그것은 쿤이 미처 생각하지 못한 많은 것들을 깨닫게 했다.

미라벨은 평범한 가문의 귀족 아가씨가 아니었다. 황제가 된 칼라일의 하나뿐인 처제이자, 황후인 이레나가 가장 아끼는 여동생이었다.

그뿐인가. 이제는 명문가가 된 블레이즈 가문에서 금지옥엽처럼 자란 귀하디귀한 아가씨였다.

'내가 청혼한다면 블레이즈 가문에선 과연 받아들여 줄까?'

미라벨은 예전에 그랬던 것처럼 쿤만 있다면 아무것도 상관없다고 말할지도 모르겠다. 하지만 쿤은 자신으로 인해 그녀가 많은 것들을 포기하는 걸 바라지 않았다. 그렇기에 과거에도 끝끝내 미라벨의 손을 잡지 않은 것이었다.

'……아무리 발버둥 쳐도 우리 사이의 거리는 좁혀지지 않네요.'

쿤이 아무리 귀족이 되었다고 해도 미라벨은 여전히 쉽게 넘볼 수가 없는 상대였다. 조금은 가까워졌다고 생각했는데 아직도 저 하늘 위에 있는 존재처럼 손에 닿지 않았다.

설령 만에 하나 아주 어렵사리 이루어진다고 해도, 쿤은 미라벨을 귀족 중에 가장 낮은 남작 부인으로밖에 만들어 주지 못하는 남자였다.

하지만……

이상하게 포기가 되지 않았다.

희망이라는 게 참 잔혹해서 한 번 마음에 품었더니, 이제는 그것 없이는 살아갈 수 없게 만들어 버렸다.

쿤에겐 이제 미라벨의 옆자리보다 더 탐나는 것이 없었다. 그러니 결국 남은 방법은 하나밖에 없었다. 자신이 그녀에게 어울리는 남자가 되는 수밖에.

'아가씨는 모르시겠지만…… 저를 참 한계까지 몰아붙이는 재주가 있으십니다.'

미라벨은 처음부터 쿤을 그가 아닌 것처럼 만드는 재주가 있었다. 그녀와 함께 있으면 자꾸만 지금까지의 자신과 다른 삶을 꿈꾸게 되었으니까.

그래서 쿤은 지난 3년 동안 미친 듯이 노력했다. 재물을 모으고, 공적을 세워서, 자신의 작위를 더 높일 수 있게 기반을 다졌다.

미라벨에게 어울리는 남자가 되고 싶었다. 보란 듯이 블레이즈 가문에 그녀를 아내로 달라고 청할 수 있을 정도로.

물론 그게 3년이란 짧은 시간 만에 다 이루어질 리 없었다. 하지만 쿤은 곧 자작으로 올라갈 예정이었고, 더 이상 어둠에 숨어 있는 암살자가 아닌 당당한 기사로서 자리를 잡고 있었다.

그래서 잠깐 미라벨을 보러 온 것이었다. 원래 계획대로라면 쿤은 자신의 감정을 숨긴 채, 그녀가 기다리지 못하고 잊었다면 보내 주려고 했다. 그녀에겐 그게 더 행복한 길이라고 믿었으니까.

하지만 미라벨을 직접 만나게 되자, 쿤은 그동안 자신 있다고 생각한 인내심의 바닥을 본 듯했다.

미라벨이 처음 자신을 보고 반가워할 때.

그녀가 더 이상 닭 요리를 먹지 못한다는 걸 알았을 때.

미라벨에게 자신의 겉옷을 덮어 줄 때, 그래서 그녀가 울 것 같은 표정으로 웃을 때.

이 하루 동안 미라벨과 있었던 모든 순간이 쿤에겐 참을 수 없는 유혹이었다. 앞뒤 재지 않고 그녀와 함께 있고 싶어서 안달이 날 것만 같았다.

그렇게 차마 발걸음이 떨어지지 않던 마지막 순간, 희미하게 들려온 미라벨의 울음소리는 쿤에게 많은 감정을 느끼게 했다.

'아가씨가 그동안 잘 지내신 것 같아서 다행이라고 생각했지만, 한편으론 저를 태연하게 대하시는 모습에 과거의 추억을 많이 잊은 것 같다고 생각했습니다. 그래서 우는 모습을 보고 안심했다고 하면…… 뭐라고 대답하실까요?'

쿤은 희미하게 웃으며 자신에게 안긴 미라벨의 어깨로 고개를 수그렸다. 그러자 꿈에 그리던 미라벨의 향긋한 체향이 느껴졌다.

미라벨에게만 이 순간이 행복한 것은 아니었다.

쿤에게도 미라벨의 존재는 구원이나 다름없었다.

그가 행복에 젖은 표정으로 미라벨을 안은 채, 스르르 눈을 감았다.

* * *

안타깝게도 미라벨과 쿤의 기쁨은 길지 않았다. 서로를 껴안고 있는 두 사람의 귀에 애타게 쿤을 찾는 목소리가 들려왔기 때문이다.

"대장, 어디에 계십니까?"

“저희는 지금 출발할 준비를 모두 끝마쳤습니다.”

점점 더 가까워지는 그들의 부름에 미라벨이 쿤의 품에 안긴 채 고개를 빼꼼 내밀고 그를 올려다보았다.

“……이제 가 봐야 하는 거죠?”

“네. 하지만 급한 일만 마치고 곧 다시 이곳으로 오겠습니다.”

그 꿈같은 대답에 미라벨의 입가에는 절로 행복한 웃음이 걸렸다.

“꼭이에요.”

“약속하겠습니다.”

그렇게 미라벨은 아쉬운 마음으로 쿤을 놓아주었다. 그러자 쿤이 먼저 자리에서 일어나 미라벨을 부축해 주었다.

그때 마침 쿤의 일행들이 두 사람이 있는 곳으로 도착했다.

“아! 대장 저기에 계시네.”

“얼른 오세요. 대장.”

쿤이 막 미라벨을 향해 마지막으로 눈인사를 하며 그들에게로 몸을 돌릴 때였다.

타악, 갑자기 미라벨이 그의 팔목을 붙잡았다. 그리곤 의아한 표정으로 고개를 돌리는 쿤의 턱을 그대로 붙잡고 까치발을 들어서 자신의 입술을 부딪쳤다.

촉, 두 사람의 입술과 입술이 맞닿았다.

쿤이 깜짝 놀란 표정으로 미라벨을 내려다보자, 그녀가 당당한 표정으로 말했다.

"기다릴게요. 쿤이 늦을 거 같으면 이제 제가 직접 갈 거니까 걱정 말아요."

쿤이 미라벨의 탐스러운 입술을 한 번 보곤, 다시 그녀를 똑바로 응시하며 물었다.

"……이런 건 어디서 배우신 겁니까?"

"제가 아직도 어린애인 줄 알아요? 이젠 저도 스무 살이라고요."

그 말에 쿤의 입술에 희미한 미소가 어렸다. 그리곤 그가 자신의 일행들을 향해 고개를 돌리며 나지막이 말했다.

"잠깐만 기다려."

일행들이 뭐라고 대답을 하기도 전이었다.

쿤이 미라벨의 허리를 잡고 그대로 고개를 숙이며 진하게 키스했다. 조금 전 미라벨이 한 단순한 입술끼리의 부딪침이 아닌, 어른들이 나누는 농도 짙은 키스였다.

뜨거운 열기가 느껴지는 쿤의 키스에 미라벨은 일순 휘청 다리의 힘이 풀렸다. 그가 그런 그녀를 양손으로 단단하게 받쳐 주며 곧이어 아쉽다는 듯 입술을 떼었다. 그리곤 나지막한 목소리로 속삭였다.

"이 정도는 되어야 작별의 키스라고 할 수 있죠."

미라벨이 넋이 나간 표정으로 멍하니 쿤을 올려다보았다. 빨갛게 달아오른 그녀의 뺨이 사랑스럽기 그지없었다.

쿤이 부드럽게 눈가를 누그러트리며 그녀를 향해 말을 이었다.

"원하신다면 나중에 많이 가르쳐 드리겠습니다. 그럼, 오늘은 이만."

곧이어 쿤이 절도 있는 동작으로 몸을 돌렸다. 그러자 일행들이 하나같이 놀란 표정으로 이쪽을 바라보고 있는 게 보였다.

쿤이 특유의 무표정한 얼굴로 그들을 향해 나아갈 때, 뒤에서 미라벨이 크게 외치는 목소리가 들려왔다.

"가, 가르쳐 주겠다고 한 말도 잊지 말아요!"

그 말에 감정이 없는 것처럼 보였던 쿤의 얼굴에 순간 흐릿한 미소가 떠올랐다.

그런 쿤과 미라벨의 뜨거운 분위기를 눈치챈 일행들이 곧이어 하나같이 환호성을 보내며 축하했다.

"맙소사! 축하드립니다!"

"이야! 설마 두 분이 이런 사이일 줄이야. 너무 잘 어울리십니다!"

휘익, 두 사람을 향해 휘파람과 박수 소리가 터져 나왔다.

서로의 마음을 확인하자마자 떨어져야 한다는 게 안타까웠지만, 그럼에도 쿤과 미라벨의 얼굴에는 여전히 행복이 깃들어 있었다.

그렇게 첫눈이 내리던 어느 겨울밤, 두 사람의 연애가 시작되었다.

외전. 정략결혼의 정석

데릭은 언제나처럼 연무장에서 검술 훈련을 하고 있었다. 이렇게 하루도 쉬지 않고 훈련에 열중하는 이유는 황후인 이레나를 보호해 주겠다고 한 맹세를 지키기 위해서였다.

두 번 다시는 파벨루크 때처럼 위험한 일이 생기도록 내버려 두지 않을 것이다. 그리고 설령 그런 일이 발생하더라도 다음번엔 꼭 자신의 손으로 구해 주고 싶었다.

휘익— 휘익—

데릭의 검이 매섭게 허공을 가르고 있을 때였다.

그에게 다가온 수하 한 명이 정중하게 말을 건넸다.

"밖에 단장님께서 찾아오셨습니다."

그 말에 일순 데릭의 검이 멈췄다.

그럴 수밖에 없었다. 수하가 단장님이라고 부르는 존재가 바로 자신의 아버지인 알포드라는 걸 알았으니까.

"……무슨 일로 오셨지?"

"글쎄요, 그건 저도 잘 모르겠습니다. 일단 조장님이 훈련 중이라고 말은 드렸습니다만 어떻게 할까요?"

현재 알포드는 황실의 제 4 기사단을 맡고 있는 단장이었다. 그리고 데릭은 그 기사단에서 한 조를 통솔하고 있는 조장이었다.

아무리 같은 기사단 소속이라고는 하나, 단장과 조장의 행동반경은 완전히 달랐기에 둘은 같은 공간에 머무를 일이 많지 않았다.

그랬기에 데릭과 알포드는 특별한 일이 없는 한 마주치지 않았고, 그러한 부분들을 서로 당연하다고 생각하고 있었다.

지금처럼 알포드가 그를 찾아오는 일은, 데릭이 기사단에 들어오고 처음 있는 일이었다.

'무슨 일인데 이렇게 갑자기 찾아오신 거지?'

더구나 알포드가 직접 데릭이 있는 연무장으로 바로 들어오지 않고, 이렇게 수하를 통한 걸 보면 아무래도 사적인 일일 확률이 높았다.

갑작스러운 알포드의 방문이 데릭의 입장에선 꽤나 의

아하게 느껴졌지만, 어차피 만나 보면 알게 될 일이었다.

데릭이 손에 들고 있던 검을 내려놓으며 대답했다.

"내가 곧 올라갈 테니, 단장님을 내 집무실로 모셔라."

"네, 알겠습니다."

수하는 깍듯하게 인사를 하곤 명령을 수행하기 위해 서둘러 움직였다.

데릭도 곧바로 다른 방향으로 걸음을 옮겼다. 알포드를 만나기 전에 땀으로 흠뻑 젖은 훈련복을 갈아입기 위해서였다.

*　　　*　　　*

데릭이 깔끔해진 복장으로 자신의 집무실에 도착했을 때는, 이미 알포드가 먼저 와서 그를 기다리고 있는 상태였다.

데릭은 기사단장인 알포드에게 정중하게 예를 갖추며 말했다.

"어쩐 일로 오셨습니까?"

그는 무뚝뚝한 성격답게 돌려 말하는 법이 없었다. 그리고 그런 면은 아버지인 알포드 또한 마찬가지였다.

"네 결혼 문제로 찾아왔다."

"결혼이요?"

"그래, 너도 이제 슬슬 장가를 가야지. 언제까지 독신으로 살 생각이냐?"

"그건……."

전혀 생각지 못한 내용에 데릭은 순간 말문이 막히고 말았다. 뭔가 중요한 일로 찾아왔을 거라고 생각은 했지만, 그게 설마 자신의 결혼 문제일 거라고는 예상하지 못했다.

"지금도 늦었다. 가문을 생각하면 너도 슬슬 가정을 꾸려야지. 넌 게다가 장남이니 미라벨보다 늦게 결혼할 생각은 하지 마라."

"……."

데릭은 차마 반박할 말이 없었다. 처음엔 이레나와 미라벨을 다 시집보내고 난 뒤에 자신의 결혼에 대해 고민해 보겠다고 막연하게 생각했었다.

그런데 이젠 이레나가 결혼을 해서 루퍼드 제국의 황후가 되었고, 미라벨도 쿤과 연애를 시작했다는 소식을 들었다.

그들 중에 혼자 남은 건, 데릭뿐이었다.

"제 혼처를 알아보신 겁니까?"

"그래. 모리스 가문의 여식이 괜찮더구나."

"모리스 가문이라면……."

"예전에 황후 폐하가 결혼하기 전에, 우리 집안의 장녀와 결혼하고 싶다고 청혼을 넣었던 가문이다."

데릭은 그 말에 고개를 끄덕였다. 어쩐지 귀에 익숙한 가문 이름이었다.

"그때의 일을 인연으로 몇 번 만나게 되었는데, 모리스 가문 사람들이 사돈으로 참 적합하다는 생각이 들었다. 마침 모리스 영애도 혼인 적령기이니 한번 만나 보도록 해라."

표현에 인색한 알포드가 이 정도로 칭찬을 한다는 건 정말로 모리스 가문이 꽤나 마음에 들었다는 소리였다.

데릭은 갑작스러운 결혼이 내키진 않았지만, 그렇다고 딱히 거부를 할 이유도 없었다.

이레나와 미라벨은 가문에서 짝을 정해 주기 전에 먼저 자신의 사랑을 찾았지만, 그런 부분에서 데릭은 달랐다. 여태껏 가슴 떨리게 하는 여성을 만나 본 적도 없었고, 아무도 모르게 숨겨 놓은 애인이 있는 것도 아니었다.

블레이즈 가문을 이끌어야 한다는 책임감 때문인지 몰라도 언젠가 알포드가 정해 주는 여성과 결혼을 할 생각이긴 했다.

지금이 그저 그때일 뿐이었다.

"……."

하지만 데릭이 선뜻 대답을 하지 못하며 망설이고 있자, 그 모습을 지켜보던 알포드가 나지막한 목소리로 말을 이었다.

"나는 황후 폐하를 구하면서 이미 한 번 죽었다. 그때 뿐만이 아니다. 기사단장으로 살면서 몇 번이나 목숨을 위협받았다. 데릭, 너도 아비와 다르지 않다. 더 늦기 전에 가정을 꾸리거라."

알포드의 진심이 느껴지는 조언이었다. 굳이 많은 말을 나누지 않아도 가문을 이끌어야 할 남자로서, 또 목숨을 걸고 살아가는 기사로서 묵직하게 다가오는 내용이었다.

"……알겠습니다. 아버지의 뜻대로 모리스 가문의 영애를 한번 만나 보겠습니다."

가문끼리 주선하는 만남은 단순하지 않았다. 커다란 문제가 없는 한 십중팔구 정략결혼이 성사되었다고 봐도 무방했다.

하지만 데릭은 더 이상 고민하지 않았다. 이미 마음을 정했고, 결혼까지 결심이 선 상태였다.

데릭의 확고한 대답에 알포드가 만족스러운 표정으로 입을 열었다.

"그래, 잘 생각했다."

"그럼 약속이 잡히면……."

"이미 약속은 잡아 두었다. 날짜는 내일이고, 같이 점심 식사를 하면 된다."

데릭은 순간 할 말을 잃었다. 그는 그제야 알포드가 자신의 대답과 상관없이 어떻게든 이 만남을 밀어붙이려

했다는 사실을 깨달았다.

곧 데릭의 입가에서 황당하다는 듯, 픽 하고 웃음이 새어 나왔다.

하지만 상관은 없었다. 어차피 귀족으로 살면서 언젠가는 겪어야 할 일이었으니까.

그렇게 이곳에 온 목적을 달성한 알포드가 회중시계로 시간을 확인하며 자리에서 일어났다.

"장소는 그쪽에서 정하겠다고 했으니, 너는 늦지 않게 준비해서 가거라. 난 이만 볼일이 있어서 가 봐야겠다."

"벌써 일어나십니까?"

"오늘은 크로우 전하께 검술을 가르쳐드리기로 약속을 한 날이라서."

알포드는 모두의 예상을 깨고, 처음 본 외손자에게 흠뻑 빠졌다. 크로우에 관한 일이라면 껌뻑 죽을 정도로 외손자에 대한 사랑이 어마어마했다.

이미 그것에 익숙해진 데릭은 어쩔 수 없다는 표정으로 대꾸했다.

"알겠습니다. 황후 폐하를 뵈면 제 안부도 전해 주세요."

"그러마."

그렇게 알포드가 집무실을 나가는 것을 배웅하고, 데릭은 널찍한 자신의 책상 앞에 앉았다.

이미 마음속으론 결정을 내렸지만, 그렇다고 그것이 체감이 되지는 않았다.

'결혼이라…….'

아직은 그에게 생소한 단어였다.

* * *

다음 날, 데릭은 알포드에게 전해 들은 약속 시간에 맞춰 오랜만에 단정한 정장을 입고 기다리고 있었다. 그러자 그가 머물고 있는 황실의 기사단 숙소 앞에 모리스 가문에서 보낸 마차가 도착했다는 소식이 들렸다.

만날 장소만 정해서 알려 줄 것이라고 생각했는데, 이렇게 데릭에게 마차까지 보낸 것이 조금 의아하게 느껴졌지만 상관은 없었다. 중요한 것은 자신과 결혼할 여자가 어떤 사람인지 보는 것이었으니까.

끼익, 데릭이 모리스 가문의 마차 안으로 들어가려 할 때였다.

당연히 아무도 없을 줄 알았던 그곳에, 하녀 한 명이 먼저 앉아 있는 모습이 눈에 들어왔다. 부드러운 다갈색 머리카락에 고양이처럼 크고 맑은 눈동자가 인상적인 아름다운 미인이었다.

자연스레 두 사람의 시선이 마주치자, 하녀는 먼저 예

의 바르게 데릭을 향해 인사하며 자기소개를 했다.

"안녕하세요. 저는 진이라고 합니다. 모리스 아가씨께서 보내서서 왔습니다."

"모리스 영애가 말입니까?"

"네. 아가씨께서 워낙 수줍음이 많으신 성격이라 저보고 공자님에 대해 궁금한 점을 대신 물어봐 달라고 말씀하셨어요."

데릭의 표정이 조금 굳어졌다. 얼마나 쑥스러움을 많이 타는 성격이기에 하녀에게 이런 부탁을 할까 싶었기 때문이다.

그런 데릭의 마음을 눈치챈 것인지, 진이 재차 말을 이었다.

"저는 약속 장소로 가는 동안만 동행할 것입니다. 혹시 제 신분이 비천해 원치 않으신다면 마부석으로 자리를 옮기겠습니다."

"아닙니다. 거기 계십시오."

데릭은 짤막하게 대답하며 서슴없이 마차 안에 탑승했다.

모리스 영애의 이런 행동이 이해가 가진 않았지만, 생각하기에 따라선 충분히 있을 수도 있는 일이었다. 지금 자신이 그녀에 대해 궁금하듯, 모리스 영애도 데릭이 어떤 남자인지 알고 싶은 것은 당연한 거니까.

데릭이 거리낌 없이 그녀의 맞은편 자리에 앉자, 진이 그런 그의 모습을 유심히 관찰하고 있는 것이 느껴졌다.

데릭이 먼저 무뚝뚝한 표정으로 입을 열었다.

"질문한다고 하지 않았습니까?"

"아, 음…… 공자님은 언제부터 검술을 배우셨나요?"

"기억나지 않습니다. 숟가락보다 먼저 검을 잡았다고 유모가 그러더군요."

"정말 어렸을 때부터 검술을 익히셨나 보네요."

그렇게 데릭을 태운 마차가 천천히 움직이기 시작했다. 덜그럭거리면서 굴러가는 바퀴가 소리가 희미하게 들려왔다.

모리스 영애는 그동안 데릭에 대해 정말 궁금한 게 많았던 건지, 마차 안에서 진이 물어보는 질문은 끝이 없었다.

"키는 몇이세요?"

"187cm입니다."

"생일은요?"

"7월 10일."

"자식을 낳는다면 아들과 딸 중에 누굴 더 원하시나요?"

"둘 다 상관없습니다만, 힘닿는 데까지 많이 낳고 싶습니다."

"만약 저희 아가씨께서 육아가 힘들다고 하시면요?"

"그렇다면 어쩔 수 없겠죠."

"그 말씀은……?"

"제가 도울 수 있는 일이라면 돕겠지만, 그럼에도 힘들다면 아이는 그만 낳아야겠죠. 제가 말한 힘닿는 데까지라는 건 그런 뜻이었습니다."

데릭의 대답에 진의 눈동자가 그를 가늠해보는 것처럼 가늘게 변했다.

"공자님은 여성분들에게 인기가 많은 편이시라던데……."

"그건 잘못된 정보입니다. 딱히 그런 기억이 없거든요."

"……그런가요?"

말과 동시에 진이 흐릿하게 웃었다. 그 모습이 꽤나 예뻐서 데릭이 힐끔 그녀를 쳐다봤지만, 그뿐이었다.

진이 다시 질문을 시작했다.

"공자님께서 원하시는 아내는 어떤 사람인가요?"

"잘은 모르겠지만, 저와 같이 가문을 꾸려 나갈 수 있는 사람이면 합니다."

"공자님의 가장 큰 관심사는요?"

"블레이즈 가문과 황실의 기사단 일이겠죠."

"가장 큰 목표는요?"

"황후 폐하를 지키는 것입니다. 여동생의 든든한 버팀목이 되어 주고 싶거든요."

"……그렇군요."

진이 잘 알겠다는 듯이 고개를 끄덕이며, 처음으로 데릭에게 다른 질문을 던졌다.

"혹시 저희 아가씨에 대해 궁금하신 점은 없으신가요?"

"없습니다."

"하나도요?"

"네. 제 아내가 될 사람은 제가 직접 보고 판단할 거니까요."

"……."

그 말에 진의 표정이 미묘하게 변했다. 여러 감정이 뒤섞여서 뭐라고 하나로 단정 지을 수 없는, 그런 복잡한 얼굴이었다.

데릭은 힐끔 마차의 창밖을 쳐다보다가 나지막이 말을 이었다.

"다른 질문을 해도 됩니까?"

"……뭐죠?"

"지금 가고 있는 장소가 어딥니까?"

"레스토랑이에요. 아가씨께서 공자님과 처음 하는 식사는 바깥에서 하는 게 좋겠다고 하셨어요. 집안 어른들은 가문으로 직접 초대하길 바라셨지만, 그럼 딱딱한 자리가 될 거 같다고요. 이제 조금 있으면 도착하겠네요."

그 말에 데릭이 고개를 끄덕이며 다시 창밖으로 시선을 돌렸다. 진은 그런 데릭의 옆모습을 쳐다볼 뿐, 더 이상은 아무런 질문도 하지 않았다.

방금 전 쉴 새 없이 질문을 쏟아 내던 때와는 전혀 다른 적막한 분위기였다.

갑자기 조용하게 변하자 데릭은 약간 의아한 마음이 들었지만 이내 진이 물어볼 질문들이 끝난 거라고 여겼다. 이미 그가 대답해 준 내용들이 너무 많아서, 모리스 영애에게 하나하나 전달을 하는 것도 일일 거란 생각이 들 정도였으니까.

그렇게 마차는 유명한 레스토랑 앞에 멈춰 섰다.

드디어 약속 장소에 도착한 데릭은 마차의 문을 열고 밖으로 내렸다. 그러자 레스토랑의 입구에는 화려한 드레스를 입은 한 여인이 누군가를 기다리고 있는 듯한 모습이 보였다.

주근깨가 있는 수수한 외모에, 한눈에 시선을 끄는 휘황찬란한 드레스가 묘하게 잘 어울리지 않는 느낌이었다.

그녀가 먼저 데릭을 알아보고 가까이 다가왔다.

"아, 저, 저는 오늘 만나기로 한 모리스 가문의……."

거기까지 들은 데릭은 이 여인이 바로 자신과 혼담이

오가는 모리스 가문의 영애란 사실을 알아차렸다. 데릭이 곧장 그녀에게로 걸어가서 정중하게 인사했다.

"처음 뵙겠습니다. 데릭 블레이즈라고 합니다."

데릭이 막 그녀의 손을 쥐고, 손등에 입맞춤을 하려는 찰나였다.

탁, 그의 행동을 저지하는 손길이 있었다.

데릭이 의아한 표정으로 고개를 돌려보니, 거기에는 방금 전까지 같이 마차를 타고 온 하녀 진이 서 있었다.

"무슨……."

데릭의 말이 채 끝나기도 전이었다.

그의 앞에 서 있던 모리스 가문의 영애가 깜짝 놀란 목소리로 입을 열었다.

"아, 아가씨!"

갑자기 이상하게 흘러가는 상황에 데릭의 얼굴에 궁금증이 떠오를 때였다.

진이 나지막한 목소리로 말했다.

"제가 오늘 당신과 만나기로 약속한 진짜 상대예요. 정식으로 다시 인사드리죠. 진 모리스예요."

데릭은 그답지 않게 당황한 표정으로 눈앞에 서있는 진과 방금 전까지 모리스 영애라고 생각한 여인을 번갈아 쳐다보았다.

"이게…… 대체 어떻게 된 일입니까?"

"조금 전 당신이 한 말처럼 저도 제 남편이 될 남자가 어떤 사람인지 직접 시험해 보고 싶었어요. 원래는 끝까지 정체를 숨길 생각이었는데, 방금 마음을 바꿨어요."

"……?"

"당신이 마음에 들었거든요."

그녀의 마지막 말에 데릭의 눈동자가 크게 떠졌다. 지금까지 벌어진 일 중에서 이 순간이 가장 이해가 되지 않았다.

데릭은 그녀가 벌인 엉뚱한 일에 대해 하고 싶은 말이 많았지만, 결국 가장 궁금한 질문부터 입 밖으로 꺼냈다.

"제 어디가…… 마음에 들었다는 겁니까?"

정말로 납득이 되지 않았기 때문이다. 데릭은 여기까지 오는 동안 그저 그녀가 물어오는 질문에 대한 답을 해줬을 뿐이다.

진이 빙긋 웃으면서 대답했다.

"글쎄요, 이런 점이라고 해야 할까요? 보통은 이런 상황에 화부터 먼저 내겠죠. 제가 당신을 속이려고 했으니까."

맞는 말이었다. 생각하기에 따라서 이번 일은 진이 그를 기만하려 했다고 받아들일 수도 있었다.

하지만 데릭은 그녀가 자신을 속이려 했다는 사실보다 궁금한 게 더 많았다. 왜 이런 일을 벌였는지에 대해서 말이다.

진은 자세한 이야기를 나누기에 앞서 두 사람에게 점점 주목되는 시선을 의식하며 데릭에게 나지막이 말을 건넸다.

"일단 대화가 길어질 것 같으니, 나머지는 레스토랑 안으로 들어가서 하는 게 어떨까요?"

그녀의 제안에 데릭도 고개를 끄덕였다. 레스토랑 입구에 서서 대화를 나누기엔 궁금한 것이 많았으니까.

진이 안으로 자리를 옮기기 전에 자신을 대신해 화려한 드레스를 입고 이곳에서 기다리고 있던 여자에게 미안한 기색으로 말했다.

"내 부탁을 들어주느라 고생했어. 먼저 마차에 들어가서 쉬고 있어."

"네, 아가씨."

진의 대역으로 서 있었던 여자는 오히려 홀가분한 표정으로 고개를 끄덕였다. 이제 보니 진짜 하녀는 진으로 위장하고 있던 그 여인인 듯했다.

데릭이 그런 두 사람을 물끄러미 쳐다보고 있자, 진이 먼저 레스토랑 안으로 성큼 걸음을 옮기며 말을 이었다.

"그럼 들어갈까요?"

그렇게 진과 데릭이 레스토랑 안으로 입장했다. 두 사람이 막 레스토랑의 커다란 홀로 발을 들여놓으려는 순간이었다.

터억, 종업원 한 명이 진의 앞길을 가로막으며 말했다.

"죄송하지만 저희 레스토랑은 하녀를 대동하고 들어가실 수 없습니다."

종업원이 말하는 걸 보니 진을 데릭이 데리고 온 하녀라고 오해한 듯했다. 원래 고급스러운 레스토랑일수록 귀족이 아닌 자는 출입이 제한되는 경우가 많았기에 종업원의 행동은 어찌 보면 당연한 것이었다.

진은 그제야 자신이 하녀 복장을 입고 있다는 사실을 깨달았다. 언제나 아무렇지 않게 출입하던 곳이었기에 미처 생각하지 못한 부분이었다. 더구나 처음엔 데릭에게 정체를 밝힐 생각이 전혀 없어서 이런 상황이 벌어질 줄은 계산하지 못한 것이다.

"아, 그게……."

그녀가 당황스러운 표정으로 막 설명을 하려고 할 때였다.

스윽, 데릭이 뒤에서 조용히 자신이 입고 있던 정장 상의를 벗어서 하녀복을 입고 있는 진의 어깨 위에 걸쳐 주었다. 더 이상 다른 사람들이 그녀의 하녀복을 보지 못하도록 배려해 준 것이다.

데릭이 나지막이 말했다.

"내 약혼자입니다."

한눈에 귀족임을 알아볼 수 있는 데릭이 이렇게 말하

자 더 이상의 설명은 필요 없었다. 종업원이 곧바로 막고 있던 길을 비키며 대답했다.

"실례했습니다. 자리로 안내해 드리겠습니다."

진은 조금 얼떨떨한 표정으로 자신의 어깨에 걸쳐진 양복 상의와 데릭을 한 번씩 쳐다보았다. 그리곤 그녀가 살짝 붉어진 얼굴로 입을 열었다.

"……고마워요."

"아닙니다. 틀린 말은 아니니까요."

약혼자, 두 집안에서 결혼 이야기가 나오고 있었기에 분명 틀린 말은 아니었다. 하지만 데릭이 누군가를 자신의 약혼자라고 소개한 건 처음이었고, 진 또한 이런 말을 들어 본 적은 처음이었다.

왠지 어색한 분위기가 두 사람 사이에서 감돌았다.

그때 마침 앞장서서 길을 안내해 주던 종업원이 입을 열었다.

"현재 창가 자리는 전부 만석이라 예약하지 않으신 분들은 중앙으로 안내해 드리고 있습니다. 괜찮으십니까?"

그 말을 들은 진이 대답했다.

"예약을 하고 온 것이니 확인해 주세요."

"네, 알겠습니다. 예약자분의 성함이 어떻게 되십니까?"

"진 모리스예요."

그녀의 이름을 들은 종업원은 뒤늦게 진의 정체를 알아차리고, 방금 전의 실수를 사과하듯 다시 한 번 고개를 숙였다.

그렇게 진과 데릭은 레스토랑의 커다란 홀 안으로 들어섰다.

진이 예약한 테이블은 이 고급스러운 레스토랑에서 가장 전망이 좋은 곳이었다.

드디어 테이블에 착석한 두 사람은 준비되어 있던 애피타이저를 먹으며 조금 전에 하지 못한 대화를 이어 나갔다.

먼저 입을 연 것은, 진이었다.

"우선 상황이야 어찌 됐든, 결과적으로 당신을 속이려고 한 것에 대해 사과드릴게요. 미안해요."

"만약 오늘 저를 속였다고 해도 나중에는 어차피 정체를 들키게 되었을 텐데, 조금 무모하다는 생각은 하지 않으셨습니까?"

"당연히 했죠. 하지만 그래도 어쩔 수 없었어요. 그만큼 저와 혼담이 오가는 남자가 어떤 사람인지 알고 싶었으니까요."

"그래서 조금은 알게 되었습니까?"

데릭의 질문에 진이 망설임 없이 고개를 끄덕였다.

"네. 생각보다……."

말과 동시에 그녀의 시선이 자신의 어깨 위에 걸쳐진 정장 상의로 향했다.

"……다정하시네요."

그 말에 데릭이 이해가 가지 않는다는 듯 대꾸했다.

"그런 말은 들어 본 적이 없습니다. 저에 대해 파악하기엔 너무 짧은 시간이 아니었나 싶군요."

"꼭 그렇진 않아요. 당신은 하녀라고 해서 만만하게 대하지 않았어요. 반말이나 욕설은 물론, 예의에 어긋나는 행동도 없었죠."

진은 돌려 말하고 있었지만, 데릭은 그녀의 말뜻을 알아차렸다. 예쁘장한 하녀에게 손을 대는 몹쓸 귀족 남성들은 많았으니까.

진의 말이 계속해서 이어졌다.

"결혼하기 전 우리가 만날 수 있는 시간은 굉장히 짧아요. 전 상대가 내 앞에서만 친절한 가면을 쓰고 있을까 봐 걱정됐어요."

거기까지 듣자 데릭은 진이 왜 이런 무리한 일을 꾸몄는지 이해할 수 있었다. 처음 진이 했던 말처럼 그녀는 자신과 결혼할 남자가 어떤 사람인지 제대로 알고 싶었던 것이다.

데릭이 대답했다.

"저에 대해 조금이나마 궁금한 점이 풀리셨다면 다행이지만…… 저는 아직 영애가 어떤 사람인지 잘 모르겠습니다."

"그렇겠죠. 우선 저 혼자만 알고 있는 건 반칙이니까, 조금 전 당신이 말해 준 것들을 저도 그대로 대답해 드릴게요."

"……?"

"제 키는 165cm고, 생일은 10월 15일이에요. 자녀에 대해 진지하게 고민해 본 적은 없지만, 저도 가능한 형제들을 많이 만들어 주고 싶은 편이에요. 어렸을 때부터 식구가 많아서 북적북적한 집안이 부러웠거든요."

데릭은 그녀가 하는 이야기를 가만히 듣고 있었다. 지금 진이 하는 말들은 마차에서 그녀가 데릭에게 물어본 질문의 내용들이었다.

"제가 원하는 남편상은 저를 존중해 주는 사람이에요. 그리고 가장 큰 관심사는 이번 정략결혼을 후회하지 않게 만드는 거죠."

"그렇군요."

"이걸 제가 가진 목표라고 해야 될지 모르겠지만, 저는 언제까지나 진 모리스로서 살고 싶어요."

그 말에 데릭이 의아한 표정으로 물었다.

"……잘 이해가 가지 않는 말이군요."

"결혼하면 제가 책임져야 할 것들이 많이 늘어나겠죠. 그건 어쩔 수 없지만, 그렇다고 해서 제가 더 이상 저로서 살 수 없게 되는 건 싫어요."

"그런 생각을 하셨습니까?"

"네. 당신과 결혼하면 제 이름조차 진 모리스에서 진 블레이즈로 바뀌게 되겠죠. 하지만 그렇다고 제가 사라지는 건 싫어요. 누군가의 아내, 누군가의 엄마가 되더라도 언제까지나 전 저로서 살고 싶어요."

진의 표정은 진지했다.

데릭은 지금 그녀가 하고 싶은 말이 무엇인지 충분히 이해했다. 어떻게 보면 심오한 말이었지만, 결혼을 하고 달라질 많은 것들이 두려운 건 데릭도 마찬가지였으니까.

그리고 그는 처음으로 그녀가 어떤 사람인지 조금은 알 것 같다는 생각을 했다.

진은 당찬 여자였다. 하녀로 위장해 데릭과 만났을 때부터 짐작은 했지만, 그녀는 타인의 손에 자신의 운명을 맡기는 타입이 아니었다.

스스로 미래를 개척해나가는 강인한 여성…….

데릭은 그런 여인이 싫지 않았다. 자신의 여동생들 또한 그랬으니까.

데릭이 나지막한 목소리로 말했다.

"다른 건 몰라도 한 가지는 약속드리겠습니다. 영애가 저와 결혼을 한다고 해서 무언가를 억지로 바꿀 필요는 없습니다."

데릭이라고 결혼 후 하루아침에 다른 사람이 될 수는 없었다. 그리고 자신이 하지 않는 일을, 자신의 아내에게 바라지도 않았다.

"저희가 결혼을 한다면 저는 저로서, 영애는 영애로서 서로에게 보탬을 주는 인생을 살게 될 겁니다. 우리는 무언가를 포기하기 위해 만나는 게 아니라 서로의 부족한 부분을 채워 주기 위해 만나는 거니까요."

데릭의 말에 진은 아무런 대답도 하지 않았다. 하지만 굳이 말로 하지 않아도 이미 표정으로 그녀의 심정이 전달되었다.

진은 이런 말을 해 준 데릭에게 진심으로 감격하고 있었다. 이 말을 듣고 나서야 그녀는 지금껏 자신이 바라고 있던 게 무엇인지 깨달았다. 결혼을 한다고 해서 무언가를 바꾸고, 강요당하고 싶지 않았다.

서로 더 행복해지는 길을 함께 찾아 나가고 싶었다.

"이런 말을 해 주실 줄은 몰랐어요. 사실 블레이즈 가문의 위세가 대단해서 혹시 성격이 개차반인 공자님이 오면 어떻게 하나 속으로 걱정했었는데…… 당신은 전혀 그렇지 않네요."

그녀의 솔직한 발언에 데릭이 픽 하고 웃으며 대꾸했다.

"영애도 제 상상과는 많이 달랐습니다."

그 말에 진 또한 흐릿하게 웃으며 일상적인 대화를 꺼내듯 아무렇지 않은 목소리로 입을 열었다.

"우리 결혼할까요? 물론 우리의 의사와 상관없이 벌써 가문끼리 이야기를 나누고 있지만, 전 당신이라면 좋아요."

"저도 영애라면…… 괜찮을 것 같습니다."

"의견이 일치한다니 기쁘네요. 제 약혼자가 당신이라서 진심으로 다행이에요."

"과분한 말입니다."

진이 먼저 옆에 놓여 있던 와인 잔을 들며 데릭에게 말했다.

"그런 의미로 건배할까요?"

"좋습니다."

데릭도 곧이어 자신의 자리에 놓인 와인 잔을 들어 올렸다.

그렇게 진과 데릭의 와인 잔이 허공에서 부딪쳤다.

쨍!

진이 희미한 웃음을 머금으며 말했다.

"우리의 행복한 미래를 위해."

*　　*　　*

진과 데릭의 결혼은 아주 빠르게 진행되었다. 이미 가문끼리 주선하고 있던 정략결혼인 데다, 당사자들도 딱히 반대가 없으니 준비에 가속도가 붙는 건 당연한 결과였다.

결혼 날짜, 결혼식장, 그리고 그 밖에 많은 것들이 순식간에 해결되었다.

그렇게 두 사람은 만난 지 딱 3개월이 되는 날.

결혼식을 치르게 되었다.

"축하합니다. 조장님."

"행복하게 사십시오!"

데릭은 구름떼처럼 몰려든 하객들에게 둘러싸여서 수많은 축하 인사를 받았다. 황후 이레나의 친오라버니이자, 앞으로 블레이즈 가문을 이끌게 될 미래의 가주에게 쏟아지는 관심은 그만큼 대단했다.

정신없이 하객들을 상대하고 있던 데릭에게 하인 한 명이 다가왔다.

"도련님, 이제 곧 식이 시작할 시간입니다."

"벌써 그렇게 됐나?"

"네. 이쪽으로 저를 따라오시죠."

진의 아버지인 모리스 백작은 정복 전쟁 중에 한쪽 발

을 다친 관계로 아직까지 걷는 게 조금 불편한 사람이었다. 그래서 오늘 결혼식은 데릭과 진의 동시 입장으로 이미 이야기가 끝난 상태였다.

그렇게 데릭이 하인의 뒤를 따라서 결혼식장으로 입장하기 전, 잠시 서서 대기를 할 수 있는 장소에 도착할 때였다.

그곳에는 데릭보다 먼저 도착해서 기다리고 있는 진의 모습이 보였다. 새하얀 순백의 드레스를 입고 우아하게 서 있는 그녀의 모습은 아무리 무신경한 데릭이라고 해도 시선을 빼앗길 수밖에 없었다.

지금껏 여성을 보고 아름답다고 느낀 적이 별로 없었는데…….

오늘의 진은, 정말로 아름다웠다.

데릭이 그녀를 빤히 쳐다보며 나지막한 목소리로 물었다.

"떨리진 않으십니까?"

"조금 떨리지만…… 괜찮아요. 오늘 제 옆을 함께 걸을 사람이 바로 당신이니까요."

진의 말에 데릭이 저도 모르게 흐릿한 미소를 머금었다.

"듣기 좋은 말씀을 해 주시는군요."

"진심이에요. 당신을 제 인생의 동반자로 삼게 된 건 아주 큰 행운이라고 생각하거든요."

"그 기대에 꼭 부응하도록 하겠습니다. 기사로서, 그리고 당신의 남편으로서 언제까지나 당신이 본모습을 잃지 않고 살아갈 수 있도록 제가 옆에서 노력하겠습니다."

"저도 마찬가지예요. 당신을 도와 블레이즈 가문을 잘 이끌어 나가면서, 앞으로도 마음껏 꿈을 펼칠 수 있도록 제가 곁에서 도울게요."

"든든하군요."

"우리의 만남은 서로가 행복해지기 위한 거니까요."

진의 말에 두 사람이 약속이라도 한 듯 서로를 바라보며 행복하게 웃었다.

그때 마침 결혼식의 시작을 알리는 행진곡이 울렸다. 바깥에 있던 하인 한 명이 부리나케 두 사람을 향해 다가오며 말을 건넸다.

"이제 입장하시면 됩니다."

데릭이 고개를 끄덕이며, 조심스럽게 진의 고운 손을 맞잡았다.

"그럼 이제 첫 발걸음을 내디뎌 볼까요?"

그 말에 진이 빙긋 웃으면서 고개를 끄덕거렸다.

그렇게 두 사람이 다정한 모습으로 함께 결혼식장 안으로 입장했다. 검은 연미복을 근사하게 차려입은 데릭과 새하얀 웨딩드레스를 입은 진의 모습은 너무나도 잘 어울리는 한 쌍이었다.

척척척!

그 두 사람이 가는 속도에 맞춰 양옆으로 길게 늘어서 있던 제복을 입은 기사들이 하나씩 검을 빼 드는 모습은 장관이나 다름없었다.

하객석에는 기뻐하는 이레나와 칼라일 그리고 크로우가 함께 있었으며, 이제는 성숙하게 자란 미라벨과 그녀의 옆에 당당하게 서 있는 쿤의 모습도 보였다.

감격한 표정을 짓고 있는 알포드와 진의 식구들까지. 모든 이들의 축하를 한 몸에 받으며 본격적으로 데릭과 진, 둘의 성대한 결혼식이 시작되었다.

새로운 출발을 알리는 좋은 날이었다.

Ⅲ

외전. 드래곤의 아이

크로우는 꿈을 꾸었다. 눈앞에 검은색 드래곤이 피를 철철 흘리면서 자신을 향해 울부짖고 있었다.

그 절규가 어찌나 서럽고 절절한지, 그것을 지켜보는 크로우마저도 그만 눈물이 찔끔 흘러나올 것 같았다.

『널 저주한다. 감히 인간 주제에 나의 심장을 꺼내, 내 능력을 탐한 너희를 절대로 용서치 않으리라.』

드래곤은 시퍼런 두 눈동자에 잔뜩 핏발을 세우고 크로우를 향해 원망 어린 말을 쏟아 냈다.

아직 다섯 살밖에 되지 않은 어린 크로우는 자신을 이렇게까지 증오하는 눈빛을 직접적으로 마주하긴 처음이었다. 그래서 이럴 땐 어떻게 해야 할지 알 수가 없었다.

하지만 그렇게 크로우가 머뭇거리고 있는 와중에도 드래곤의 상처에서는 계속해서 검붉은 피가 흘러나오고 있었다.

어느새 바닥을 온통 시뻘겋게 물들일 정도로 많은 양이었다.

"저기, 많이 아파여?"

『크윽, 당연하지! 이건 다 더러운 네놈들 때문에……!』

하지만 드래곤의 말은 끝까지 이어지지 않았다. 크로우가 작은 다리로 아장아장 걸어가더니, 이내 고사리 같은 손으로 드래곤의 상처 부위를 어루만졌기 때문이다.

"으, 진짜 아프겠다. 아저씨, 왜 이렇게 많이 다쳤어여?"

『…….』

"나중에 우리 엄마한테 같이 가여. 우리 엄마는 못 하는 게 하나도 없어서 아저씨가 다친 것도 다 치료해 줄 거예요."

『……**됐다**.』

가뜩이나 일그러져있던 드래곤의 이마가 더욱 찌푸려진 느낌이었다.

크로우는 그저 드래곤의 화를 풀어 주고 싶었던 것뿐인데 오히려 그의 기분을 거스른 건 아닌지 걱정이었다.

"저기, 저 때문에 다치신 거라면……."

크로우가 자리에서 일어나 똑바른 자세로 서더니, 곧 이어 쓰러져 있는 드래곤을 향해 꾸벅 인사를 하며 말을 이었다.

"……죄송합니당."

크로우가 이레나에게 배운, 잘못했을 때 사과하는 방법이었다.

"엄마가 잘못을 했으면 용서를 구하라고 했어여. 제가 잘못한 거라면 사과드릴 테니 그만 기분을 푸세여."

드래곤은 잠시 말문이 막힌 표정으로 자신을 또랑또랑한 눈동자로 올려다보는 크로우를 빤히 쳐다보았다. 그가 이내 나지막한 목소리로 중얼거렸다.

『하필 나와 정신 교감이 된 게 이런 꼬마 아이라니…….』

"네? 아저씨 뭐라고 하셨어여?"

『그만 가라. 꼬맹아.』

"아저씨 상처 치료는……!"

『널 상대하기 피곤하구나.』

드래곤의 그 말을 마지막으로 크로우의 발밑이 무너졌다.

"어어어?"

그렇게 크로우는 끝없는 수렁으로 빠져들었다. 그리고 어느 순간 번쩍 눈을 떠보니, 다시 자신의 방이었다.

익숙한 천장을 바라보며 크로우는 어리둥절할 뿐이었다.

"뭐지? 방금 전까지 아파 보이는 아저씨가 있었는데, 손에 닿은 느낌도 생생하고……."

크로우는 말과 동시에 자연스레 자신의 손바닥을 내려다봤다. 그리곤 그 안에 자리한 둥그런 구슬을 보고 소스라치게 놀랐다.

"으아아아!"

어제까지만 해도 멀쩡했던 자신의 손바닥 안에 영롱한 빛깔을 띠는 푸른 구슬이 박혀 있었다.

손톱만 한 구슬이 살갗 안에서 점점 바깥으로 나오는 과정을 목격한 크로우는 기겁을 할 수밖에 없었다. 희한한 건 마치 신체의 일부처럼 조금의 고통조차 없다는 것이었다.

타다다다닥—

벌컥!

조금 전 크로우의 비명 소리에 바깥에 있던 하녀들이 뛰어 들어왔다. 가장 선두에 서 있는 건 블레이즈 가문에서부터 이레나를 모셨던 메리였다.

"황자님, 무슨 일이에요?"

그 말에 크로우가 침대에 앉아서 울먹이는 표정으로 메리를 바라보며 대답했다.

"이, 이런 게 내 손에……."

크로우가 손을 위로 들어 올리자, 그의 손바닥 안에서 서서히 나오고 있던 구슬이 마침내 완전히 바깥으로 빠져나왔다.

툭, 결국 침대 위로 구슬이 떨어졌다.

그 모습을 똑똑히 지켜본 메리와 하녀들의 표정은 경악으로 물들었다.

*　　*　　*

크로우는 갑자기 일어난 자신의 신체 변화에 대해서 놀랄 수밖에 없었다.

이 소식을 전해 들은 칼라일과 이레나가 뛰어왔다. 입을 꾹 다물고 있는 칼라일의 표정은 무척이나 복잡해 보였고, 이레나 또한 심란한 기색이었으나 먼저 크로우를 진정시켰다.

"우리 크로우, 많이 놀랐겠구나."

"엄마, 무서웠어요…… 제가 많이 이상한 건가여? 하녀들이 다 놀란 눈으로 저를 쳐다봤어요."

이레나가 안쓰러운 표정으로 크로우를 꽉 끌어안아 주며 대답했다.

"아니, 그렇지 않아. 우리 크로우는 남들보다 아주 조금 특별할 뿐이란다."

"그런 건가여?"

"그럼, 너만이 가질 수 있는 작은 선물 같은 거야. 이건 나중에 크로우가 원하는 소원을 한 가지 이루어 주는 물건이거든."

"정말요?"

"응. 대신에 엄마가 귀한 물건일수록 어떻게 해야 된다고 했지?"

"소중하게 아껴 줘야 한다고 했어여."

"그래. 이건 크로우한테 아주 소중한 물건이니까, 함부로 다른 사람에게 보여 주거나 이것에 대해 말을 해선 안 돼. 알겠지?"

"네!"

크로우가 씩씩하게 대답하며 고개를 끄덕였다.

이레나는 그런 크로우를 사랑스럽게 바라보면서 품 안에서 놓아주었다. 그리곤 어린 크로우를 향해 다정한 목소리로 다시 말했다.

"명심해야 할 건 네 소원을 딱 한 가지만 이뤄 주는 물건이니, 함부로 사용하지 말고 신중하게 결정해야 한단다."

"그럴게여, 엄마. 그런데 저는 이미 빌고 싶은 소원이 있어요."

"그게 뭔지 엄마한테 말해 줄 수 있니?"

"나중에 커서 엄마랑 결혼할래요!"

크로우의 당찬 발언에 옆에서 조용히 듣고 있던 칼라일이 어처구니없다는 듯 픽 하고 작게 웃었다.

"아들, 꿈이 너무 크구나."

"왜요? 아빠, 이건 안 되는 거예여?"

"당연히 안 되지. 네 엄마는 이미 아빠 거거든. 아무리 너라도 양보 못 해 줘."

"치……."

크로우가 서운하다는 듯 입술을 삐죽거리자, 이레나가 서둘러 칼라일의 옆구리를 쿡 찔렀다.

"정말 어린애 앞에서 못하는 말이 없어요."

"사실이잖아. 어차피 혈육에 관한 소원은 빌 수도 없지만 솔직하게 말해 줘야 괜한 기대를 품지 않지."

"어차피 지금만 그렇지, 나중에 크면 저보다 훨씬 더 예쁜 여성들을 만나겠죠."

"내 부인보다 더 예쁜 여인은 세상에 없어."

그 말에 이레나가 못 말리겠다는 듯 웃으며 고개를 절레절레 흔들었다. 어쩐지 처음엔 무거웠던 분위기가 조금은 전환이 된 느낌이었다.

그렇게 크로우가 말간 눈동자로 사이가 좋아도 너무 좋은 자신의 부모님을 물끄러미 쳐다보고 있을 때였다.

똑똑, 노크 소리와 함께 바깥에서 유모의 목소리가 들려왔다.

"황후 폐하, 황자님의 식사 준비가 끝났습니다."

"그래, 크로우를 데리고 가 줘."

이레나의 허락이 떨어지자 문이 열리며 유모가 들어왔다. 흰머리가 지긋한 유모는 벌써 2대째 이레나의 집안사람들을 키워 준 사람이었다.

지금의 크로우까지 돌보기엔 나이가 너무 많아서 현재는 무리하지 않는 선에서 하녀들을 총 관리 감독하고 있을 뿐이었다.

크로우가 유모를 보자마자 다다닥 달려갔다.

"유모오!"

"네, 황자님. 배고프셨죠?"

"응."

"어서 식사하러 가요."

유모가 부드러운 표정을 지으며 크로우의 작은 손을 잡았다. 그러자 크로우가 짧은 다리로 아장아장 걸어갔다.

그렇게 유모는 방을 나가기 전, 이레나와 칼라일에게 예의 바르게 인사를 하곤 크로우와 함께 식당으로 향했다.

크로우의 하루는 평상시와 다름없었다. 정해진 대로 식사를 하고, 제왕학을 배우며 오전 시간을 보냈다.

이상한 것은, 낮잠을 자고 있을 때 드러났다.

'……더워.'

크로우는 마치 감기에 걸린 것처럼 온몸이 무겁고 열이 올랐다. 뜨거운 열기가 숨이 막힐 정도로 자신을 옥죄는 것 같았다.

'아니야, 목이 마른 것도 같아.'

처음엔 덥다고만 생각했는데 점점 정신이 들수록 입안이 텁텁한 게 묘하게 갈증이 나는 느낌이었다. 그런데 뭔가 물을 마시고 싶다는 것과 조금 다른 것 같아서 크로우는 자신의 상태가 어리둥절할 뿐이었다.

그때였다. 미세하게 열려 있는 문틈 사이로 이레나의 목소리가 들려왔다.

"크로우가 아무리 또래에 비해 조숙하다고 해도 아직 다섯 살밖에 되지 않았어요. 지금까진 열 살 전후로 나타난다던 여의주가 왜 이렇게 빨리 나타난 걸까요?"

크로우는 언뜻 들어도 자신에 대한 이야기를 하고 있다는 걸 알 수 있었다.

지금 옆방에 있는 건 이레나 혼자만이 아니었는지, 곧이어 칼라일이 대답하는 목소리도 들렸다.

"일단 족장한테 연락했으니 너무 걱정하진 마. 자미다열매를 먹이면서 가능한 드래곤의 능력이 발현되지 않기를 바랐는데…… 우리 아들이 가장 많은 피를 이어받았을 줄은 몰랐군."

“여의주가 이렇게 빨리 나타났다는 건, 아무래도 그런 뜻일 확률이 가장 높겠죠?”

이레나가 말하는 목소리만 들어도 지금 그녀가 얼마나 속상해하고 있는지 알 것만 같았다. 칼라일이 그녀를 위로하듯 말했다.

“그나마 다행인 건 내가 여의주를 손에 넣었을 때와는 다르다는 거야. 난 일주일 동안 고통으로 몸부림치면서 얻은 여의주를, 우리 아들은 단 하루 만에 아무렇지 않게 가졌지.”

크로우는 열기에 오른 얼굴로 칼라일과 이레나가 하는 말을 머릿속으로 곱씹었다.

여의주, 그건 동화 속에서 들어 본 적이 있는 단어였다. 하지만 드래곤이 가지고 있는 신비한 여의주와 대체 자신이 무슨 연관인지, 자그마한 크로우의 머리로는 아무리 생각해 봐도 이해할 수가 없는 상황이었다.

‘엄마랑 아빠는 왜 자꾸 나랑 여의주 얘기를 하는 거지?’

크로우가 혼란스러워하는 와중에도 밖에서 들리는 칼라일의 말은 계속 이어졌다.

“무엇보다 우리 아들은 인간의 피를 섭취하지 않고도 여기까지 왔다는 게 중요해. 아직까지 별다른 증후가 없는 걸 보면, 좋은 현상일지도 몰라.”

"물론 선부른 판단을 할 수는 없지만…… 우리 크로우가 이런 일을 겪기엔 고작 다섯 살밖에 되지 않았다는 게 자꾸 마음에 걸려요. 아직 이런 걸 감당하기엔 너무 어린 나이잖아요."

크로우는 그들이 나누는 이야기를 들으면 들을수록 불안감에 휩싸였다. 이레나는 아침에 그저 크로우가 조금 특별할 뿐이라고 얘기했지만……

지금의 상황으로 봐선 전혀 그렇지 않은 것 같았다.

'나만 뭔가 이상한 거야?'

자신만 다른 사람과 다르다는 게 무서웠다. 그래서인지 손에서 구슬이 나오는 걸 보고 놀란 표정을 짓던 하녀들의 얼굴이 머릿속에서 떠나지를 않았다.

"으, 엄마……."

크로우가 당장이라도 울음을 터뜨릴 것 같은 표정으로 중얼거리며, 막 침대에서 일어나려고 하는 찰나였다.

잠옷 바깥으로 보이는 자신의 양발이 시커멓게 변한 게 보였다.

너무 놀라서 반사적으로 만져 보니, 검은 비늘이 자라난 것처럼 오돌토돌한 것이 신기하게도 강철처럼 단단했다.

마치…… 괴물 같았다.

크로우는 자신의 변한 피부를 보고 그대로 얼어붙어 버렸다.

그 순간이었다.

"잠깐만요, 무슨 소리가 들린 것 같아요."

크로우가 조금 전 엄마라고 중얼거린 소리를 들었는지, 이레나가 이곳으로 다가오는 발소리가 들려왔다.

크로우의 맑은 눈망울에 순간 두려움이 가득 찼다. 이렇게 변한 자신의 모습을 보고 이레나와 칼라일이 실망한 표정을 지을 걸 생각하니, 온몸에 소름이 돋는 기분이었다.

'미, 미움받을지도 몰라.'

아직 어린 크로우였지만 눈치는 있었다.

이레나는 크로우의 상태를 걱정하고 있었고, 칼라일은 아직까지 아무런 이상이 없다는 걸 다행이라 여기고 있었다.

이걸 들키는 순간 두 사람이 많이 속상해할 거란 걸 본능적으로 알았다.

끼이익—

그렇게 방문이 완전히 열리기 전, 크로우는 재빨리 침대에 누워 자는 척을 했다.

심장이 두근두근, 큰 소리를 내며 빠르게 박동했다. 얼마 전에 침대에 실수로 소변을 보고 하녀한테 감추려고 했을 때만큼 긴장이 되었다.

이레나가 조용히 크로우가 누워 있는 모습을 살펴보더

니, 곧 그가 자는 거라고 판단했는지 다시 바깥으로 나갔다.

문이 완전히 닫히기 전 칼라일의 목소리가 희미하게 들렸다.

"깼어?"

"아뇨. 제가 잘못 들었나 봐요."

"그래, 크로우한테 무슨 이상이 생기진 않았는지 주의 깊게……."

그 말을 마지막으로 방문이 완전히 닫혀 버렸다.

크로우는 어두컴컴한 방 안에 누워서 두려움에 벌벌 떨었다.

'엄마…… 아빠…….'

금방이라도 울음이 터져 나올 것 같은 입술을 꾸욱 깨물었다. 하지만 누구에게도 말할 수 없었다. 자신이 괴물처럼 변해 버렸다는 걸.

크로우의 낮잠 시간이 끝나자, 하녀 한 명이 그를 깨우러 다가왔다.

"황자님, 이제 일어나실 시간이에요."

이미 잠에서 깨어 있던 크로우는 꼬옥 감고 있었던 눈을 뜨며, 막 잠에서 일어난 것처럼 침대에서 일어날 뿐이었다.

딱 하나 달라진 건 낮잠을 청했을 때와 달리 양말이 신겨져 있다는 것이었다.

"어? 황자님, 양말을 신고 자셨어요?"

"아, 으응. 발이 추워서……."

"그래도 불편하지 않으셨어요? 맨발로 자시는 게 편하실 텐데……."

"나 화장실 가고 싶어."

"아! 이쪽으로 오세요."

그 말에 하녀는 서둘러 크로우를 데리고 화장실이 있는 방 밖으로 나왔다. 다행히도 하녀가 더 이상 양말에 관한 말을 하지 않는 걸 보면, 크게 대수롭지 않게 생각하고 넘긴 듯했다.

크로우가 남몰래 혼자서 안도의 한숨을 쉬고 있을 때였다.

"헉."

크로우는 바깥으로 나오자마자 다른 의미로 숨을 들이켤 수밖에 없었다.

갑자기 그의 경직된 행동에 하녀가 의아하다는 듯 물었다.

"왜 그러세요? 황자님."

하지만 크로우는 그 어떠한 대답도 할 수 없었다. 사방에서 향긋한 냄새가 진동을 했기 때문이다.

방 안에 하녀와 단둘이 있을 때는 몰랐는데 사람이 많은 곳으로 나와 보니, 이게 어디서 풍기는 냄새인지 알아차릴 수 있었다. 바로 사람들에게서 나는 향기였다.

머릿속에 본능적으로 살아 있는 사람들의 피부 속에서 맥박 치는 붉은 피가 떠올랐다.

크로우가 마치 어린 맹수처럼 입을 앙다문 채 으르렁거렸다.

"크으……."

잠시나마 가라앉았다고 생각한 갈증이 미친 듯이 일었다.

갑자기 변한 크로우의 분위기에 옆에 있던 하녀가 뭔가 이상함을 느끼고, 가까이 몸을 기울이며 상태를 살폈다.

"황자님, 괜찮으세요?"

하지만 지금 크로우의 눈에는 하녀의 가녀린 목덜미밖에 들어오지 않았다.

두근, 두근, 두근.

하녀의 살갗 안에서 흐르고 있는 붉은 피가 미치도록 탐스럽게 느껴졌다.

'먹고 싶어.'

머릿속에는 오직 그 생각밖에 들지 않았다. 크로우의 이성이 점점 희미해지며 하녀를 향해 막 달려들려던 순간이었다.

때마침 그를 부르는 나지막한 목소리가 뒤편에서 들려왔다.

"크로우."

마치 그를 꾸짖는 것 같은 엄중한 목소리에 크로우가 움찔거리며 하려던 행동을 멈추고 뒤를 돌아보았다. 그러자 그곳에는 무서운 표정을 지은 칼라일이 서 있었다.

하녀도 뒤늦게 칼라일의 존재를 알아차리고 서둘러 고개를 숙이며 예를 표했다.

"황제 폐하를 뵙습니다."

칼라일은 마치 죄를 지은 사람처럼 제대로 시선도 마주치지 못하는 크로우를 바라보며 낮게 가라앉은 목소리로 물었다.

"크로우의 상태가 언제부터 이랬지?"

"네? 무슨 말씀이신지……."

"됐다."

칼라일은 하녀에게 자세한 설명을 듣기를 포기하고, 곧바로 크로우가 있는 곳을 향해 몸을 돌렸다.

그는 마치 크로우가 무엇을 감추고 있는지 다 아는 것 같았다. 그래서 크로우는 잔뜩 겁을 집어먹고 있는 상태였다.

'어, 어떡하지?'

하지만 크로우의 고민은 아무 소용도 없었다.

칼라일이 뒤따르는 기사들을 내버려 둔 채 그대로 크로우를 향해 다가오더니, 그의 작은 몸을 번쩍 안아 들었다.

"아들, 남자끼리 할 말이 있겠구나."

그 말에 크로우는 칼라일에게 혼이 날지도 모른다는 사실을 직감하고, 절망적인 표정으로 그를 올려다보았다.

칼라일은 아랑곳하지 않은 채 크로우를 안고 걸어가며, 자신의 뒤를 따르고 있던 기사들에게 나지막이 명령했다.

"크로우와 단둘이 할 말이 있으니, 모두 물러가라."

"네. 폐하."

그렇게 칼라일은 크로우를 데리고 어딘가를 향해 뚜벅뚜벅 걸어갔다.

* * *

칼라일이 발걸음을 멈춘 곳은 어느 방 안이었다.

황궁은 워낙 넓었기에 사용하지 않는 방이 셀 수도 없이 많았다. 그중에 가장 가까운 장소로 들어온 것이다.

칼라일은 혹시라도 이곳에 다른 사람들이 없는지 꼼꼼하게 주위를 확인하고 난 뒤에야 크로우를 품 안에서 놓아주었다. 그러곤 키 작은 크로우에게 똑바로 시선을 맞추며 진중한 목소리로 물었다.

"솔직하게 말해 봐, 언제부터였는지."

"아빠. 그, 그게……."

"언제부터 사람의 피에 대한 갈증을 느낀 거냐?"

"……!"

그 말을 듣고 크로우는 칼라일이 정말로 자신의 상태를 다 알고 있다는 것을 다시 한 번 실감할 수 있었다.

크로우의 커다란 눈망울에 순식간에 눈물이 가득 차올랐다.

"잘못했어여, 아빠."

말과 동시에 크로우가 주섬주섬 신발을 벗어서 새카만 비늘이 돋아난 자신의 발을 칼라일에게 보여 주었다.

"아까 낮잠을 자고 일어났더니 갑자기 제 발이 이렇게 변해 있었어여. 그리고 밖으로 나오니까 사람들한테서 맛있는 냄새가 풍겨서, 훌쩍, 참기가 힘들었어요."

크로우가 울먹거리며 사실대로 고백하는 이야기를 칼라일은 매우 심각한 표정으로 듣고 있었다. 그리고 그런 칼라일의 모습이 무서워서 크로우는 더더욱 울음을 터뜨리고 말았다.

"으아앙—"

칼라일이 우는 크로우의 등을 토닥거리며 말했다.

"왜 바로 엄마나 아빠한테 말하지 않았어?"

"죄송해요. 아빠가 이런 표정을 지으실 것 같아서 그랬어여."

그 말에 순간 칼라일의 얼굴이 경직되었다. 마치 정곡을 찔린 사람 같았다.

"……쓸데없는 생각을 했구나."

"아빠, 왜 저만 다른 사람들이랑 달라요? 제가 괴물이 된 것 같아서 무서워요."

칼라일은 잠시 아무런 대답도 못 한 채 크로우를 쳐다보다가, 이내 오른팔을 들어서 책상 위를 강하게 내리쳤다.

쿠웅, 마치 쇠가 부딪치는 것 같은 소리가 울려 퍼졌다.

그 커다란 굉음에 쪼끄만 크로우가 깜짝 놀라서 울음을 멈추고 쳐다볼 때였다.

칼라일이 곧바로 소매를 걷어서 그곳에 난 자신의 검은색 비늘을 보여 주었다. 그는 자유자재로 능력을 조절할 수 없었기 때문에 잠시라도 크로우에게 비늘을 보여주려면 이 방법밖에 없었다.

"……딸꾹."

크로우가 커다랗게 뜬 눈으로 제 발등에 난 것과 똑같은 칼라일의 검은색 비늘을 빤히 쳐다보았다.

"너만 그런 게 아니다, 크로우. 만약 네가 괴물이라면 그건 내 아들이라서 그런 거겠지."

"아, 아빠……."

"이런 아빠라서 싫으냐?"

"아니에여. 저는 세상에서 우리 엄마, 아빠가 제일 좋아요."

한 치의 망설임도 없이 흘러나오는 크로우의 대답에 칼라일이 픽 하고 웃으며 그의 작은 머리를 쓰다듬었다.

"나도 그렇다. 아직은 네가 너무 어려서 설명하지 않았던 것인데, 너 혼자 그런 생각을 하게 만들 줄은 몰랐구나."

"아빠는…… 제가 이런 모습이라고 미워하지 않으시는 거져?"

"당연하지. 내 아들인데."

"……헤헤."

그 말에 크로우가 눈물을 닦으며 수줍게 웃었다. 크로우는 지금처럼 칼라일과 이레나가 자신을 사랑해 준다면, 다른 건 어떻게 돼도 크게 상관이 없을 것 같았다.

그렇게 크로우가 귀여운 표정으로 웃는 모습을 바라보며, 어느새 칼라일의 입가에도 흐릿한 미소가 지어져 있었다.

"나도 한때는 이런 내 모습이 싫었을 때가 있었다. 하지만 지금은 이렇게 태어나서 다행이라고 생각해. 이런 피를 이어받았기 때문에 네 엄마를 만날 수 있었으니까."

"정말요?"

"그래. 죽은 네 엄마를 아빠가 한 번 살렸거든."

"에엑?"

이레나가 죽었었다는 말에 크로우가 깜짝 놀란 표정을 지었다. 그러자 칼라일이 아무것도 아니라는 듯 서둘러 다시 말을 정정했다.

"방금 한 말은 잊어라. 중요한 건…… 아빠는 엄마를 만나기 위해서라면 백 번이고 천 번이고 이렇게 태어날 거라는 거야."

크로우가 그 말을 이해해 보려는 듯 순수한 눈망울로 빤히 칼라일을 쳐다보았다.

칼라일은 감회에 젖은 표정으로 조금 전까지 검은색 비늘이 돋아났던 자신의 오른팔을 쳐다보며 나지막이 말을 이었다.

"그래서 이젠 이런 내가 좋아졌다."

칼라일이 곧이어 부드러운 시선으로 크로우를 빤히 쳐다보며 말했다.

"우리 사랑의 결실인 크로우, 너는 말할 것도 없지. 나한테 그랬듯이 언젠가 네게도 이 힘이 도움이 될 거라고 믿는다."

가만히 그가 하는 이야기를 듣고 있던 크로우가 방긋 웃으면서 대답했다.

"고마워요, 아빠. 저도 사랑해여."

사랑스러운 크로우의 말에 칼라일의 입가에도 미소가 걸렸다.

"그래, 나도 사랑한다. 아들아."

그렇게 크로우와 칼라일이 서로를 바라보며 똑같은 표정으로 웃었다. 누가 봐도 부자지간이라는 걸 알 수 있을 만큼 쏙 빼닮은 모습이었다.

그때였다.

갑자기 벌컥, 방문이 열렸다.

칼라일과 크로우의 시선이 자연스레 그곳으로 향하자, 거기에는 거친 숨을 몰아쉬고 있는 이레나의 모습이 보였다. 한눈에 봐도 그녀가 이곳까지 급하게 뛰어왔다는 걸 알 수 있었다.

"하아, 하아. 크로우한테 무슨 일이 생긴 거예요?"

"여긴 어떻게 알고 온 거야?"

"하녀들한테 당신이 크로우만 데리고 어딘가로 사라졌다는 말을 들었어요. 그래서 혹시 무슨 일이 생긴 걸까 봐 걱정이 돼서 바로 달려오는 길이에요."

"소식도 빠르군. 크로우가 피에 대한 갈증을 느끼기 시작해서, 우선 사람들이 없는 곳으로 데리고 들어왔어."

그 말에 이레나가 서둘러 크로우에게 가까이 다가갔다. 그리곤 잔뜩 걱정스러운 표정으로 크로우를 바라보며 물었다.

"괜찮니? 어디 다친 데는 없어?"

"네에, 엄마. 전 괜찮아여."

"그런 일이 있었으면 가장 먼저 엄마한테 솔직하게 말을 했어야지. 만약에 아빠가 늦게 발견했으면 어쩔 뻔했어? 응?"

처음엔 걱정만 가득했던 이레나가 점점 크로우를 혼내기 시작하자, 크로우가 슬쩍 칼라일에게 도움을 청하는 눈길을 보냈다. 하지만 칼라일은 어쩔 수 없다는 표정으로 어깨를 으쓱거릴 뿐이었다.

마치 칼라일의 표정이 대답을 해 준 것 같았다. 미안하지만 아빠도 세상에서 엄마가 가장 무섭다고, 그렇게 말이다.

*　　*　　*

오늘 하루 많은 일을 겪은 크로우는 낮잠을 제대로 자지 못한 만큼, 칼라일과 이레나의 곁에서 곯아떨어졌다. 그리고 꿈속에서 또 검은색의 드래곤을 만났다.

"아저씨?"

크로우가 먼저 아는 체를 해 보았지만 드래곤은 아무런 대꾸조차 하지 않았다.

『…….』

하지만 드래곤이 크로우의 발등에 돋아난 검은색 비늘을 대견스럽다는 눈빛으로 쳐다보고 있다는 사실을 알 수 있었다.

이 발을 그런 시선으로 쳐다보는 사람은 처음이라, 크로우는 저도 모르게 드래곤의 옆에 앉아서 조잘조잘 오늘 있었던 일들을 떠들었다.

드래곤이 딱히 맞장구를 쳐주지는 않았지만, 자신의 이야기를 경청하고 있다는 사실을 알았다.

"……그래서 엄마한테 크게 혼났어여."

그렇게 크로우의 하루 일과를 모두 들은 드래곤이 처음으로 나지막이 대꾸했다.

『**너의 잠재력은 이게 끝이 아니다. 뭐, 당연하지. 누구의 심장을 먹었는데.**』

"제가 뭘 먹었다고여?"

크로우의 순진무구한 표정에 드래곤이 한숨을 쉬며 고개를 저었다.

『……**됐다, 말을 말자.**』

"그런데 아저씨, 제가 더 강해질 수 있어여?"

『**그래.**』

"어떻게여?"

『그건…….』

저도 모르게 곧이곧대로 대답할 뻔했던 드래곤이 미간을 와락 찌푸리며 한껏 가라앉은 목소리로 말을 이었다.

『내가 가르쳐 줄 성싶으냐?』

"헤에. 그럼 지금 말고, 나중에 가르쳐 주세여."

『안 가르쳐 준다니까.』

"그러니까 나중에여."

넉살 좋은 크로우의 말주변에 드래곤이 더욱 못마땅하다는 듯 표정을 구겼다.

크로우는 개의치 않은 채 자신에 대한 이런저런 이야기들을 늘어놓았다.

"아저씨. 제가 사실 당근을 못 먹는데, 오늘 아침 식사에……."

그렇게 한참 동안이나 검은색 드래곤의 옆에서 신나게 떠들어대던 크로우의 몸이 조금씩 투명하게 변하기 시작했다.

크로우는 본능적으로 다시 드래곤과 헤어져야 할 시간이 다가왔음을 느꼈다.

"그럼 아저씨, 상처 얼른 나으세여. 우리 나중에 또 봐여."

크로우가 작은 손을 크게 흔들면서 드래곤에게 작별

인사를 했다.

곧이어 크로우의 작은 몸이 이곳에서 완전히 사라지기 직전, 드래곤이 아주 작은 목소리로 중얼거리듯 대답했다.

『……**그래.**』

처음과 달라진 드래곤의 분위기에 크로우의 눈동자가 크게 떠졌다. 이대로라면 정말 그와 친하게 지낼 수도 있겠다는 생각이 들어서, 크로우의 입가에 절로 환한 미소가 지어졌다.

이때 크로우는 알지 못했다. 자신의 핏속에 흐르는 드래곤과 정신 교감을 할 수 있다는 게 얼마나 기적 같은 일인지…….

그리고 이 인연으로 인해서 자신이 얼마나 강력한 힘을 얻는지 말이다.

루퍼드 제국 역사상 가장 뛰어난 성군으로 꼽히는 크로우 월터 벤 루퍼드의 이야기는 이제부터 시작이었다.

* * *

꿈속에서 한참 동안이나 드래곤의 옆에서 신나게 떠들어 대던 크로우의 정신이 다시금 현실로 돌아왔을 때였다.

근처에서 이레나와 칼라일이 대화를 나누는 소리가 들려왔다.

"크로우가 자미다 열매를 먹고 피에 대한 갈증이 사라져서 정말 다행이에요."

"이제야 어렸을 때부터 꾸준히 먹여 온 효과가 조금 보이는 것 같군."

칼라일의 말에 이레나가 자그맣게 웃는 웃음소리가 들렸다.

"참 샤나타 족장님이 이곳으로 직접 오시겠다고 답변이 왔어요. 크로우의 상태가 어떤지 많이 궁금하신가 봐요."

"궁금하겠지. 저주와 능력이 공존하던 우리들이었는데, 만약 자미다 열매로 크로우의 저주를 없앨 수 있다면 남는 건 엄청난 능력뿐일 테니까."

"……생각해 보니 그러네요."

"이미 한 번 겪어 본 나로서는 피에 대한 갈증이 얼마나 참기 힘든 것인지 알지. 그런데 크로우는 피를 먹지 않고도 여의주를 만들어 냈고, 지금까지 버티고 있어. 이대로 간다면 저주는 정말로 내 대에서 끊길지도 모르겠어."

"그건 정말 잘된 일이지만…… 왠지 당신만 고생을 한 것 같아서, 그게 조금 마음에 걸리네요."

"부인이 내 옆에 있는데 그게 무슨 상관이야."

스르륵, 칼라일이 어딘가로 몸을 움직이는 소리가 들려왔다.

"그대가 내 인생의 가장 큰 보상이야. 난 부인만 있으면 돼."

그 다정한 목소리를 들으며 크로우가 무거운 눈꺼풀을 들어 올렸다. 그러자 흐릿한 시야로 칼라일이 이레나의 뺨을 쓰다듬으며 가볍게 입을 맞추는 모습이 언뜻 보인 것 같았다.

"으음, 엄마아?"

크로우가 칭얼거리는 목소리에 이레나가 서둘러 이쪽으로 다가왔다. 그녀가 부드럽게 등을 쓰다듬어 주자 크로우는 너무 푸근해서 저도 모르게 베개에 고개를 더욱 파묻었다.

그렇게 크로우가 완전히 눈을 떴을 때, 이레나는 자신의 곁에서 웃고 있었고, 칼라일은 약간 불만스러운 표정을 짓고 있었다.

크로우가 잠에서 덜 깬 목소리로 물었다.

"엄마랑 아빠랑 둘이서 무슨 얘기했어여?"

그 질문에 칼라일이 나지막이 대답했다.

"너에 대한 얘기."

"제 얘기요? 무슨 말 했는데여?"

눈을 비비며 일어나는 크로우의 귀여운 모습에 칼라일이 픽 하고 웃으면서, 가까이 다가와 그의 머리를 헝클어트렸다.

"생각보다 우리 아들이 더 대단해질지도 모르겠다는 말."

"우와, 정말요?"

크로우가 기분 좋다는 듯이 배시시 웃었다. 그러자 이레나가 옆에서 부드러운 표정으로 입을 열었다.

"우리 크로우는 대단한 사람이 되고 싶어?"

"네! 현명한 황제가 돼서 제국민들한테 칭찬도 많이 받고, 엄마랑 아빠한테 효도도 할 거예여!"

"그래? 그러려면 선생님 말씀도 잘 듣고, 공부도 열심히 해야겠네?"

"네에!"

씩씩한 크로우의 답변에 이레나마저도 웃음 짓고 말았다.

그때 마침 크로우는 갑자기 떠오른 생각에 침대에서 일어나 자신이 오늘 입고 있었던 상의 주머니를 뒤적거리기 시작했다.

그 모습에 의아한 표정으로 이레나가 물었다.

"크로우, 뭘 찾는 거니?"

"잠깐만여, 엄마."

그렇게 한참을 뒤적거리던 크로우가 마침내 원하던 걸 찾았는지, 해맑은 표정으로 이레나와 칼라일에게 하얀 종이를 내밀었다.

곱게 접혀 있던 종이를 펼쳐 보자, 거기에는 크로우가 직접 그린 그림이 있었다.

크로우가 그림 안에 가장 커다랗게 그려진 남자를 가리키며 말했다.

"이게 아빠고."

그러곤 곧바로 옆에 공주님처럼 그려진 여자를 짚었다.

"이게 엄마예여."

마지막으로 크로우의 짧은 손가락이 그 둘 사이에 있는 작은 아이를 가리켰다.

"그리고 여기 있는 건 저예여. 우리 가족이 다 함께 오래오래 행복하게 사는 모습을 그린 거예여."

이레나는 기쁨을 감출 수 없는 표정으로 크로우가 그려 온 그림을 이리저리 살펴보았다. 아직 어린아이였기에 그림 솜씨는 당연히 미숙했지만, 거기서 묻어나오는 따스한 감성이 왠지 마음을 찡하게 만들었다.

"우리 크로우가 이렇게 그림을 잘 그리는지 몰랐네. 이 정도면 화가를 해도 되겠어."

이레나의 아낌없는 칭찬에 크로우가 쑥스럽다는 듯 콧

잔등을 긁으며 웃었다. 그 귀여운 모습에 이레나의 입가에 그려진 미소도 더욱 짙어졌다.

"그래, 우리 크로우가 그려 온 그림처럼 꼭 이렇게 살자."

이레나가 크로우의 이마에 가볍게 입을 맞추며 말을 이었다.

"사랑해, 아들."

그러자 크로우가 이레나의 품 안을 파고들며 대답했다.

"저도 사랑해여. 엄마."

칼라일이 그런 두 사람의 모습을 물끄러미 바라보며 나지막이 말했다.

"나만 빼놓다니 섭섭한데?"

"당신도 어서 이리 와요."

이레나가 크로우를 안고 있지 않은 다른 한 팔을 내밀자, 칼라일이 픽 하고 웃으면서 그녀와 크로우를 한꺼번에 안았다.

얼떨결에 세 사람이 함께 끌어안고 있는 자세가 되었지만, 한 가지 같은 건 모두의 얼굴에 행복이 깃들어 있다는 것이었다.

그렇게 이레나의 품에 포옥 안겨 있던 크로우가 슬쩍 고개를 들자, 한 폭의 그림처럼 잘 어울리는 부모님의 얼굴이 보였다.

"치이, 엄마랑 아빠가 사이가 너무 좋아서 부러워요."

크로우는 매일 밤 부모님과 함께 자고 싶었지만, 그가 어느 정도 자라자 칼라일이 진지하게 이야기를 한 적이 있었다. 부모님은 단둘이 있을 시간도 필요하다고 말이다.

그건 남자끼리의 비밀이었기에 이레나한테는 말을 못 했지만, 크로우가 억울하다는 듯 입술을 삐죽거리며 말을 이었다.

"저도 동생이 갖고 싶어요."

갑작스러운 크로우의 발언에 칼라일이 힐끔 이레나의 얼굴을 쳐다보며 희미하게 웃었다.

"아들아, 그러면 오늘 밤은 네가 더욱 없어야 할 것 같은데."

그 말에 이레나가 칼라일의 옆구리를 쿡 찌르면서 말했다.

"애 앞에서 못하는 말이 없어요."

당황한 이레나의 표정을 바라보며 칼라일이 낮게 웃음을 터뜨렸다. 그리곤 그녀의 볼에 가볍게 입을 맞추며 속삭였다.

"사실이잖아, 부인."

두 사람이 풍기는 달콤한 분위기에 크로우가 손을 뻗으며 외쳤다.

"저도요, 저도 뽀뽀해 주세여."

그 말에 칼라일과 이레나가 어쩔 수 없다는 듯이 웃으며, 동시에 고개를 숙여 크로우의 양쪽 볼에 입을 맞춰 주었다. 그러자 푸른색과 붉은색이 공존하는 크로우의 신비로운 오드아이가 행복한 웃음을 품고 가늘어졌다.

크로우가 그린 그림처럼 세 식구가 함께하는, 무척이나 행복한 나날들이었다.

〈끝〉